俠隱傳技

生死皆虛空，名利在鏡中

白羽 著

「天下有道則見，無道則隱。」

駝叟不滿官場黑暗、朝廷腐敗，憤而辭官歸隱。

然西遊各處時，因種種際遇而一路行俠，也識得一幫義友……

目錄

目錄

第一章　鐵肩漢遇駝背翁

這一天正當隆冬，小陽天氣，蕪湖十字街旁有一所空場，聚了許多人。南方天氣熱，可是這時也得穿棉；偏在這時候，人群當中立著一個赤膊大漢。這大漢上半身赤裸著，挺胸凸肚，正在空場當中練武。面前擺著刀刀槍槍，石鎖石墩，卻只得這一個漢子練，沒人跟他打對手。打圈聚著許許多多閒漢，歪著脖項叫好兒喝采。

這練武的漢子，指著鼻子報告叫王鐵肩，砍了一回單刀，耍了一回長槍，跟著舉石墩。只見這漢衝著石墩相一相，把臉一揚叫道：「這傢伙，俺的娘，這怕不有好幾百斤，我可舞弄不動。」一面說著，一彎身蹲襠騎馬式，把那石頭拿了起來，前後左右舞動了一回，四圍觀眾不由得咋舌，立時暴雷也似的喝了一個圓圈大彩。王鐵肩舞罷，面不更色，慢慢把石頭放在就地，面浮驕傲道：「我王鐵肩，並非自誇海口，這石頭除我之外，我敢斷定普天下沒有第二人能拿動它了。」正說著，忽地聽觀眾群中，有人嗤笑了聲。王鐵肩順著聲音打量過去，看那笑的人，是個滿面病容，骨瘦如柴的老頭。在這嚴寒的冬日，看他穿著一身很薄的棉衣，凍得他縮肩拱背。看他那模樣，不似本地人，好像外路人漂泊在此處，眼看就要淪為乞丐。王鐵肩欺他年老，看他病容滿面，哪把他放在心上。當時怒道：「你笑什麼？這石頭難道你能拿起來嗎？」面上似笑非笑，用一種很輕蔑的眼光，直巴巴望著老頭，一聲不響，靜待那老頭的答覆。

此時四圍觀眾們齊把眼神集中到那老頭身上，你言我語，異口同音，都說這老頭何苦來，這可是自尋沒趣。再看那老頭，傴僂著身子，有聲無力地向王鐵肩答道：「我這大年紀，如何拿動這大分量的石頭？適才我笑你年輕輕的，言語之間，太自狂了。」王鐵肩聽了，立時頭筋暴起，滿面怒容道：「你真尋出第二個人能拿動這石頭，我王鐵肩不但爬在地下給他磕頭，而且我立時滾開這蕪湖地方，永不幹這個。你如果尋不出來，就請你閉住嘴，少在這地方多言多語。」那老頭仰頭笑道：「何必去尋呢？拿動石頭的這人，就在你面前。」話罷，目光向王鐵肩一瞬，只見光芒閃灼。王鐵肩見了，不由得心怯。只以看他年歲老邁，病容滿面，諒他絕拿不動這石頭，當時叫道：「我看你這老兒有些尋我開心。據你這樣說來，拿動石頭的人，一定是你了，來來來。」一個箭步，到了老頭跟前。一手扯住老頭的腕子，把他由人群中踉踉蹌蹌扯到場子裡。

四圍觀眾都替那老頭捏了一把汗，暗忖那老頭今天算是被王鐵肩奚落上了。看那老頭來到場中，王鐵肩的那一雙手，仍緊緊地握著那老頭的腕子，不肯放鬆。那老頭把腕子向旁一擺道：「我絕不跑，你鬆了手吧。」王鐵肩覺得半身麻木，那老頭的腕子好像有吸彈之力，不由得他不把手鬆開。王鐵肩呆若木雞地望著那老頭，那老頭且不去拿那石頭，先含笑道：「你這對石頭我一雙手出一個指頭，就可以把它們提了起來。但是我要把這石頭提起來，你也不必跪地給我磕頭，你也不必滾開這地方，望你以後不要再口出狂言就好了。你要曉得天外還有天，人外還有人呢。」他這一片話，王鐵肩及四圍觀眾哪裡肯信，就見他彎下腰去，兩手的食指伸入兩個石鎖中間空隙，微微往起提了提。看那對石鎖已漸漸離開地面了。王鐵肩看了瞠目咋舌。正在這時，聽那老頭聲如洪鐘喝了一聲起，高高把那對石鎖提了起來。王鐵肩看到這裡，十分心怯，四圍觀眾早突口喝起彩來。

王鐵肩倒也知趣，不等那老頭把石鎖放下，早矮了半截，跪在老頭的面前，叫了一聲：「師父！」那老頭看了，放下石鎖，忙向旁一閃身道：「你快站起來，不要折煞我了。」王鐵肩怎肯站起，連忙說道：「小子年輕無知，今天多承你老人家教訓，你老就是老師，小子今後絕不敢妄自狂言了。」說罷恭恭敬敬給老頭叩了三個頭，方才站了起來。又向老頭問道：「你老人家尊姓，貴處可否告訴小子？」那老頭笑道：「我終年各處飄零，並沒有一定棲止之處。至於我的姓名，你也不必問，你看我這曲背病容，以後你見了我，姑且就稱呼我一聲駝叟，我要去了。」掉頭就要走去，王鐵肩哪裡肯放，忙攔道：「你老人家能不能賞小人個光，請到小人寓中少坐片刻，小人就要把場子收了。」駝叟把頭搖了搖，擠出人群，逕自去了。

王鐵肩用手撥開四圍觀眾，看駝叟已走出一兩箭遠，轉進一條巷中去了。及至王鐵肩跑到巷口，再看老人已走得沒有蹤跡。王鐵肩心想跟了下去，一想場中物件無人照料，只得怏怏走回場中。見四圍觀眾已散去大半，只餘稀落落幾個人了。王鐵肩向觀眾點點頭道：「各位明天見吧。」說著穿了衣服，把東西寄存在附近一家商店裡，並不回他那下處，照直向適才那駝叟走的那巷中找去。轉過巷口，見路北有家來往客店，就聽一陣小孩嬉笑之聲。王鐵肩一看，正是踏破鐵鞋無覓處，得來全不費功夫。那駝叟正同幾個小孩在店門內捉迷藏，高興玩耍哩。不由得大喜過望，大踏步走進店中，奔到那駝叟面前說道：「你老人家原來在這裡了。」那駝叟裝作不曾聽見，仍舊和那群小孩嬉戲。那群小孩一看王鐵肩，都停住手腳。那個蒙著眼的孩子，也把矇眼的紮腿帶子扯下來，呆呆望著王鐵肩發怔。王鐵肩看那駝叟不語，不由得他雙膝點地，跪倒塵埃道：「我特意收了場子，尋你老人家來了。」駝叟這才轉首看了看，正色道：「你不去圈你的場子，來尋我怎的？」一揮手又道：「你去圈你的場子幹你的正經營生去吧。」王鐵肩苦苦哀求道：「你老人家真的就拒小人於千里之外嗎？小人訪師十年，今天不能錯過機會。」駝叟不語，轉身走進店內一間房中。

王鐵肩從地下爬起，一直跟進來，那群小孩一鬨地散去。

王鐵肩來在房中，又要跪下，駝叟忙把他一攔，哈哈笑道：「別看你這漢子，倒是個可教之材，你倒虛心肯認輸啊！」王鐵肩道：「你老人家收我這個徒弟吧，如不應允，我跪在這裡是不起來的。」駝叟笑容一斂，變了話口道：「我有什麼本領，你跑來要拜我門下？快去幹你的生活去吧，不要耽誤你的前程。」

說著，走近床前，面向裡躺下，一雙胳臂彎曲著，用手托著頭顱，曲肱而臥。這一覺睡了足有大半天才醒來，一翻身坐起，冬日天短，黑影已將倒了下來，房中已然黑了。

駝叟把眼揉了揉，伸了一個懶腰，一看王鐵肩還跪在那裡，不由得笑道：「起來吧，你倒有耐性，我暫且記名收下你這個徒弟，不過得往後看，你要跟著我受苦才行。」王鐵肩喜出望外，又磕了三個頭，方才起來，兩膝已覺跪得有些痠疼了。駝叟道：「你也有些餓了吧，跟我在這裡一起吃吧。」王鐵肩口說徒弟並不覺餓。嘴裡雖這麼說，其實早飢腸雷鳴了。他本想請師父到外面尋一家酒店，聽駝叟叫自己同他在店內一起吃，怎敢駁回。喊過店小二，要了飯菜，一時端上。師徒兩個飽餐一頓，小二把餐具撿去。駝叟望著王鐵肩道：「我明天就要離開此地了，想要西遊。」王鐵肩不待說罷，插口道：「徒弟也願隨你老人家西遊。」駝叟搖頭道：「你能去嗎？」王鐵肩答道：「徒弟孤身一人，又沒有家室之累，今後你老人家走到哪裡，徒弟隨在哪裡。」駝叟道：「如此你既願隨我同去甚好。你去收拾吧。」

當晚王鐵肩辭了駝叟，出了店外，先把小鋪裡寄放的東西，找了兩個漢子，同他拿回下處。他那下處裡，除去行囊和幾件衣服之外，別無他物。王鐵肩收拾了行囊，把門從外上了鏈，又託付了兩旁鄰戶代為照看，又趕回店內。到了次日天明五鼓，便同師父駝叟兩人起程西進去了。

師徒兩個離了蕪湖，往西北進遊川漢。駝叟除去一身之外，別無長物，所以走起來，方便非常。王鐵肩背行囊，隨在師父身後，曉行夜宿，登山過嶺，行了非止一日，師徒兩個在路上一搭一和地攀談，每逢王鐵肩問起他師父的姓氏住處，駝叟總是搖頭說：「你不必問，將來我自然告訴你。」王鐵肩連問了幾次，駝叟總拿這兩句話答覆，再問急了，就說：「你若是不放心我，你我師徒就算無緣，你去你的吧。」王鐵肩情知駝叟不肯明說，也不敢再問了。

這天走至川漢交界之處，但見人煙絕跡，山勢奇險，中間一條羊腸山路，只容一人，路上荊棘密布，一步比一步難走。

駝叟並不覺得吃力，健步如飛，走了上去。王鐵肩雖有些蠻力，到了此時，也走得兩腿痠疼，腳下起了兩塊白泡。唯恐被師父落下，他咬牙忍疼緊緊跟在後面，累得他滿頭大汗，喘息不住。一氣走了足有二三十里，到了山頂，遙見對面一座山，同這座山懸崖相對，中間只有二三丈寬，一根獨木相通，走在這獨木上，向兩旁一看，峭壁千仞。地上的樹木村莊，望去只一二尺高矮。王鐵肩兩腿不由得有些顫動，心下也不知不覺有些膽怯了。

駝叟回首望了望他笑道：「你膽怯了吧，走過這裡，下了前面那座大山，就有村鎮了。這條險路好在沒有幾步，我們趕快到村鎮休息吧。這山上野獸惡鳥甚多，不要耽誤著了，天色一黑，就不容易行走了。」王鐵肩一聽，提了一口氣，仍不免有些提心吊膽。走了二十餘步，算是渡過這獨木橋的險路，見這座山比已過去的那座山尤較秀麗雄壯，滿山的松柏樹木參天。

師徒兩人又走了一程，駝叟忽然停住腳步，發出驚異聲音道：「你留點神，快看那樹上落著的，大概是一雙巨鳥吧。」王鐵肩聽了，定睛一看，見林內樹中間的一枝杈上，果然落著一隻黃色巨鳥，一身龐大的羽毛，尖嘴利爪，正攫一隻白兔在那兒吞噬。那巨鳥引頭下望，已瞧見他們師徒兩個，並不飛躲，丟下嘴裡的殘兔，展了展雙翅，直把樹木都擺動，枝葉紛紛下落，王鐵肩一時淘氣，撿塊石塊照巨鳥打去，駝叟喝道：「使不得！」登時見那巨鳥一展雙翅，唰的一聲，直撲王鐵肩而來，王鐵肩哪裡見過猛禽撲人，嚇得他啊呀大叫一聲，那巨鳥早已撲至近前。駝叟注目一看，卻是一頭巨大的金眼鵰。未容牠撲到王鐵肩跟前，駝叟口發怪嘯，從衣底取出數十個小球，一揚手，照巨鳥打去。金眼鵰頭一偏躲過，轉變身軀又照駝叟撲了下來，駝叟身手矯捷非常，閃展騰挪，彈指拋球，一上一下，和這頭金眼鵰惡鬥起來，那雕忽上忽下飛舞，轉得王鐵肩眼花撩亂，舌咋心驚。那金眼鵰連撲幾下，反捱了七八彈，立時發出神威來，一聲長鳴，下狠力一頭直奔駝叟頭上啄來。駝叟一閃身，伸掌抓去。金眼鵰來勢甚猛，未曾提防，這一掌正拍在牠的頭頂上，長鳴了一聲巨響，迴旋雙翅直飛到雲霄，好像是受了重創。王鐵肩呆站那裡，望著天空出神，直待那頭金眼鵰飛得沒有了蹤影，他還仰著首呆望著。

忽地就聽樹木那旁轟的一聲巨響，隨著一股煙硝氣撲鼻，駝叟和王鐵肩師徒兩個一驚，抬首望去，見從樹木叢中一陣人聲喧鬧，先跑過幾頭獵犬，隨後轉出五六個獵戶，手拿著鳥槍弓箭，方才那聲巨響是他們所發。看那個為首的壯年漢子，見了駝叟，驚喊一聲，忙跑過來道：「我猜你老人家這幾天要從此經過的。前五日七姑方從此地過去，大概今天已到莊上了。」

王鐵肩一旁聽著，暗忖這獵戶口中說的這七姑究是何等人，這獵戶又是誰呢？心下不由得暗暗納罕，又聽那獵戶讓他們家中歇息，駝叟道：「你們獵你們野獸吧，看看日已西斜，我們還要趕一程路。」獵戶不肯放行，到底立談良久，說了許多外人聽不懂的話，於是長揖告別了，向前趕路。及至師徒兩個趕到山下，夕陽已經銜山。又轉過一個山嘴，眼前現出一個村鎮，尋店房宿下，吃了些食物，王鐵肩疲乏已極，一頭倒下呼呼睡去。一睜眼醒來，鄰雞報曉，窗紙已然成魚白顏色。看師父盤膝坐在那面床上，閉目養神。

王鐵肩不敢驚動，駝叟已睜開二目，望著王鐵肩道：「今天我們早些動身，今晚總可趕到地方了。」說著，喊進店小二，又要了幾樣食物，師徒兩個洗沐畢，吃罷食物，一付店錢，小二忙道：「店帳有人付了。」兩人聽了，不由得一怔。駝叟忙問什麼人代會了。店小二忙道：「紀家屯獵戶紀九。」這獵戶天還沒亮就來了一趟，拿了些狐兔麂獐之類，送到店中。因師徒未醒，會了店錢，又走去了。

正在問答間，一個漢子推門走進，王鐵肩迎頭一看，正是昨日山中遇見的那個獵戶。店小二忙道：「這不是紀九爺來了。」紀九見了駝叟，笑嘻嘻道：「小人也沒有什麼孝敬你老人家的，這些獵來的土物，請你老人家收下，千萬要賞小人這個臉。」駝叟見他情意懇摯，不便推卻，命王鐵肩把那些狐兔麂獐之類接了過來，紀九又道：「你老人家到了黃堡，見了那幾位姑娘，千萬替小人代為問候。」駝叟道：「紀九，堡上你近日沒去嗎？」紀九道：「小人一晌沒曾去了。」一問一答，王鐵肩聽不很懂，也不知他們商量什麼。紀九直待駝叟起程去後，方才走去。

駝叟師徒兩人離了這座村鎮，王鐵肩背了行囊，手提著紀九的禮物，一步一步行著，見山勢較昨日所行的還險峻幾分。

攀緣而上，來到山中腰，仰視山高萬丈，俯首下望，晨光熹微，雲煙滿眼，倒也另有一番景緻。向上走了十餘里，瞥見山間一棵樹上，挑著一面酒簾子，風兒吹得擺動個不住。轉眼走至近前，看是兩間茅草房子，外面放著幾條板凳，一旁擺了一張桌，上面放了一個酒罐，以外有一大盤醃雞子，房子裡坐著有幾個肩挑負販的漢子，挑擔放在門兒外面，在那裡吃酒，一陣陣酒香撲鼻。

王鐵肩本來嗜酒如命，自從隨師上路，從未吃一回酒。今天一嗅酒香，早已喉嚨發起癢來，饞涎欲滴，若不是在師父跟前，早已去吃個盡興了。駝叟怎的看不出他這神色來，早料個八九，向他笑道：「你嗅了酒香了吧，我不攔你，不過在這裡，我是不准你吃的，因為前面道路仍很艱險，你吃得爛泥似的，怎能行走。好在再有七八十里，就到地方。今天我們總可到了，我們先在此處打個茶尖吧。」師徒兩個走進了這茅草房，看見一個徐娘半老的胖婦人，頭上紮了一方青帕子，束著一塊斜方式油襟在那裡張羅過客。

胖婦人看他們師徒兩個走進，賠著笑臉迎來。師徒尋了個座位坐下，吩咐女掌櫃泡上茶來。女掌櫃忙把茶泡好，拿了兩個杯子。正在這時，對面桌上坐著一人，猛地把桌子一拍，劈雷般喊叫起來。這胖婦人正張羅駝叟師徒兩個客人，聞聲回頭，猛然就見對面坐的一個漢子罵道：「臭婆子好大架子，老子們坐了這半天，怎的酒還不給老子們端上，老子們吃完還有公幹呢。」駝叟抬首向喊叫的這漢子看去，恰巧這漢子也向駝叟打量過來，眼神砸個正著。駝叟看這漢子凶眉惡目，一身青布短衣服，頷下長滿了短髭，四十開外的年歲，一根髮辮盤在頭上，身畔有一頂帽，一雙小包。這漢子身旁還坐著一個三十多歲漢子，也十分強悍，也是一身青衣服，面前也放著一帽一包。

那胖婦人聽了這漢子不乾不淨的喊叫，面色一正道：「你們吃冷酒早端上了，你們既要吃熱酒，就得耐心稍候一會兒。」

忍著一肚怒氣，過去把燙的酒給他兩個端上，以外又端了兩盤醃雞子。這兩個吃起酒來，胖婦人嘟嘟唧唧走過一旁。這兩個漢子舉杯暢飲，好似不曾聽見。王鐵肩看了酒，饞蟲像是爬到喉嚨上面，咕的一聲嚥了一口唾涎。

這個四十多歲的漢子一面吃酒，一面向同行夥伴道：「你打聽清楚他今天是打從此處經過嗎？」這個漢子向他一使眼色，微微把首點了點，放低了聲音道：「他們不從此處經過，又從哪裡經過呢？」以下聲音越發細微下來，只見交頭接耳，不知說些什麼，還不住地縮頭探腦，向外張望。駝叟料他兩個絕不是好路道，兩眼不時偷偷向他兩人掃去。沒有一刻，聽門外一陣喧叫，從山腳走上來一乘兩人抬的小山轎，坐著一位年老的婦人，像是官府的內眷，轎後跟了兩頭小驢，一頭驢上乘著一位十六七歲的公子哥兒。後面那頭驢，是一個年老僕役模樣的人騎著。此外還有四五個挑夫，擔著箱籠什物，吃酒那兩個漢子見了，低聲道：「來了，來了。」

就是那些輿夫和挑夫到了這裡門外，想要歇息歇息，打個茶尖。那年老僕役慌忙跳下了驢，攔道：「下了這山再歇息吧。」輿夫和那些挑夫心中老大的不自在。那老僕又道：「到了地方，多給加些酒錢就是。」那些腳伕聽了，方才抖起精神，向前走去。屋中兩個吃酒漢子立刻彼此一使眼色，喊過那胖婦人，會了酒資，戴上帽子，提著包袱，跟在前行的山轎後面，走下去了。

駝叟看他兩個去後，哼了一聲，突然立起身，便也把茶資付了，走出店外，向王鐵肩道：「這才過去的那些人好似官紳人家，必是良民，被這兩個吃酒漢子盯上了，我們遠遠隨在他們後面，看個究竟。」王鐵肩也已覺出不對來，點頭道是，師徒加緊腳步，距那兩個漢子不過四五箭遠近。那兩個漢子把眼神貫在前邊，後面的駝叟師徒好比黃雀在後，他們毫不覺得。

崎嶇山路，走了四五裡路。又到這山的頂巔，轉過山巔，越發荒僻，山路兩旁，遍布荊棘。那兩漢子彼此一打手勢，解了手中的布包，看去原來是兩柄明亮亮尖刀。離前邊那轎不過十餘丈遠近，兩個漢子一聲嘶喝，跳了過去，嚇得那個轎後驢上的公子哥兒，先滾下來。那個老僕也轉了顏色哆裡哆嗦跳下驢來，壯著膽子，要把公子哥兒扶起。兩個輿夫也扔下轎去，呆立一旁，險一些兒把轎子裡那年老婦人跌了出來。轎內的老婦人，早連驚帶嚇癱軟在那裡。那兩個漢子到近前，那輿夫挑夫們因不關己，早遠遠躲開張望。那位少爺同老僕不覺作一堆跪爬在地，叩頭如搗蒜道地：「兩位要什麼物件，自管拿去。」兩個漢子哈哈大笑道：「我們豈只要你們的物件，我們還要你們的命呢。」那少爺一聽，上下牙齒打戰，那老僕也啞聲告饒。

兩個漢子圓睜兩目，喝道：「饒你們別想，你們認識爺爺是誰嗎？」把戴在頭上的帽子往後一推，露出面目來。

老僕抬首向那兩個漢子面上望去，突然叫道：「你，你們不是李福、王順嗎？」那兩個漢子怒道：「那爺爺的姓名，也是你這狗奴才叫的嗎？」老僕低聲下氣地說：「你們真就不看在老爺當初對待你們的恩德嗎？」兩個漢子冷笑兩聲道：「那狗官對我們有什麼恩惠，不必多說，真個的你們還叫爺爺們費手腳嗎？」老僕立時落下淚來，哀求道：「我這入土半截的人倒不怕的，可憐老爺清廉一世，只留少爺這一條根，你們真就這般忍心，絕了老爺的子嗣嗎？」兩個漢子大怒道：「老狗種，閉住你那嘴！」一掣手中尖刀，先撲那老僕刺去。

駝叟同王鐵肩潛跟在後，隱身崖後草間，早已看了個清清楚楚。在這千鈞一髮的當口，駝叟再也忍耐不住，遙看那兩個漢子掣著明晃的尖刀，望著那老僕咽喉刺去，駝叟嗖的探囊取出鐵球，王鐵肩也要拋他手中的刀。卻不料正這當口上，猛然聽見從路旁樹林內，唰唰唰，前後飛出數道白光，不偏不斜，正打在兩個漢子持尖刀的手上。噹啷，尖刀落地，兩個漢子怪叫了一聲，甩著手，往旁一跳，往後一看，忽見沒人處露出幾個人影來，自知不好，轉身撒腿便跑。王鐵肩有心把他兩個阻住，這兩個倒也乖巧，從斜刺裡穿小路跑去。

這時候樹林裡轉出一頭小驢，驢上一個妙齡女子，藍帕包頭，藍色襖，青綢甩襠扎腿，纖足如鉤，穿一雙大紅鐵尖弓鞋，腰間懸一口金鉤短劍，面貌娟秀，眉目間露出英爽豪俠之氣。一轉眼，那女子已來到那少年公子主僕的後面，剛問了一聲：「喂，你們……」抬眼瞥見了駝叟，慌忙不迭地跳下驢來，跑過來道：「你老人家怎的今天才來，想煞姪女了。」駝叟一看道：「七姑娘，你今天怎的一個人跑到此處來了？」王鐵肩一旁聽了，料這女子，定是獵戶口中說的那個七姑了。

就見此時，七姑同駝叟答道：「姪女今天看天氣甚好，想出來玩耍玩耍，獵些野獸。不想剛剛到此，撞見這兩個凶漢剪徑，被姪女賞了他兩暗器，給嚇跑了。可是的，你老人家怎麼目睹其事，反倒袖手旁觀了呢？」那少年公子同那老僕此時驚定，忙捱了過來，屈膝就要跪下。七姑蛾眉一皺道：「我這小小年紀，可承擔不起，不要折煞我吧。」

駝叟從旁向他們問道：「你們從哪裡來的，到什麼地方去呢？」那老僕答道：「我們是到城口去的，我家老爺是現任知府，姓舒，因奉召進見，已經先往，故此派小人護送夫人少爺在後面走。」

那女子一聽姓舒，喲了一聲，面露疑訝。又問：「這兩個強盜恐怕是早跟下來吧？」老僕嘆道：「不是，這兩個東西並不是尋常強盜，他是恩將仇報。那兩個凶徒一個叫李福，一個叫王順，在二年前，他兩個都是匪徒，事發了，收押在獄中。我家老爺看他兩個身材魁梧，很有兩膀膂力，十分愛惜，極力開脫他兩個的罪名，收下他做個親隨。起初他兩個倒還有良心，對於我家老爺口口聲聲地頌揚。誰知沒有一年，他兩個劣性難馴，漸漸在外又胡行起來。被我家老爺查知，打了四十板子，給斥革了。不想他兩個把以前的恩惠一筆抹消，起此歹心，在此要暗下毒手。」

七姑倒豎蛾眉，圓睜杏眼，怒道：「這一類忘恩負義的禽獸，留他在世上何用？」一轉身把驢拴在一棵樹下。轉身向駝叟說：「你老人家等候姪女一會兒。」施起陸地飛騰法，順了那兩漢子的去路追了下去。履步穩快，一瞬間已不見蹤跡。

那老夫人此時已被少爺救起，喘息穩時，已然不害怕了，夫人見狀不由得嘖嘖讚道：「不想一個女孩家有這等本領。」說至此，把公子喊過，說了幾句言語。那公子轉身過來，向駝叟問道：「這位騎驢的小姐，你老可知她姓什麼？家住在哪裡？」

駝叟說道：「這位姑娘姓伍行七，乃是名門之女，武將之後，你們不要錯把她看成女俠客。」老夫人聽了，吃驚道：「這不是故人之女嗎？她可是現在參將伍廷棟老爺的掌珠麼？」公子忙向駝叟轉問，果然不錯。駝叟點首道：「正是伍老爺的第七女。」那公子又問道：「你老人家可知曉那伍小姐府上離此尚有多遠？」駝叟道：「距此不過五十餘里，地名叫做黃堡。」語聲未罷，那老僕手一指道：「那小姐回來了。」

駝叟等人順著那老僕手指望去，見七姑手提了兩顆血淋淋人頭走來，一時到了近前，那夫人同公子看了，嚇得把臉掩上。七姑近前道：「這不是那兩個漢子的首級嗎？」她深恐嚇壞了舒夫人和舒公子，一揚手那兩顆首級扔出好遠，骨轆轆滾到山澗下面去了。

那舒夫人招呼道：「七姑娘五六年不見，居然有這大的本領。你不認識老身了吧？方才若不是你相救，我們此時早喪身在兩個負義之徒的手下了。」現出萬分感謝的神色，朝著七姑福了兩福，又自通身世姓名。七姑慌忙還禮不迭，說道：「您是舒老伯母，我真想不到。」舒夫人忙向公子喚道：「汝良，你還不拜謝伍七姐姐救我們的恩德！」舒公子就要過來叩謝，七姑慌忙相攔道：「萬萬不可。」舒公子恭而且敬地給七姑作了三個大揖，七姑忙回了兩福，向著舒汝良打量過去，見他容貌清秀，一臉書生氣色。七姑面色一紅，羞答答低下頭去。

正在這時就聽那旁的輿夫挑夫們七嘴八舌喧嚷起來，舒夫人忙問何故，那輿夫挑夫們跑來齊道：「天色已過正午了，請公子快上路吧，前面道路也很難行的。」七姑便接過來道：「伯母請到舍下去吧。舍下距此不過五十里上下的樣子，下了這山有個莊子，在那裡吃些食物，歇息一時，今天總可趕到舍下的。」舒夫人深感故人之女救命之恩，便道：「如此又叨擾姪女了。」七姑笑著謙遜了幾句，轉首向駝叟道：「你老人家乘姪女這驢，前頭走吧。」駝叟頭一搖道：「我是不慣乘驢的，我乘在驢上，反沒有步行舒適。」七姑不敢再讓，過去把那驢的韁繩解了。一揮手，那驢好像懂得人意，翻起四蹄跑下去了。

舒夫人喲的一聲道：「七姑娘把驢逐去，難道七姑娘步行嗎？小小的腳，走這山路，真也不怕累。本來你這有本領的人，我想走起路也算不了什麼的。真個的，你這驢頭前跑去，不怕途中被人牽去嗎？」七姑嗤笑道：「姪女這頭驢方近百餘里的人戶，全認得的，絕無人敢牽姪女的這頭驢。你請上轎吧，不要耽延了。」舒夫人轉身上了小轎，輿夫把轎抬起，舒公子同那老僕看駝叟、七姑同王鐵肩都是步行，便也扯著那兩頭小驢，緩緩隨在轎後。走了沒好遠，轉過山巔，折向山下，居高望下，坡勢既陡且仄。抬轎的那兩名輿夫，都慣行山路，抬得既穩又且快。舒汝良公子看如此險惡道路，不住扶在轎旁喊：

「娘要仔細留些神的。」

又走了十餘里，到了山下，又過了一個小嶺，方見一個莊村。

尋個客店，休息了一時，舒夫人等吃了點食物，七姑同駝叟師徒另尋房屋坐下。舒夫人意讓七姑同在一處，七姑道：

「你休息一忽兒吧，姪女不便打擾。」正說間，院內輿夫挑夫們同那老僕因爭酒資廝吵起來。七姑忙走出來叱道：「晚間我給你們幾串酒資就是，何必在此廝吵！」那輿夫挑夫們對於七姑的本領是領略過了，看七姑一出來，一顆頭向腔子裡一縮，都不敢言語了。

一行人歇了片刻，舒夫人命叫過小二算帳。小二道：「七姑代會過了。」夫人向七姑謙謝一陣，離了店房，迤邐向前行去。

路雖崎嶇，卻也平坦許多，約走有一二十里，七姑猛地站住，向前一指道：「她們來了。」駝叟看去，卻是三姑、四姑來了，她兩個也是步行跑來。舒夫人在轎內看來的這兩女子，年歲和七姑不相上下，她兩個裝束卻也同七姑相仿，腰中也各懸一口寶劍。她倆長得眉似春山，目澄秋水，一個是長長臉兒，一個鴨蛋臉兒，嬌體中又帶出英氣來。她們兩個同七姑站在一起，真是一個勝似一個的，是三個天仙化人。

那三姑、四姑來在臨近，一眼看見駝叟，嘻嘻笑道：「你老人家可回來了，我們姊幾個一天不知念你老人家幾遍呢。前幾日我七妹探望我大姊去，回來時我們還問看見你老人家沒有呢。今天看七妹那驢頭前回去，我們就猜著必有客來，不曉得是你老人家回來了。」說著又很奇異地向舒夫人等望去。七姑笑道：「他們就是漢中舒太守的眷屬，那轎內即是舒老伯母。」

三姑、四姑聽了，忙道：「我們先回去，到家中我再給你們引見吧，他們是到城口去的。」三姑、四姑走，把房子打掃打掃吧。」她兩個一轉身趄向回去，腳下也很快的。轉眼之間，走了好遠。舒夫人在轎內一咋舌，心說這裡的女子本領全是這樣了得，由羡慕變成敬愛。

不一時，見眼前一條小溪，水聲潺潺，溪上架了一塊板橋。過了這板橋，前邊即是一個大莊子，四圍烏枒枒樹環繞，黃堡已是在望了，進了這莊子，來至中間，見路北一片瓦房，廣梁大門。

三姑、四姑同幾個使女婆子，以外有二三個男僕，早站在門外迎接。

當晚舒夫人即宿在她們這裡，駝叟、王鐵肩和舒汝良公子住在外面廳房中。舒夫人把七姑相救的話向三姑、四姑說了一遍，當晚同她姊妹三個談得十分投機。舒夫人又向七姑問道：

「這間同來的那年老的人又是哪個，怎的他在這冬日穿一件薄袍呢，難道他不畏寒冷嗎？」七姑道：「提起來你一定也曉得的。」三姑接過來道：「舒老伯母雖未見過他老人家，但是提起他老人家的名頭來，老伯母也定是知道的。」舒夫人道：「看他那滿面病容，曲背折腰，必是大病初癒。」七姑笑道：「他老人家就是那氣色，所以外人會把他老人家喚作駝叟。」七姑隨著把駝叟來歷說了一遍。

舒夫人一聽，忙道：「我曉得的，我曉得的，原來是他呀。」七姑徐徐說道：「他老人家就是那武漢三鎮總鎮劉琪。」

舒夫人忙道：「我真想不到。」七姑又接續前言道：「他老人家自那年隨同袁公徵定粵寇，後來袁公被劾，他老人家看宦海如斯，無心上進，辭官隱於川中。我那劉伯母早已物故，他老人家並無子嗣，只一女兒名喚玉娥，嫁給燕湖王家，本領也還了得，頭兒腳兒可稱是十分人材。可惜我那玉娥姊姊人兒雖強，命運卻不佳，過門不及兩載，便把丈夫故世。所幸還有一子，我這劉伯父每年總要到燕湖去一趟，這次就是從燕湖回來。他老人家就在村西十餘里八仙觀內居住，此外他老人家還有一個徒弟叫紀維揚，侍伴左右。他老人家跟我們故世的師父馮瑜是師兄弟，他哥倆都是江北田炎峰門下的。他老人家那身本領可說火候已到登峰造極了，在冬天穿這薄棉袍還熱呢。」回首向三姑、四姑道：「據劉伯父說，玉娥姊姊這二年已不能分身進川了，她那翁姑均相繼謝世，偌大的家業，皆是她一手照管。

她那孩子今年也上學了。」說著，彼此嘆息了陣，旋各安寢。

舒夫人自見七姑便屬意了，自想同汝良真是天生一對，只愁無處去覓冰人。舒夫人在這裡留了兩天，同公子帶了那老僕，起程走了。臨行七姑等殷殷囑告，回來時千萬再在此盤桓幾日。夫人道：「我回來時，定要來看你們姊妹的。」說罷，乘轎自去。

這裡駝叟也帶了王鐵肩回了他那八仙觀。這八仙觀，坐落在一脈大山之下，背山面水，觀前那道溪水，是同黃堡村外那道溪水同一支流。走近觀前，看山門半掩，邁步到了院內，只見小小一層殿宇，兩旁各三間配殿，院落雖小，卻十分潔淨。

這八仙觀在從前本是七姑們師父馮瑜在此住持，自馮瑜羽化後，即由駝叟在此居住了。

駝叟來在院中，一聲咳嗽，由西配殿裡走出一個漢子，年紀卻同王鐵肩不相上下，軀幹雄偉，虯髯虎鬚，一身短服，頂上一條油鬆大辮，盤在頭上。見了駝叟，聲如洪鐘般道：「你老人家回來了。」邊說邊向王鐵肩打量。

駝叟把頭點了點，便指著那漢子向王鐵肩道：「來來來，給你們師兄弟引見引見。這是你師兄紀維揚，即是紀家坪紀九之兄。」王鐵肩忙行下禮去，維揚連忙還禮，師徒三個進了殿內，看淨几明窗，打掃得十分潔淨。駝叟命王鐵肩把行囊放在對面維揚房內。至於紀家坪紀九所贈的那狐兔麂獐，卻給黃堡村撇下了。

當日駝叟即命鐵肩持了斧頭，到山上砍些柴薪，回來便叫他炊火做飯。一時飯好，駝叟便喚維揚去沽兩角白干酒來。駝叟向鐵肩道：「你跟我一路上酒癮卻有些熬得不過了，你今天盡量吃個足興吧。話可要說在頭前，你卻不能天天吃酒的。」

王鐵肩忙道：「不勞你老人家囑咐，徒弟絕不能天天吃酒的。」

駝叟和維揚均不吃酒，把個王鐵肩喜得眉花眼笑，轉眼把這兩角酒吃了個乾淨。把飯用過，由王鐵肩把碗盤家具洗滌了。駝叟看王鐵肩吃得已有七八成醉意，便叫王鐵肩去休息。自到觀中，就沒歇住手腳，王鐵肩聽了這句話，如同開了大放一般，回到房中，開啟行囊，藉此幾分醉意，一頭倒下，竟呼呼睡去。

流光迅速，一眨眼間，已過了兩三個月的光景。度過了年關，春光明媚，已是二月了。王鐵肩自到這八仙觀，駝叟從未教他練習功夫，天天不輟的命他上山砍柴，回來便炊飯。終日十分辛苦，王鐵肩毫無怨言，每天干他這所應乾的事。

這一天，駝叟正看維揚練習武功，黃堡一個男僕跑了來，慌張張道：「紫陽的大姑奶奶昨天來了，好像有甚了不得的事，到後面和三姑姊妹三個不知說了幾句什麼言語，其中卻把那性如烈火的七姑給氣煞了，出來就要牽驢走去，口裡說：『大姊姊我去給你辦這宗事兒。』把個大姑奶奶急得哭啼啼地說：『七妹去不得的。』七姑看大姑奶奶這樣，便又踅回裡面。哪裡知她在半夜間，趁著人全睡熟的當兒，這位姑奶奶悄悄騎了那頭驢去了。及早間不見了七姑，急得大姑奶奶一邊哭著，一邊說七妹妹，姊姊害了你了。三姑同四姑急得也直跺腳兒，派小人請你老人家來了。」

駝叟聽了這片話，暗吃了一驚，心想大姑歸寧，有什麼大不了的事，那性如烈火的七姑悄悄連夜私自去了呢？更不亂猜，忙忙地離了八仙觀。腳下一緊，十餘里的路程，哪容半個時辰，早到了黃堡。一進門兒，兩個婆子正站在門外，一見了駝叟，忙迎著說：「大姑奶奶現在房裡，念叨你老人家幾遍了。」一轉身報了進去。大姑奶奶聽駝叟來了，拭了拭臉上的淚痕，迎了出來。

駝叟見大姑奶奶面容瘦削了好些，兩眼已哭得紅腫。她看了駝叟，慌忙福了兩福道：「劉伯伯，你老人家請房裡坐吧。」

三姑、四姑隨著也迎出來。駝叟來到房內，婆子張羅著泡上茶來。駝叟便問：「七姑究竟到哪兒去了？」大姑奶奶尚未答言，三姑忙接過來道：「不要提起她了，昨天我大姊姊從紫陽來，說我那大姊丈被人陷害，由官府給解往京城去了！……」底下的話未曾說罷，駝叟大吃一驚道：「什麼大不了的事，居然值得解往京城，再者說，周興元終年在他那當鋪裡經營生意，這禍事從何處所起呢？」

大姑奶奶未語，先長吁了一口氣道：「提起來，真是意想不到的橫事，總算慈心招的禍害。大約是去年冬月的樣子，她大姊夫正從鋪中走出，看有一個鶉衣百結的乞丐，行將凍死，一看心中老大不忍的，一問他，他說他是京城人氏，到這紫陽來尋親，不想未遇，所以流落在這裡。大姊丈一聽，問了他的姓名，他名叫朱瑞，當時即把他帶到鋪中，叫他充當一名更夫。一向時倒也十分殷勤，剛吃了幾天飽飯，他便故態復萌，天天酒醺醺吃得爛醉。大姊丈一責他，不想他十分強橫，說你這裡不養爺，還有養爺處呢。起初大姊丈看他，是幾盅貓尿鬧的，也不去理他。誰知他越來越不像樣了，當把他逐出來。沒兩日，他在衙內補了一名捕役，又過了兩天，他帶了幾名同夥，跑到當鋪裡，進門就說出你們收了賊贓了。東搜西翻，在一個號內，搜出一朵翡翠花兒。那朱瑞冷笑著說，去年京中博親王的福晉是在府中丟失了一朵翡翠花，不想卻落在你們這裡了，當時把大姊丈簇擁著鎖到衙中去了。」

駝叟聽到這裡，很遲疑地問道：「這朵翡翠花是博親王福晉的嗎？」大姑奶奶忙答道：「博親王福晉是在京城丟失的，怎會到了紫陽呢？當然不是的。」駝叟道：「這縣官未免太冒失了，如果解到京城，一驗不是原失之物，這縣官不但把前程丟了，而且還要受處分呢。」大姑奶奶道：「所以說這位縣官才是個糊塗蟲兒呢，上邊一要人認，卻把那殺千刀的朱瑞嚇煞了，他想真到了京城，一查驗不是原失之物，再一追究，他哪能脫去關係。他當時不露聲色，他卻也機警，跑到知縣前自告奮勇，情願隨同護送押解到京。誰知他心中早打好主張了，走了沒兩站，他藉詞悄悄給鞋底揩油的溜逃了。一些夥伴們一看他逃了，便一面押犯進省，一面回來報信，知縣方明瞭他是陷害良民。知縣為自己前程打算，不得不將錯就錯，一咬牙拿出上千兩銀子，派個心腹人到省去打點，人證依舊解到省城，總希冀把這事敷衍下去，其中卻苦了她那大姊丈了。」

駝叟連又問道：「以後怎樣呢？」大姑奶奶道：「以後不曉得如何了，昨天我來一說這事，我七妹立刻按捺不下怒火，定要先到紫陽，警告那個縣官兒，然後再到京城去，設法救她姊丈。我想她一個女兒家，再弄出些事兒出來，我怎對得起她呀。不料她的主意來得更妙，在半夜悄悄走了。」說到這裡，淚珠兒在眼內繞了兩繞，險些淌了下來。三姑、四姑一旁齊聲道：「七妹她這一走，我們姊妹三個正不得主意，若是追了去，恐怕也追她不上了，所以特把你老人家請了來。」駝叟道：「別無他法，我親自下去尋她吧。我先到紫陽，從紫陽再到京城，想法把周興元救出。」大姑奶奶喜得站起，向著駝叟拜了兩拜道：「你老人家親去，再好沒有了，姪女也就把心放下。」

駝叟當時別了她們，先回了八仙觀，囑咐維揚、鐵肩師兄弟兩個說：「自己這次出門，多則半載，少則三四個月，你兩個好好照看門戶。」又叫維揚先教鐵肩一些初步功夫。王鐵肩一聽，先向師父謝了，又向師兄作了個大揖。駝叟當日帶了隨身器刃，即起身上路。這次上路，卻是他自己施起陸地上的功夫，不消幾日的光景，已來到紫陽。

這天進城，天色已晚。他原擬到七姑的姊丈周家去尋她，後來又一想，七姑此次到這裡，既安心要警誡這縣官，她絕不能住在周家。想至此處，駝叟便尋家店房宿下。在剛一進店門的當兒，看客人三三五五聚在一起交首接耳，不知談論些什麼。駝叟也未介意，在店中尋了個獨間，便有一搭無一搭，向這店裡小二問道：「你們這裡在這幾天有個獨行女子，騎著驢兒，從這裡經過嗎？」一小二忙答道：「有的，有的，她就住在我們後面獨院那間房裡……」駝叟大喜，忙接口說道：「快引了我去。」小二笑道：「你老先不要著慌，下面的話我還沒說完呢。那位姑娘只留了一夜，在今天一早即起程去了。」說至此，小二肩兒一聳，向駝叟近前湊了湊，低聲說道：「我們這裡在昨夜間出了樁新奇事兒。」駝叟忙問什麼新奇事。小二低聲道：

「我們這裡縣太爺在昨夜間，忽然把腦後一條髮辮，齊頭齊腦，被人割去了，不但不敢追究，而且還不敢聲張呢。這樁事是由衙內人傳說出來的，據說割縣太爺髮辮的這人，還給留下一個柬兒哩。柬兒上寫的是什麼言語，我們卻不曉得了。」

駝叟聽了，知道這定是七姑玩的把戲，這時外面有人喚叫小二的聲音，小二忙答應著走去。駝叟不料由小二口中，探明七姑的行跡。她既離了此地，自己當然也不便多在此停留。在紫陽住了一宿，次日便起身，順著大路，向京城行去。追趕了兩日，也未見七姑的蹤影。其實七姑卻順小路行去，駝叟也料她定是順旁路下去了，只好到京城，再為尋她。

這天來到豫直交界之處，走進一座村莊之旁，瞥見一個村婦，抱著一個四五歲娃娃，坐在樹下，引那娃娃玩耍。就聽那村婦嘻嘻向那娃娃道：「你看方才過去那個姑娘，人家一個騎著驢兒，走東走西，像你離不開我一會兒，我一走開，你就嚇哭了。」駝叟一聽，心想這村婦口說的那個騎驢的姑娘，莫不是七姑嗎？便轉身去，問那個村婦道：「方才從這裡過去一個騎驢姑娘嗎？」那村婦抬頭望了駝叟一眼，答道：「不錯的，剛才過去的，這時走了沒好遠。」駝叟一聽大喜，心想這定是七姑了。駝叟連忙又問道：「這女子是怎樣打扮？」那村婦道：「她騎著驢兒，一晃就過去了，我也沒有看清。」駝叟道：「她是穿的一身短衣服呢，腰間還懸了一口寶劍吧？」那村婦隨口答道：「是好像穿的一身短衣服，劍不劍的，我是沒有留意。」駝叟轉身大踏步向前趕去，一氣走了三四里路，看前面果然有個女人騎驢兒，那驢兒走動，塵土四揚，相距約有半里之遙，也看不出究竟是七姑不是。及至趕到臨近，哪裡是七姑呀，卻原是個村姑，騎上繫著兩個大小包袱，像是走親戚的模樣，至此方知錯會了那村婦的言語了。

第二章　老俠士仗義雪冤

飢餐渴飲，又行了半個月的光景，一路上冷月寒風，茅店雞聲，說不盡的風霜勞碌。這日來到京城，但看闤闠相接，人煙輻輳，街心兩方趕生意的，接踵摩肩，家家笙歌，戶戶管絃，畢竟是京城所在，與他處究不相同。駝叟別了京城已有十餘年，此次舊地重遊，回首往事，不禁感覺無限滄桑。當在前門外，尋了家店房宿下，每日到各處尋找七姑。偌大一座京城，尋了幾日，如石沉大海，哪有一些消息。

駝叟暗暗焦急，不由得心下暗忖，還是救出周興元來，再尋七姑。可是駝叟他來京時，已探明周興元係收押在刑部獄中，他想博親王在前些年也曾覲見過，便換了件長衣服，以外又寫了一張名刺，照直奔往親王府，想把周興元這被屈含冤的事，當面稟知博親王。哪知到了王府，那些家丁僕役看了他這神色，睬都不睬，知道照直往覲，定是不可能的事。兩眉一皺，計上心頭，便向那些家丁僕役道：「我的地址給你們留下，我住在城外興隆店內。」那些家工僕役裝作不曾聽見的樣子，駝叟不便久停，轉身直出王府門外，府門左右有石獅子一對，駝叟到了這石獅旁，運動氣功，把這隻石獅子一摟，硬給扭過頭去，改為北向。門內那些家丁僕役看了，驚懼非常，恐受王爺責罰，忙扯了笑臉，向駝叟呼喊道：「請回來，我們給你稟報王爺就是。」駝叟頭不回大踏步地去了，那些家丁僕役本想追去把他請回，因他們全要卸責，彼此都是觀望不前，七嘴八舌地喧嚷起來。

正喧嚷間，府內一聲咳嗽，家丁僕役大驚道：「王爺出來了！」彼此垂手站立兩旁。及至抬頭一看，是管家走出來。眾人連忙垂手侍立，那管家卻也氣派十足，一身鮮衣，手托著一根旱菸袋，嘴裡吧嗒吧嗒的吸著，踱著方步走了出來。一眼瞥見府門外那對獅子移動了地位，扯起官腔，忙問緣故。眾人哪敢隱瞞，一一說了，管家鼻子裡哼了一聲，為擺脫他的干係，轉身直到自己房內，扔下手裡那根旱菸袋，進內回稟王爺去了，眾人屏息以待，過了一會兒，管家出來，向眾人道：「這個移動獅子的人，你們可曉得他住在何處嗎？」眾人道：「我們曉得的，他把住址說了。」管家揮手：「你們快去把他尋了來。」

眾人不敢怠慢，忙按照駝叟說的那家店房尋了去。

來到店內，果然把駝叟尋著，家丁立時改變了一副面孔，也顧不得端架子，滿臉笑容道：「你老跟我到府內去吧，管家特派我來請你。」駝叟冷笑道：「你們那種驕傲態度，我是不敢再去的了。」這家丁一聽，連忙嘻嘻笑著央求道：「你真能和我們一般見識嗎？你若真的不去，要把我們的飯鍋砸了，而且我們還得要受懲治的。」駝叟不再和他糾纏，一笑立起，和家丁走向王府，這家丁方才心內一塊石頭落下去。

到了王府，家丁忙進內回了管家，管家慌忙稟報了王爺。

博親王卻也是武藝蓋世，力大驚人，門下本領高強的食客，不下數十人。一聽管家稟報，府外石獅被人移動，不由得暗暗驚佩這人的膂力，便命趕忙把這人尋了來。這時管家回稟移獅之人來了，親王便同門下食客們踱出門外。

駝叟認得是王爺，他見王爺丰采不減當年，可是一別十餘年，王爺兩鬢已然斑白了，駝叟忙行下禮去，說道：「原任總兵劉琪給王駕行禮。」博親王聽了，還彷彿憶想起來。開口問道：「你就是當年那武漢三鎮總鎮劉琪嗎？」駝叟道：「正是卑職。」博親王聽了，且不回答，先回首過去，望著身後那些食客們說道：「你們眾人哪個去把府外這隻石獅移轉原位？」眾食客一聽，面紅耳熱，全是面面相覷，並無一人應聲。博羅多親王笑了笑，這才回過首來，捻著鬍鬚，向駝叟道：「你既把這對石獅移動了方向，你再給移轉回原處吧。」駝叟一笑領命，先說了一句：「王爺恕卑職無禮，卑職不敢炫才，實在是求見拿來做敲門磚。」遂起身走到門外，博親王率門客隨了出來，駝叟立在石獅前面，兩手執獅足，微一彎身，肩找獅腹，運動氣功，說一聲起，那石獅已微微轉動了。就看他如同舉桌也似，只一挺，這隻石獅已然被他又轉回原處。一些食客看得目瞪口呆，博親王大喜，便把駝叟喚到府內。只剩主客兩人，駝叟藉此機會，當把紫陽周興元被人陷害的事，一五一十稟知了王爺。親王大為惱怒，立時派人託情把周興元一案重新付審，冤獄頓白，知縣革職論罪，這一案也鬧了半年，才得昭雪。親王對待駝叟十分優渥，命駝叟移到府中來。這博親王雖身在王位，可是頗能禮賢下士，駝叟在王府係住在一座傍院，王府一些人等看他很是和藹，全愛跑來，湊在一處和他攀談。

駝叟在府住了沒有幾天，這天傍晚王府中那管家跑到駝叟房中說道：「府中今天有一宗事，聽著卻也叫人納罕。」駝叟忙問什麼事。那管家拿起他那旱菸袋鍋子，擰了一鍋子關東葉子，打著火鐮，把菸葉吸著，狂吸了兩口，這才徐徐說道：「大概是在前幾天的樣子，福晉到城外關帝廟拈香，回來時，途中遇了一個十幾歲的女子。這女子一直隨了福晉轎後，及至到了府門，福晉見那女子還在後面，當時把那女子喚到跟前。別看那女子年紀小，心眼兒卻很機警，忙屈膝跪在地下。福晉便開口問：『你為何緊緊隨在轎後？』那女子說她是陝甘人氏，隨同她母親到此投親未遇，故此母女兩個雙雙漂泊在此。她母親為飢寒所迫，在月前已下世去，只撇下她一個人兒了，她名叫七姐。平素聽人傳說福晉是心地慈祥，所以隨在福晉轎後，情願給福晉充一名丫頭。福晉如不收留她，她只有一條路，追尋亡母於地下了。說著她便落下淚來。福晉本是心慈面軟的，待人接物，十分忠厚，一看她這模樣，心下老大不忍，看她模樣兒長得秀麗，蠔首蛾眉，雖一身荊釵布裙，倒也很是標緻。福晉就問了問她姓氏，她說姓伍，當把她帶回府內，留在身下。」

那管家說到此，頓了頓，駝叟忙偏首問道：「後來怎麼樣呢？」

管家把旱菸袋鍋子裡吸盡了的殘菸灰，向地下磕去，又拿起那旱菸袋，嘴對嘴地吹了兩口，這才放在一旁，接續前言道：「她自到府內，總凡一切瑣難事，頗能體會福晉的心意，所以福晉很喜愛她。她來了十幾日，花兒、朵兒、衣兒、布兒，福晉很賞了她些。不料今天一早，她忽然失蹤，所有的不但府中未失何物，而且連福晉賞她的那些衣物，全有條不紊地好好放在那裡，一樣都未拿去。你說這事真令人莫名其妙了。

她以外還給福晉留了個字條兒，上面不過是感謝福晉待她厚意等語。你說這女子無緣無故忽來忽去，是何居心呢？」駝叟聽罷，心中一動，那管家又閒扯了一陣走了出去。駝叟看那管家去後，也熄燈就寢，心中仍是尋思。

到了次日清晨，駝叟剛沐盥畢，就見府內一家丁跑進來道：「外面有人要見你！」駝叟聽了一怔，心想：「這人是誰呢？我到此地，所有舊日一些親友，我均未前去探問。再者我在王府，外面並無人知曉呀。來的這人又是哪個呢？」心下不由得起疑，便隨了這家丁走了出來。到府門外一看，是個中年漢子，面色瘦，衣冠齊楚，站在那裡。駝叟看這人倒也有幾分面善，仔細望去，來的這人非是別個，正是那剛剛災除難滿的周興元。

駝叟過去問話，那周興元見駝叟，喜道：「劉老伯，我有許多話，要對你說，前面鬧市有座酒樓，咱爺兩個到那裡再談話吧。」駝叟把頭點了點，心想在此談話，卻也有些不便，當下同周興元一起來到鬧市酒樓。只見刀勺齊鳴，酒菜香味撲鼻，駝叟同周興元尋個僻靜獨間坐下，這才叩首，向駝叟道謝：「姪兒若不是你老人家在王爺前一言，姪兒還不能出了牢獄呢。姪兒在牢獄再坐幾天，說不定便要把性命喪掉。姪兒自到這京城，便患起寒症，自出獄方漸告痊。」

駝叟忙把他扶起，露出很驚奇的顏色，問周興元道：「我在王爺府把你被人陷害的事稟明，因此才把你救出了獄來，你怎的曉得的呢？」周興元道：「你如何救了姪兒，全是七姑詳詳細細地告訴我的。」駝叟忙道：「七姑現在哪裡呢？我找了她這多日，未見她的蹤跡，最近得了一點消息，還苦於無法下手，你在哪裡看見她了？」說罷兩眼望著周興元，急待他的答覆。

偏偏不湊巧，正在這時酒保一步走進來，問道：「客官要什麼酒菜？」周興元手一揮道：「稍候一時再說。」

酒保轉身離去，周興元這才慢慢答道：「你老人家未曾尋著七姑，她卻看見你老人家了。」駝叟忙問：「她在哪裡看見我了？」周興元悄聲道：「她在王府見你老人家了。她來到京城，把驢兒及行囊等物，全寄在城外鄉間從前給她們充過女僕的家內，她隻身進了城。說也甚巧，當日遇上了博親王福晉，被她幾句言語，混進了府中。她原想藉此機會，把我這含屈被冤的事稟知福晉，不想你老人家去了，把姪兒的事稟於王爺。她不便再在府中久留，在昨晨悄悄離了府內，想回城外女僕家中。

她行經路上，我正在店外閒立，她一眼瞥見了我，便叫我同她到城外那女僕家中。當時我同她到了那裡，她才一五一十地把我如何出獄的事說了，我方如夢初醒。七姑尚問你老人家何日回鄉。」駝叟拍手道：「我猜是她，果然不錯！現在七姑的行跡已覓著了，你的事兒也了結了，我在這繁華觸眼利祿薰心的京城，也不欲久居，明後天我們一同起程吧。」周興元道：「七姑她還要順便到皖省，探望她母舅去呢。她要見你老人家一面，即上路赴皖。明天你老人家到姪兒店中，咱爺兒兩個一同找她去吧。」駝叟點了點頭道：「明天去吧，後天只有我們爺倆一同起程。」兩人因全不善飲，便要飯菜，一時吃罷，付過了帳，駝叟和周興元出了酒樓，分手別去。

駝叟回了王府，對那管家說了自己擬定後日起程回鄉，懇他轉稟王爺，並向王爺作謝。那管家把他這言稟了王爺，博親王知他早已視功名如草芥，也不便強留，遂贈他百兩川資。駝叟不便推辭，只好收下，謝了王爺，次日拜別王府眾人，尋著周興元，一同上道。但見蒲柳盈街，榴花炫眼，非復自己來時景象。屈指計算，自己離川已兩三個月的光景，迅速光陰，已屆端陽了。

出了彰儀門，走了約有七八里，前面有一座村莊，來到村內。瞥見路迤北有個籬笆門兒，門外一棵遮遍半天的槐樹。周興元道：「到了，到了。」這時門內站著一個村嫗，看了他們，抽身走進，隨著七姑笑嘻嘻走出來道：「劉老伯你老人家為姪女的勞碌遠途跋涉，真是姪女的罪過。不過話又說回來，你老人家如不親到京城，周姊夫還不能出牢獄呢。你老人家快請房裡坐吧。」閃身讓駝叟兩人走進院中，登堂入室，那村嫗忙跑出跑進地張羅茶水。駝叟向七姑道：「你還不回去嗎？」七姑道：「自從我那父母雙亡後，我母舅處音信久疏，姪女早想到皖省去看望看望，苦無機會。今藉此機會，我要順便去探望他兩位老人家，從那裡薄遊江漢，再轉道回蜀。姪女此去，桂節前後總可回川。」駝叟道：「近來路上荊棘滿目，強梁遍地，你一個女子家，雖說自負有些本領，路上仍得加上十二分謹慎。」

周興元道：「劉老伯所說極是。」七姑道：「不勞老伯囑咐，姪女一路自當謹慎。」駝叟問七姑道：「你何時起身呢！」七姑道：「姪女今日見了你老人家，便要起程。」駝叟便和周興元別了七姑，即回城中。七姑看駝叟他們去後，也離了這裡，牽驢上路。那村嫗淚眼婆娑，直看七姑驢影鞭絲隱沒於綠柳叢中，她才走回家門。

這裡，駝叟和周興元回轉城內，住了一宵，第二日雞鳴五鼓，便也起身離了京城。周興元因在牢獄大病初癒，所以僱了一輛二套轎車，和駝叟一同上路。曉行夜宿，戴月披星，非是一天，這日到了冀南，周興元沿途勞頓，又二次患起寒症，周身燒得火一般滾燙，躺在店中土炕之上，只覺得心裡亂跳，茶飯也懶得下嚥。駝叟把店中小二喚來，問這裡可有比較可靠的醫生。店小二道：「我們這裡卻沒有醫生，不過倒有一個開藥鋪的王先生會治病，不消診脈，只把病狀同他說了，抓個幾味藥，吃了便會好的。」駝叟聽了，一搖頭，心說這聽病下藥，是不妥當的。便命店小二沖了一碗熱騰騰薑湯水來，給周興元喝了下去，看他蒙頭睡去，當夜出了一身大汗，周身輕鬆許多。次日起來，覺得有些酸懶，只得在這裡將息幾日，再為起行。

這日駝叟正在店門外閒望，見一乘四人綠呢轎走過，前後三四個差役，轎馬跟過，那轎內坐著卻是個婦人。駝叟自忖定是本地官員的眷屬，也未介意。來到切近，那轎內婦人轉首向駝叟打量了兩眼，便走過去了。待了沒有多大工夫，一個穿著官衣的差役，騎了一匹馬，還牽了一匹鞍轡齊整的空馬，照直到店門外面，翻身下馬。一回手，兩匹馬韁繩交給店小二，一彎身，從官靴裡抽出護書來，開啟護書，從裡面拿出一張名刺，一手提著馬鞭，一手拿了名刺，奔到店中櫃房之內。問道：「劉總鎮可住在你們店內？」店家很遲疑地答道：「沒有什麼官員住在俺們這裡呀。」那差役兩目一瞪，叱道：「劉總鎮明明住在你們這裡，你們怎說沒有呢？」

駝叟在旁聽得明白，忙走到近前，看了看那差役，問道：「你是哪裡派進來的？」那差役看了駝叟一眼道：「我是知府老爺派來特請劉總鎮的。」駝叟忙問：「你們知府的姓名，是誰？」

那差役道：「我們知府是新從陝南調來的姓舒。」駝叟未容他說罷，忙道：「你們知府是舒鑑青吧？」那差役把頭點了點，駝叟說道：「你先回去稟報你們知府，就說劉某隨後便去拜望你們知府。」那差役倒也精幹非常，心想說話這人定是劉總鎮，滿面笑容的，望著駝叟請下安去，雙手把舒知府的名帖遞了過去，說道：「敝上請你務必賜光到衙內少坐片時，大人平素的坐馬特給你備來。」駝叟見這舒鑑青倒也是一片誠意，便又問那差役：「我是剛剛來到此處，你們知府從何而知呢？」那差役播了搖頭道：「小人卻不得而知了。」駝叟走回房內，說與了周興元，便和那差役乘馬望府衙行去，穿街過巷，不消片刻，已來至府衙。

差役忙稟了進去，開了府中二道正門，舒知府親迎出來。

駝叟同舒鑑青也是多年舊友，想見之下，各道寒暄。舒知府把駝叟讓到裡面書房中落座，下人獻上茶來。舒鑑青說道：「剛才聽賤內說：我兄來此，故特派人往迎。」駝叟方知在店外見的那乘轎，原來就是舒夫人。這時舒公子也忙過來，給駝叟行禮，垂手侍立了一時，慢慢退了出去。

駝叟雖武將出身，卻也粗通文墨，抬首見這書房四壁，懸了一些古今名人書畫，素知舒鑑青酷嗜吟詠，所以這書房中防陳設，極意講求風雅。駝叟忙問道：「翁近來有何佳作嗎？」

答道：「近來書牘勞形，也無暇顧及吟詠了。」駝叟一回首，看桌上壓了一紙小籤，不由得笑道：「這不是翁的大作嗎？」舒鑑青嘆道：「這倒不是，這是小弟治下一位潦倒詩人的舊作。可惜文章憎命，空挾奇才，落落不偶，如今人早沒世了。」

彼此嘆息一陣，舒鑑青又問駝叟道：「伍老兄的那幾位千金，不想全是一身武技驚人。賤內同小兒前入川，若非蒙那七姑娘相救，險遭不測。真是的七姑娘進京，我兄尋著她了嗎？

她大姊丈被人陷害的事，了結了沒有呢？」駝叟道：「這倒奇怪，吾兄怎麼也知道了？」舒鑑青道：「賤內同小兒回來不幾日，又在黃堡村留了幾天，所以曉得。」駝叟講罷，這才把周興元的事已了結，七姑又從京城到皖省探望她母舅的話，向舒知府說了一遍。舒鑑青道：「小兒汝良年已弱冠，親事尚未定妥。此次賤內從川回來，提起這位七姑娘，我是敬愛非常。問候七姑娘現尚待字閨中，小弟有意攀親，冰人一席，早想到我兄身上，尚希我兄玉成此事，小弟感謝不盡。」說著，站起向駝叟作下揖去。駝叟道：「你我乃多年契友，你們兩家又系通家至好，當然我極力從中撮合此事。不過……」青道：「我兄如有何為難之點，提了出來，我們弟兄自為計議。」駝叟道：「不過並無其他問題，我看最好還是再把她姊丈周興元請出來，由他夫婦和她商議，我再從旁撮合，此事無有不成。」舒鑑青拍掌笑道：「我兄所說極是。」便命人把周興元請了來。一時周興元到來，由駝叟給他們介紹了，當把給他兩家撮合親事的話說了。周興元也極端贊成，向駝叟道：「你老人家既允出頭，這婚事無有不成的，小姪當然也頗極力幫忙。」舒鑑青大喜，當時設筵款待他們爺兩個。至晚駝叟兩人向主人作辭，舒鑑青忙道：「我兄等的衣物，小弟已派人從店中取來了，現放在院旁花園內。你我弟兄闊別多年，我兄和周世兄多在此盤桓幾日吧。」

駝叟同周興元在大名府衙一住十餘日，方辭了舒知府，動身上路。涉水登山不止一日，一天到了興安，距紫陽只有一兩日的路程了。他們走近興安，天色已晚，藉著月色，看雉堞高聳，城門已是上楗了，只可宿在城外店中。

到了店內，駝叟兩人跳下二套騾車，店小二忙上前招呼，尋了個潔淨房屋。周興元便出到院外小溲，不提防和一個醉漢撞了個滿懷。那醉漢哼了一聲，將要發作，一望周興元，急忙轉過首去，一路歪斜步履蹣跚地走開了。周興元解罷小溲，走回房中，那醉漢仍遠遠站著呆望著周興元。

周興元到了房裡，喊過小二要了飯菜，和駝叟吃罷，解衣就寢。駝叟向來常是盤膝而坐，閉目養神，從不倒身大睡。周興元頭一著枕，早入了夢鄉。工夫不大，耳聽遠遠更鼓三漏，忽地就聽屋門外一陣窸窸窣窣撬門之聲。駝叟且不去理他，要看個究竟。片刻間，門兒果然被他撬開，走進一個漢子，手裡拿了一柄明亮亮冷森森手刃，直撲奔周興元頭上刺去。駝叟未容那醉漢到得周興元近前，飄身一躍，跳下床來，一抬手把那人的刀奪過，一伸手把他後領抓住，那隻手一伸揪著他的腰絳，捉小雞般把他提了起來，那漢子一聲不敢言語，駝叟把他提到院內，盡力一拋。那漢子吃他這一拋，好像斷線風箏一樣，不偏不斜，正落在鄰家門外一個豬圈子裡面，弄了個滿身滿臉的豬糞，臭不可嗅，就同那城隍廟裡的判官不相上下。那漢子也不顧許多，爬出了豬圈，撒腿便跑。駝叟恐其賊人還有同伴，這時已竄到店牆之上，四面一望，看那漢子卻也有些蹊蹺。駝叟轉身踅回房中，抄起器刃，見周興元還睡得正酣，把屋門從外掩好，不便驚醒他，二次竄出店外。在月光下尋著那漢子蹤跡，追了下去。一氣趕了五六里模樣，看那漢子轉進一簇樹林中。

駝叟看那樹林深處，隱隱約約，現出一間土房。那漢子奔到那間土房臨近，扯起破鑼般喉嚨喊道：「黃大哥快出來救我，後面有人追下我來了！」隨著土房內走出一人，架著雙拐，瘖啞的聲音說道：「哪個大膽的殃子敢欺負我們哥兒們。」說話間，駝叟已來至切近。那架雙拐的人一揚手，一支毒藥鏢，對準駝叟面門打去。駝叟一偏身躲過，那支鏢噹啷落到地上。那人兩腿原來並無殘疾，抖起精神，一舉雙拐，向駝叟擊來。駝叟忙用手中單刀相迎，並未搭話，兩人戰在一處。

那人把雙拐使得如疾風驟雨，忽上忽下，駝叟看他本領卻也不弱，心中暗暗咋舌，心說若是換個本領平常的，不但要走下風，而且恐要喪在他那雙拐之下。就看他一拐緊似一拐，駝叟手中那口單刀，也的確不弱，使了個風雨不透。那人看難取勝，便把他那看家本領使了出來。駝叟一看，便忙使出他那形意門最負盛名的刀法，只數合，便破了他的拐法，結果把那人小指削去一節，那人轉身逃去。那行刺的漢子卻呆站那裡，看駝叟和那人，殺得甚是有趣，不由得看得出神。甚至那人逃去，那漢子仍在呆站著。駝叟過去一舉手中刀，那漢子方明白過來，跑出幾步，自知跑不脫了，早一個羊羔吃乳跪在地下。

駝叟道：「我先問你，方才跟我廝併的那人，他叫什麼名字？」那漢子一聽，心想或者沒他什麼事了，跪在那裡，肩兒一聳，眉兒一揚，比手作式道地：「您問到我跟前了，換個人真不曉他的真實姓名呢。我兩個不但是賭友，而且還是酒友，我兩人耳鬢廝磨，所以無話不說，這裡全知他姓黃，其實他不姓黃，他名叫蔡二虎，當年係在北幾省落草。那一年因劫了一趟鏢車，鏢車未曾劫成，反被那保鏢達官叫什麼孫能深……」

駝叟一聽這孫能深的名字，心說定是他遇上我那深州孫師弟了，忙問後來怎樣？那漢子繼續說：「他反而險些被那孫達官殺了，那孫達官著實地訓了他一頓，所以隱姓埋名地跑到這裡來了，外人全看他是殘疾人，其實他藉此遮蓋人家的耳目罷了。」

駝叟道：「你叫什麼名字呢？」那漢子道：「小人叫朱瑞。」

那漢子說出姓名，深悔不迭。駝叟大怒道：「卻原來是你這忘恩的禽獸，怪不得你這廝夤夜入房，謀害周興元呢。周家被你這廝陷害得坐了幾月的牢獄，今天豈能把你輕輕放過。」耳聽方近河水聲響，駝叟也顧不得他那身豬糞，過去把他提起，那朱瑞不住口地求饒。駝叟裝作不曾聽見，提了他走沒好遠，來至河邊，向他冷笑道：「今天是你這廝報應臨頭了。」把他向河內擲去，撲通一聲，那朱瑞隨波逐浪到水晶宮報到去了。駝叟就了河邊把手洗了洗，提了單刀趦返店中。

此時東方已現魚白顏色。駝叟就仍由牆上竄回店內，到了房中，看周興元已然醒來，周興元看駝叟提了刀走回房來，忙問怎的？駝叟把夜裡情形向他說了一遍，周興元大驚失色道地：「昨天將到店中，我出去小溲，撞的那個醉漢，定是朱瑞那廝。若非你老人家隨在姪兒一起，姪兒已喪在那廝手中了。這總算那廝惡貫滿盈了。」

說話之間，天光已亮，駝叟、興元喊過小二，舀盆面水，略略把臉擦了一把，漱過了口，隨便吃了些東西，算過了店帳，外面車伕把騾子套好當即起身上路。

過了這興安府，順著大道，車聲轆轆向前行去。次日午刻已來到了紫陽，駝叟也奔周興元家中，看大姑仍在黃堡村，尚未回來，周興元到了家中一看，一切什物弄得七零八落，卻又出了一宗岔事。喚過老僕周忠一問情由，周忠淚眼橫秋說道：「自主人遭事，主婦歸寧入川，主婦走時，命老僕好好照看門戶，起初一些人們倒還循規蹈矩的。誰知不到一月光景，主人官司怎樣了，也不得消息，主婦去川，也沒有音信，他們一些奴僕丫頭們，一個一個行動都改變了。不說別人，就說伺候主婦那個丫頭春梅吧，那丫頭電影就和瘋了一般，跑出跑進的，說主人解到京城，不定存亡，主婦進川碰巧連惦念主人，帶路上勞累，也是活不成的。趁了這個機會，給他個先下手為強吧。

「老奴也曾說了她幾次，年輕輕的歲數兒，嘴頭子不要這樣說話。主人主婦平常待你多麼厚，小小的人兒，萬不可存這黑心。怎奈她把老僕的話，當了耳旁風，背了老僕悄悄把一切珍貴的物品盜了出去。那些人看她這樣，也有些眼紅，你偷我盜的，都長出三隻手來了，故此把房裡弄得這雜亂無章。老奴這大年紀，哪裡攔得了他們呀。」周興元便忙問道：「春梅那丫頭呢？」那老僕牙一咬道：「休提那丫頭了，她在月前，早同伺候主人那個王福雙雙逃走了。」周興元氣了個臉白，一查點物件，不過是一些不關緊要的罷了，至於珍貴細軟，早被他妻子歸寧求救時隨身帶去了。這些奴僕也就聽其自去，不便追究了。當鋪裡的一切倒還照常，周興元方把心放下，也想到川中去一趟，便把鋪內及家中安置了一番，所有一切，全委託了鋪中掌櫃，便同駝叟離家去川。

這天來到了黃堡，大姑、三姑、四姑看周興元安然回來，卻不見了七姑，忙問她哪裡去了，周興元把七姑到皖探望母舅的話，向她們姊妹三個說了。隨又把自己如何出獄的事，也向姊妹三個說了一遍。大姑忙向駝叟不住口地稱謝道：「我們夫婦將來要怎樣孝敬你老人家呀。」說著便要同丈夫跪下，駝叟忙把他夫妻攔住。又向三姑問道：「舒鑑青的夫人從城口回來，又到這裡留了兩天吧。」大姑接過來道：「不錯，在這裡留了兩天，往任上去了。你老人家在冀南見到了舒老伯了吧？」駝叟把首點了點，三姑、四姑在旁聽到此處，忽地哧的聲笑了。四姑笑著伸出手指來道：「提她的姻事了吧？」周興元插口說道：「你們怎曉得的？」大姑說道：「舒伯母已略略和我提了，我說她那個性子，我雖是她的胞姊，這終身大事，我是不能替她做主見的。最後我計議叫他們把劉老伯請出來做個冰人，這事定可成就的。」駝叟頭一搖笑道：「成就與否，我是沒有把握的。」

三姑嘴一撇笑道：「你老人家同她一說，她沒有個駁回的。」大姑道：「舒公子我也看見了，品貌長得很是端方，也配得過我們那位七姑娘，這門親事可以說是門當戶對，我是毫無異議，很是贊成的。」駝叟道：「你們姊妹三個既是全已贊成，她本人方面也沒有什麼不樂意的。」大姑道：「你老人家出頭同她說，她當然決沒有什麼不樂意的。別看我們是當姊姊的，若是出頭同她提此事，她那性格兒，非炸了不成。」周興元道：「這話確也實情，還得仰仗你老人家極力玉成此事。」駝叟頷首道：「當然我盡力玉成此事，月老一席，我是推卻不了的了。」說罷一齊大笑起來。

駝叟藉著這笑聲站起辭別了他們，自回八仙觀去了。箭一般的光陰，不到一月，已度過了中秋，七姑仍不見回來。在這一月中，駝叟不斷地派徒弟紀維揚，到黃堡打聽七姑回來了沒有。直延遲得過了重九，七姑仍無一些消息。

周氏夫婦同三姑、四姑望眼欲穿，著急起來。周興元屢要到皖去尋她，大姑極力相攔，說從這川中到皖，也不是一天半天的路程，山川梗阻，你真要到了院省，她要已起身回來，你不是撲個空徒勞往返嗎？周興元一聽，所說卻也有理，只得罷了。

又過了幾日，這一天駝叟吃罷了早飯，從八仙觀走了來，進了門問道：「七姑她還沒回來嗎？」大姑蹙容滿面道地：「她去的一些消息沒有了，我所怕的，她那烈火般的性兒，不要路上弄出些什麼事來吧？」周興元一旁搖著首道：「絕不能的，在京城分手時，劉老伯也曾囑咐了她，叫她路上加以謹慎。」將說到這裡，一個僕婦三步兩步地從外面跑了進來，口裡吁喘了個不住，上氣不接下氣地說道：「不要念叨七小姐，七小姐回來啦，已來到門外，下了驢兒了。」駝叟、周氏夫妻，和三姑、四姑姊妹聽了大喜，慌忙站起迎了出去。

七姑滿面風霜，笑嘻嘻從外走來。周興元迎面笑道：「七姑奶奶你可回來了，再有幾天不回來，我們爺兒幾個全要急壞了！」七姑娘含笑不語，來到房內，卸去了行裝，方開口說道：「我並未耽延就趕回來了，若要稍一耽延，恐年前都未必能回來的。」大姑道：「舅父舅母他兩位老人家還康健吧？」七姑道：「他老夫婦倒還康健，不過舅父仍和以前一樣的昏聵，我到了皖省，卻撲了個空，原來舅父已升任漕運總督了。我又復到他老人家的任所。」駝叟道：「令舅人雖昏聵，官運卻旺得很呀。」

七姑道：「提起他老人家青雲直上，卻有一段緣由，總算他老人家還沾了昏聵的光兒了呢。」駝叟等人忙問怎的？七姑道：「說起來卻也好笑，一年我這舅父初在江蘇清河縣時，一天聽得本省要員入京乘船經過此地，我舅父本應親至舟中往謁，誰知他老人家只派一名差役，持了名帖，拿了白金五百相饋。那差役回來時，問起收禮的人可有回字，那差役拿出個小小名刺來，我舅父一看，那車上的人名，並不認識。」大姑插嘴道：「送錯了吧？」七姑笑道：「誰說不是送錯了呢？舅父大怒，便迫那差役往索，哪知那船早已起錨開去。舅父立時把那差役打得皮開肉綻，給斥革了。又過了不到半年樣子，本處出了一件劫奪京城某一家巨案，被劾免職，免職沒半月，忽旨下升補江蘇道，忽免忽升，把他老人家弄得如墮五里霧中，莫名其究竟。到任不到一月，又升了臬臺。舅父自任臬臺，喜極欲狂，越發昏瞶起來，弄得堂斷不清，冤屈了多人的生命，激起眾憤，民怒沸騰。被議免職，候旨查辦。舅父自分此生休矣，事情卻出乎人的意料之外，沒半個月旨意下來，調升皖處藩憲。」

駝叟笑道：「他這一步一步升職，卻也太稀奇了。」七姑道：「我舅父也不解其故，到了皖省任所，設法探問，以明究竟。後來才知有大員祕保。」眾人忙問是誰？七姑笑道：「你聽我慢慢往下說呀。舅父託人探聽，沒有問出究竟，後來進京陛見，舅父買通內監一探究竟，始如夢初覺，原在清河縣時，送錯了的那銀兩，系送到了舟中，那時某妃入京應選嬪妃，行至清江浦病臥舟中，正感手中拮据，恰巧有了這銀兩，得以入京。心殊感甚，從此不忘恩於舅父。故此舅父屢次被劾，不但未曾免職，而且每每升遷，卻有此一段由來。」

大姑道：「舅父他一帆風順，可是卻苦了錯送銀兩那差役了。」七姑道：「不要說那差役了，他名叫謝福，舅父已把他找了回去，他現在很得舅父的信任，自居功高，自以為主人若非我，絕到不了今日的地位，他的勢焰比主人還強盛百倍呢。」

駝叟嘆道：「小人得志，往往如此。」七姑道：「我看舅父這個官兒也做不了幾日的，非叫他給弄掉了不成，現時僚屬們往謁，謝福他要的門包價銀很大。」周興元道：「這才是成也蕭何，敗也蕭何呢。」沉一忽兒，七姑又道：「我那舅母定要留我度過年關，開春再來，我深恐你們惦記，所以沒耽延就回來了，路上倒也安然無事。不過直到興安府北，撞上一個架雙拐的跛足漢子，那跛足漢子一見我是孤行女子，便心存不良，嬉皮涎臉地跟我說：『姑娘一個人行路不孤單嗎？我家離此不遠，坐一時去吧。』我一聽，氣了個臉白，跳下了驢，掣出劍來，便想把他一劍結果了。那跛足漢子卻裝作跛足，冷笑了兩聲，舉手中雙拐迎來，本領確也了得。我看他一雙手的小指，像是受過重創，若不是他手指受了重創，我還真不是他的對手呢。

打了沒有幾個照面，他那一隻受創的手有些不吃力，賣個破綻轉身便走。我將要追趕，他一扭身，亮光光一支鏢向我打來。

我若偏身閃躲，卻來不及了，忙用手中劍把他那支鏢打落地下。我過去抬起我這鐵尖鞋，在他命門上一點，他也是大行家，他一合手中雙拐說：『我蔡二虎闖蕩江湖這些年，不想敗在你這女子的手裡。』他就轉身去了。」

駝叟說：「蔡二虎不想沒喪在我刀下，卻毀在你鐵尖鞋上了。你這一腳他至多活上幾天，此時想他早已了結了。」七姑忙問駝叟，哪裡遇上蔡二虎的。駝叟把朱瑞暗刺周興元未成，追趕朱瑞，才引出蔡二虎的話，說了一回。

旋又談說了一陣，駝叟作辭，三姑笑道：「還有事沒提哩，你老人家就走嗎？」駝叟心下明白，忙笑道：「她徵裝甫卸，容緩幾天，我再來向她提說，也不晚呀。」七姑一聽，忙問：「什麼事向我提？」駝叟含笑不語，大姑、三姑、四姑抿著嘴兒，哧哧笑個不住，周興元也哈哈笑個不歇。七姑看他們這神色，弄得粉面緋紅，垂下首去剔指甲的泥垢，一聲不語，心下有點怙惙。駝叟說了聲：「七姑姐，過兩天我再來看你，你也該歇息歇息。」

駝叟別去，過了幾日，才又來到黃堡。大姑道：「七妹婚事已然被我說得默許了，卻省了你老人家的許多唇舌了。」駝叟一聽，便命拿了筆硯，給舒鑑青修了一封信，派他們一個得力僕役，起身到冀南給專送去，這個親事即算成就了。周氏夫婦看七姑親事已妥，又住了幾日，即起身回紫陽去了。那僕人去了一兩個月才同舒宅門客一道回來，舒太守專函向駝叟作謝，並說定於明歲二三月赴川迎娶，以外又命那門客帶了些金珠等細軟物品，作為定禮。

七姑自定妥婚姻，卻不似以前東去西去的了，每日坐在房中習學女紅，寸刻不離的那口寶劍，也收了起來。走東闖西的女英雄，忽然一變而為不出閨門的纖弱女子了。三姑、四姑倒截長補短的騎驢兒，到附近山上去獵些野獸。她姊妹兩個常常向七姑嘲笑道：「有了婆家的人，就大門不出二門不邁了嗎？在從前一天不騎驢兒出去，心裡就覺得發癢，現在一天悶在家裡，真也坐得住。」七姑聽她倆這樣嘲笑，也不去置理。

臘鼓頻催，這一天離年底沒有幾天，天上落下一場大雪來，房屋山光都變成一片白色。三姑、四姑、七姑姊妹三人，這天晚同在後面園中賞玩雪景，忽聽遠遠一片哭喊聲衝入耳鼓。仔細辨去，像是個女子聲音。隱約約聽那女子一邊哭著，一邊喊嚷救命。七姑側耳聽了一忽兒，忙向三姑、四姑道：「哪裡來的這哭喊聲，咱去看個究竟，莫不是強盜剪徑了？」三姑搖首道：「不能是強盜剪徑，這時哪還有人行路呢？」四姑道：「不管是與不是，咱姊妹三個去看個仔細。」姊妹三個轉回房中，束扎齊整，帶了隨身的寶劍，出了房門，一挺身，如燕飛光掠竄出牆外。順著哭聲尋了下去。

借了雪光，看眼前山下有胖瘦兩個三十多歲的出家人，同一個短衣男子，手中各拿著短刀禪杖，圍著一個少婦。那少婦不顧寒，雙膝跪在雪地上，向那兩個和尚乞饒道：「兩位大師父行些方便，放了我吧。」那兩個和尚哈哈冷笑道：「你要知趣，趕快跟我回去，要不然把你就結果在此處。」那少婦看央求也不濟事的，淚痕滿面地把牙一咬道：「我這條命交給你們了，我是不同你們回去的。」那和尚和短衣男子沖沖大怒，舉手中禪杖，摟頭蓋頂望著那少婦打下。那少婦兩目一閉，自知萬無生理。七姑看至此，一聲嬌喝，攀出金鉤利劍，一個箭步，到了那胖大和尚跟前。那兩僧一俗身法很是矯捷，抽回禪杖，一轉身撇了那少婦，使了個滿堂紅的架勢，一齊向七姑打了來。

這時三姑、四姑也先後掣劍跳了過來，立時她們姊妹三個和這兩僧一俗戰在一處。那兩個和尚武藝十分了得，兩根渾鐵禪杖使得風聲亂鳴，一些破綻皆無。那男子跳前跳後，刀法很快，他姊妹三個和那兩僧一俗鬥了二十個照面，氣力漸漸不支，累得嬌嘶喘喘，汗流滿面。那兩個和尚一步不肯放鬆，一招緊似一招，姊妹三個只有招架之功，並無回手之力。眼看著她姊妹三個要把性命喪在這兩根禪杖之下，正在這危急的當兒，猛地就聽有人喊道：「休要緊緊相迫，老子來了。」那兩和尚及男子戰興正酣，忽聽有人喊喝，她姊妹借了這個當口，虛是一劍，也齊跳出圈外。

那兩僧一俗橫了手中刀杖，一看喊喝的那人，就和半截黑塔也似，一身短打扮，一條髮辮盤在頭上，一隻手臂赤在外面。手中持了一柄長叉，那柄叉頭足有五六尺長短，叉桿約有飯碗口粗細，由叉頭至叉尾有兩丈餘長。望那柄叉的分量，十分駭人，那人持在手裡毫不覺得一些吃力，那人舞動這柄叉，向兩個和尚奔來。那兩個和尚哪敢和他廝併，曳手中禪杖，也不顧那少婦了，撒腿便跑。七姑看出便宜，不由得一跺腳兒道：「我的那張弓未曾帶在身旁，若在身旁，這時正好賞他兩丸鐵彈。」轉眼間那持叉的人逐走凶僧，已來到跟前，七姑定睛望去，啊呀聲道：「原來是你呀！」這人竟是王鐵肩，他看那兩個和尚跑遠，哈哈笑道：「這一柄木頭的長叉，卻把那三個壞東西給嚇跑了。」

七姑忙問王鐵肩因何夤夜至此，王鐵肩扔下手中那柄假叉，答道：「我今天傍晚，背了師父，跑到那山旁村中吃了幾盅酒兒，剛回八仙觀，不想走至半途，那座坍塌的山神廟門前，覺得有些睏意，便進內想睡一覺兒，不料忽聽一片廝殺聲音。我又進廟去，權且把小鬼手中的叉借了來，卻把三賊給嚇跑了。」三姑、四姑、七姑笑道：「你這柄叉卻解了我們的圍了。那三賊可也十分厲害！」

這時那少婦運動蓮步走了過來，一彎腰跪下，口中說道：「恩人們請上受難婦一拜。」三姑便問那少婦的姓氏，因何被那兩個禿驢追在此處。七姑道：「此處非講話之所。」過去把那少婦扶了起來，王鐵肩也別了她姊妹，把那柄叉送回了山神廟，自回八仙觀去。七姑背了那少婦，同三姑、四姑回到了家中。

那少婦對於她們姊妹真是萬分的感激，三姑便又問起那少婦來，那少婦含淚道：「難婦乳名叫二姐，娘家姓王，許於鄰村張秀才為妻。兩月前因我的母親有病，把我接回娘家，現我的母親病已痊癒，因為離年不遠，由我的爹爹把奴送回婆家。走至這北面山上那座火神廟，不覺有些口乾舌燥，我的爹爹跳下驢來，到廟內想尋些水來。這時候走出兩三個和尚來，向奴家打量了兩眼，雙手合十地望著奴家爹爹說，施主請廟中待茶吧。哪知我和我的爹爹飲了沒有兩口水，就覺得一陣頭暈，便人事不知地昏迷了。醒來時，看自己坐在地窖之內，身旁站了兩個濃妝豔抹的婦人，她們笑嘻嘻望著奴家，說了許多不要臉的話……」

七姑聽這王二姐說到這裡，大怒道：「這無恥的淫婦，真是剮之有餘！」王二姐又接著說道：「這兩個無恥淫婦，說了百般巧語花言，奴家牙關一咬，一頭向她兩個撞去。她兩個倒也有幾分氣力，一閃身兒，把奴家扯住了。冷笑地說：你可要知道，這裡方丈可不是好性兒的，他手下結果的可不是一個了，話我可和你說在頭前啦，聽與不聽在你。』她倆說著，手拉手地走了出去，她倆卻忘把地窖門鏈上，故此奴家悄悄偷逃出來，因不認路徑，到此被他們追上，若非小姐們相救，我這條命完了。我的爹爹此時不知性命存亡！」說到這裡，眼中的淚就和斷線珍珠簌簌地落下來。

七姑姊妹道：「明日我們必設法把你爹爹救出。」王二姐趴在地下，咕咚咚磕著響頭道：「將來叫奴怎樣報答小姐們的大恩大德？」三姑把她扯了起來說道：「你起來吧，我們搭救你，並不是叫你掛在嘴頭子上的。」王二姐站起來，也就不便再說什麼了。七姑想她從火神廟逃出，定未吃東西，便命僕婦給她弄些食物。王二姐連急帶嚇得心火上攻，肚內倒也不覺飢餓，此時不過覺得周身痠疼徹腑。她看三姑等一片盛意，卻也不便推卻，一時僕婦把食物端上，王二姐略略吃了點。

這時一個僕婦望了二姐，向三姑姊妹三個道：「火神廟的和尚，附近曉得是好和尚，看起來卻原來是隱惡揚善的。」又一個僕婦嘴一撇道：「你才曉得那廟裡不是好和尚，我早曉得的。記得有一年七月間盂蘭會，那廟中設醮超度孤魂怨鬼，高搭蘆棚，遠近一些善男信女都去了。那廟中方丈，方頭大臉，很是氣派，這方丈出來提步上臺，剛剛要到臺上，腳下一滑，從那四五丈高矮的臺上，跌了下來，眾人大驚失色的，一聲喊嚷，說糟了糟了，方丈跌下臺來了，把他跌得非喪了性命不成。你猜怎樣，不但沒跌傷了，而且連一點點兒肉皮也沒碰著。有的說，畢竟是這方丈心田好，定是被一些孤魂怨鬼給托住了。有的悄聲地談論說，他恐怕是江湖上洗了手的大盜出身，一身好本領，莫說這樣高，就是再比這高些，也跌不傷他呀。由那年，我就知道他們不是平常守法好和尚了，那一年設了三天醮，臨完年輕的婦女們失蹤了好幾個，不用說是被那禿驢弄去了。」七姑問道：「那廟的方丈你可曉得他叫什麼名字？」

那僕婦搖著頭道：「這個卻不曉得的。」

說話時，天已不早，那僕婦打了個呵欠道：「天眼看快要亮了，小姐們該安歇著了。」三姑們便把王二姐安頓在另一間房內，命那僕婢伴同她在那間房中。王二姐和那僕婦到了房裡，便向她問起三姑等姊妹的來歷。那僕婦把三姑等系宦門之後，老爺夫人早已故去的話，和王二姐說了一遍。最後又說道：「我們這幾位小姐平常都是稱呼大姑三姑四姑七姑的，她們還有學名。」

第二天日上三竿，三姑姊妹三個起床梳洗畢，用過了早飯，看駝叟走來了。七姑迎面笑道：「你老人家多日未來，今天可稀客得很。昨晚間若非王鐵肩師哥相救，我姊妹三個全要吃虧，碰巧還許把性命賠上。」駝叟頭一點道：「我聽鐵肩他說了你們昨夜救那個少婦，究是怎個情節。」由三姑把王二姐誤入火神廟，險些失身，偷逃出來，原原本本，向駝叟說了。

駝叟聽了一怔，便道：「一向方近的人，卻都蒙在鼓裡，全說那廟和尚是守清規舉佛法的，卻不料想是這等萬惡滔天。

在頭幾年，我曾到那廟中去過一趟，那裡方丈法名喚作正明，看他不過四五十歲樣子，不似此地人氏，生得一臉黑痣，身材十分高大。聽說他一身武技驚人，他有兩名最得意弟子，本領卻也異常出眾，一個名喚如真，一個名叫如幻。這兩個體質魁梧，一身腱肉，就和一塊肥油也似。」七姑連忙說道：「昨天跟我們廝併的，不用說定是他兩個了。」四姑道：「昨夜我們就應允了那王二姐，此時應想個法子，怎樣救出她爹爹來才是。」

七姑蛾眉豎起道地：「我們今天夜入那火神廟，一股腦兒，把那裡秀驢都結果了。不但是單救出王二姐爹爹來，也除去了這一方之害。」

駝叟捻著那鬍髭，聽她說罷，笑道：「人家又不是木頭人，就老實的叫你結果了嗎?況且他那兩個徒弟的本領，你們昨夜是領略過了，由此可見他們方丈的本領是如何了。你們萬萬不可輕入虎穴，他那兩徒弟昨夜跑回去一說，他們一定也防備著了。」三姑姊妹一聽駝叟說了這片話，卻也甚是有理，不由得二眉一皺道：「那王二姐的爹，我們總要把他救出來呀。」

駝叟道：「自然要把她爹爹救出來，但我們不可力敵，只可智取。」

正說著，只聽外面一陣喧喊，七姑忙問外面什麼喧喊。一個僕婦跑出看了，回來說道：「外面有個和尚來化緣，門子老李叫他到別處去化，他直巴巴站在那裡，一絲不動，老李同他辯起嘴來。那和尚生得很是凶殘，兩眼賊光閃閃，往院裡瞧看。」七姑心說，這和尚莫不是火神廟的呀？站起來，跑到外面，見那和尚已然走出巷外，賊頭賊腦不住回首向裡面張望。

七姑一看他絕不是好路道，轉身走進院內，此時駝叟及三姑、四姑也都出來看了，駝叟道：「這不問可知，定是火神廟派來探路的，今晚卻要加以小心，萬不可大意。」旁邊立著的僕婦們，一聽這話，個個嚇得都已腿肚子向前了。駝叟又道：「你們且莫要驚慌，今晚間各房中燈火不要燃著，一黑天，你們關了門，睡你們的覺。外面如有什麼動靜，你們萬不可大驚小怪地跑出來，要緊要緊。我先回八仙觀，晚間我再同維揚一起來。有你們姊妹三個，加我們師徒兩個，足可對付他們的了。」

七姑喜道：「有你老人家，我們就沒有什麼可憂的了。」

駝叟別出，一些僕婦看駝叟走去，忙道：「你老人家可早些來，我們好有主心骨兒。」駝叟笑著點了點首，邁步走出，出了這黃堡村外，一抬眼瞥見那化緣的和尚，賊頭賊腦，仍站在村外張望。那和尚一見駝叟，好像認識，露出驚惶的顏色，轉身梆梆敲著木魚，大踏步去了。

當日晚間，駝叟命王鐵肩看守門戶，便同維揚，帶了隨身器刃，向黃堡而來。此時不過太陽將要落山的樣子，一些僕婦心中都是十五隻吊桶，七上八下的，直待駝叟師徒兩個走來，方把心放下。她們老早地便把門兒關好，又拿了那笨重的桌椅，把門頂了個結實，一顆頭鑽在被子裡，大氣不出地睡下了。外面稍有些風吹草動的聲音，立時嚇得她們哆嗦得成了一團。那王二姐膽量早已驚碎，較一些僕婦們尤其恐懼。三姑、四姑、七姑此時早已束紮齊整，各房燈光全無。駝叟師徒兩個同她們姊妹三個，悄悄守候，靜待那火神廟賊入襲。駝叟師徒同她們姊妹三個，守候了一夜，也未見火神廟賊僧光臨，次日仍然又空等了一夜。到了第三日，七姑向駝叟說道：「咱爺兒幾個空候了兩夜，未見賊禿到來，姪女的心意，今晚咱爺兒幾個到他那火神廟探個究竟。最要緊的，是先把王二姐的爹爹搭救出來，你老人家看怎樣？」駝叟把頭略點了點道：「晚間到他那廟中探個究竟，也未為不可，不過，可要特別加以謹慎。那方丈正明卻是個勁敵，我和他若交起手來，恐怕也難走上風的。晚間到那裡見機行事，萬不可大意。」她們姊妹三個頻頻點首稱是。

第三章　三英雌探廟懲凶

到了晚間，用過晚餐，駝叟、維揚師徒兩人同她姊妹三個，束扎齊整，帶了隨手器刃，離了黃堡，向火神廟而去。此時天光不過二鼓模樣，蔚藍的天空，斜掛半彎殘月。四外疏星點點，行至荒僻山中，陣陣寒風掠過。山路曲折旋盤，他們一行熟識途徑，施起陸地上的功夫，翻山越嶺，一二十里的路程，不消多時，已來到了廟前。仰著看山門外兩旁立了兩根刁斗旗桿，直衝雲表。這火神廟坐落在山腰之間，修造得十分雄偉，廟前正是一條來往大路，從月光下看山門上面，懸了一塊蟠龍紅地匾額，上寫「敕建火神廟」五個大字。

山門緊閉，推了推只是不動，已知門內上楗了。當繞到了廟後，駝叟、維揚、三姑、四姑、七姑，一挺身，一個旱地拔蔥，先後到了牆上。看殿宇凌雲，樓閣高峻，越過兩層院宇，見中間那層殿中，燈火煊明，猶如白晝，殿內一陣男女嬉笑的聲音。七姑聽了，轉身轉到殿後，一個燕子倒捲簾的架勢，身子倒垂下來，兩只金蓮緊鉤在瓦壟之上。臉兒已貼近了後窗，用舌尖把窗紙舐破了一個小洞，眇了一目，向殿內望去。

這一望，七姑不由得兩頰紅暈，殿內一個四十開外的和尚，摟抱了兩個妖冶婦人，坐在中間，開懷暢飲。向那和尚臉上望去，見他面色黑紫，濃眉環眼，體材十分魁梧。一旁還站了三四個和尚，那日追趕王二姐那兩僧一俗，也在其中，七姑暗忖正中坐的這和尚，不問可知，定是這裡方丈正明僧了。

這時猛覺有人在她腿上拍了兩下，七姑大吃一驚，七姑一翻身站起，一看卻原來是三姑。悄聲嗔道：「三姊姊，你可真是冒失鬼，不言不語的嚇了我一跳。」三姑哧的笑了一聲，低聲道：「走，我們到前面巡看一過。」

姊妹兩個，一前一後，順著殿脊向前行去，來到頭層殿前，朝下望去，見東配殿中燈光閃閃，門兒半掩著，順著中間一段空隙處，向房內看去，瞧見裡面有兩個小沙彌，一搭一和在那裡閒磕牙。三姑、七姑轉到這東配殿附近，側首仔細聽去。就聽裡面一個小沙彌說道：「方丈前幾天就說派如真、如幻兩個師兄，夜入黃堡去，把伍家那幾個姑娘擄了來，怎的這兩天又沒消息了呢。聽說伍家幾個姑娘，不但長得花容月貌，而且一身本領卻也了得。如果擄了來，方丈受用完了若肯賞給咱倆每人一個，有多麼寫意。」七姑聽到此處，險些把肺氣炸，粉面一紅，一手掣劍，就要下去把這小沙彌結果了。三姑一伸手把她扯住。

這時又聽這一個小沙彌，冷笑了兩聲道：「你不要夢想，莫說擄不來，真要是擄了來，方丈受用完了，也輪不到賞我們兩個跟前呀。頭兩天方丈命我們三師兄，到黃堡探望一回，原打算當日夜間，去到那裡，把那幾個姑娘擄來。聽說私逃的那王家少婦也還在那裡，誰知三師兄回來一說，看那樣子，人家卻已防範上了。這個也不懼怕，誰知那駝背怪叟劉某也在那裡。方丈平素耳聞這駝叟武技驚人，唯恐怕人擄不了來，如敗在駝叟手中，此處可就難以立足，未免有點不合算，所以只得罷了。那王家少婦也只可任其逃去，不便根究了。」這個小沙彌笑道：「那王家少婦真稱得是煮熟了的鵝肉，眼看要吃到口裡，卻又飛了。真個的，今天擄的這個雛兒還在地窨子吧！」

三姑、七姑一聽，又側首仔細向下聽去。

不料正在這時，猛然間忽聽正中那層殿下，有人喊喝道：「拿姦細呀，不要叫她脫逃了。」緊跟著人聲喧喊成了一片。三姑、七姑心下一驚，撤開這裡，忙又踅回中間那層院中。看下面燈籠火把，照得滿院通明，卻原來四姑被他們覷見。那如真、如幻，各拿一柄戒刀，刀光閃閃，團團把四姑圍住，就見四姑累得氣吁喘喘，粉面通紅，手中一口劍左遮右避。本來她哪裡是這兩個賊禿的對手呢，三姑、七姑執手中金鉤劍，剛要跳了下去。正這當兒，正殿脊上有人一聲喊：「賊禿休要逞強！」隨著風吹落葉般，疾如電閃，到二僧身前，擺刀便砍。

四姑這才乘機跳出圈外。

三姑、七姑借了光亮，看跳下這人，非是別個，乃是駝叟大弟子紀維揚。這紀維揚卻也不弱，手中一口刀上下翻飛，怎奈維揚獨自一人難敵兩手。兩僧的兩口戒刀，使得如疾風驟雨，在這燈籠火把之下，只見白光一團。好一場惡鬥，弄得人眼花撩亂，維揚堪堪不敵。七姑一低首，把如意金珠彈，繚在手中，唰唰飛出兩丸黃澄澄的飛蝗彈子，正打在兩僧禿頭上，哎呀了一聲。維揚趁勢一刀，先把如真結果了，咕咚，屍身倒在就地。如幻頭上著了那彈，四腳八叉的也栽倒地下。維揚舉刀又向如幻砍去，忽聽身後喊道：「何人大膽，傷了俺的徒兒，今天我和你等勢不兩立！」七姑在上面看得真切，正是那萬惡的方丈正明，一身短小服裝，扎得十分俐落，手執一對八楞鐵鐧，圓睜雙目，向維揚撲去。

七姑看出了便宜，又施了一丸金彈，望正明飛去。到了正明身上，只見他微微避頭面，用後背受彈，彈撞回多遠，落在地平。正明轉身就和鋼筋鐵骨一般，金彈落在他身上，好像毫不覺得，七姑不由得有些心驚，紀維揚一看這和尚，心中也料個八九，想他定是正明了，一擺手中刀，便要過去和他廝併。突從西配殿上，矯若遊龍，落下一個人來，一聲喝道：「維揚閃在一旁，待我來對付他！」維揚聽是師父駝叟的聲音，忙閃在旁邊。

正明一看駝叟，他們會過面的，所以認得，一陣狂笑道：「劉琪，是你來搗蛋，我與你遠年無仇，近日無恨，何必跑出和我作對？我家今日倒和你拚個你亡我存。」駝叟見他兩眼紅赤，頭上青筋暴起，便不和他答話，手中刀一順，縱了過來，使了個飢鷹攫兔，向正明刺去。正明不慌不忙，右手向後一蕩，隔開了刀，一舉左手鐧，照定駝叟太陽穴打來。駝叟看來勢其疾，不敢急慢，忙把頭一偏，讓過了他這一下，趁勢使了個鶴子鑽雲的解數，直向當胸刺去。正明十分矯捷，一側身躲過。正明看難以下手，牙一咬，霍地鐧花一變，嗖嗖嗖，如萬點金光，飛舞起來。這一路鐧法若換別人，早被他驚倒了。駝叟騰挪閃展，加意提防，好容易算是把這一路鐧法閃讓過去了。這時三姑、七姑已跳了下來，同四姑、維揚，各舉兵刃，向一旁那些和尚，大殺大砍起來。那地下倒的如真、如幻，早被四姑一劍了帳。其餘那些和尚，哪裡是他們這幾個對手，削瓜切菜般，立時結果了幾個。正明看大勢已去，心中打定主張，給他個三十六招走為上策，鐧法一鬆，便想尋個破綻逃去。怎奈駝叟早已看出他的心意，立刻變刀法，纏住了正明。

駝叟一招緊似一招，一式快似一式，翻翻滾滾，正明看滿眼盡是駝叟了。正明曉得這路刀法，斷不能用傢伙去攔架。當時把自己唯一的鷂子功使了出來，霎時就如蝴蝶穿花，又似蜻蜓掠水，順了駝叟刀下，竄來跟去，十分神速，任你駝叟刀法如何迅快，休想傷他分毫。及至駝叟把這路刀法使完，正明抽個空子，疾如鷹隼，跟到西配殿上。回首向駝叟冷笑道：「劉琪，我同你後會有期！」

說罷，一晃身影，躍到廟外去了。

駝叟並不追趕，任他逃去。這裡維揚同三姑姊妹三個，精神抖擻，把一些個和尚全給了卻，這也是他們惡貫滿盈，平素欺男霸女，今日得此結果，可是也有那精明的，一看不好，早鞋底揩油地逃去。駝叟看了忙道：「你們全把這些賊禿殺了，不曾留個活口，這偌大一個廟宇，怎知曉他們把那王二姐的爹爹給窩藏在哪裡了呢？」七姑道：「前層配殿內，尚有兩個小賊禿，待我問他們去。」

提劍轉身向前走去，來到前院，那東配殿中燈光仍明亮著，門兒仍舊在半掩著。推門走進，看適才見的那兩個小沙彌已失其所在了。七姑不由得一怔，心想他兩個定是進去了。將要抽身走回，一眼瞥見那旁那張床不住地來回顫動。七姑走過去，望床下一看，兩個小沙彌鑽在床下，哆嗦得成了一團。七姑一聲嬌喝，手中劍在那兩小沙彌眼前晃了兩晃。那小沙彌屁滾尿流從床下爬了出來，朝了七姑磕頭如搗蒜。七姑便問他們把王二姐的爹爹窩藏在哪裡，那兩個小沙彌望了七姑，把頭一搖道：「我們確實不曉得的，我們就曉得那天方丈交派我們二師兄，把那王老兒安頓一個所在，以後我們就不曉得在哪兒了。這盡是真情實話，姑祖宗，你老人家饒了我們兩條性命吧。」說著又磕下頭去，七姑想起方才他兩個一搭一和所說的輕薄言語，哪肯把他兩個放過，劍光一閃，也把他兩人送回西天。

七姑翻轉身走出東配殿，又尋向後而去。這時駝叟等人已邁步進了中層殿中，七姑隨著也走了進去，看桌兒上殘餚剩饌，仍好端端擺放在那裡，只是不見了方才陪同正明的那兩個妖冶婦人。在殿壁左側，卻有一個立櫥，外面黃紙書字，上寫經卷兩字。七姑過去推了推，呀的聲兩扇櫥門開了，一看裡面哪裡有一本經卷，卻是個暗門兒。七姑一招手兒，把三姑喊過來，邁腳就要走入。駝叟看了，忙攔道：「仔細提防呀，看內中有什麼機關？」七姑聽了，腳尚未落穩，慌忙撤了回來。忽地震天價轟的一聲，一面千斤閘從上落下，當時塵土四揚，七姑嚇得大驚失色，咋著舌說道：「好險呀，若不是劉老伯攔阻，恐怕我此時早被這千斤閘軋成肉餅了。」駝叟等人也嚇了一身冷汗，彼此面面相覷。

正在這時，三姑一抬首，瞥見供桌下面鑽躲著一人，便過去一伸手扯了出來。是個四十多歲一臉皺紋的半老婦人，塗抹了一臉的脂粉，描眉抹鬢的，腦後梳了個燕尾髻兒，一種肉麻的嘴臉，令人作三日嘔。一身濃綠色棉襖兒棉褲，腰中紮了一條紅色汗巾，腳下那雙肥厚金蓮，穿的是紅緞子飛蝴蝶兒的弓鞋。三姑一看她這模樣兒，忍不住咯咯笑了。那婦人忙不迭地爬在地下叩首乞饒，一聽三姑的笑聲，立時膽量壯了好些，抬起頭來，向了三姑看了看，做了個笑臉，喲了聲說道：「姑奶奶饒了小奴的命吧，小奴也是這方近的良家婦女，被這裡僧人擄來的。只因小奴生得有些姿色，即逃不出這裡僧人手中了，姑奶奶饒命放了小奴吧。」三姑聽了她這口吻，忍了笑喝斥道：「你站起來，我先問你，這暗門裡是什麼所在？裡面還有什麼機關沒有？」那人忸忸怩怩地站起身來，扯了那張雪白粉面，賠笑道：「姑奶奶問這暗門兒裡是什麼呀，曉得的。這暗門裡是他們藏嬌的所在，內裡還有幾個姐兒呢。這門兒裡，除去有一面千斤閘，以外沒有什麼機關了。」

七姑忙跑過來接著道：「以外既沒有什麼機關了，你快給我們頭前引路。」那婦人轉過臉去，向七姑看了看，轉身向前引路，來到暗門近前，又喲的聲忽停住腳步道：「千斤閘不是落下來了，怎的進去呀？」駝叟、維揚向前搶了一步各揚手中刀，把千斤閘上面繩索削斷，由紀維揚兩手一推千斤閘，盡平生氣力，只聽咕咚一聲，把千斤閘推倒地平。那婦人看了，伸出舌頭，半晌縮不回去。維揚向旁一閃身，只見裡面黑魆魆伸手不見掌。三姑忙轉身跑出殿外，找了兩根殘餘火把，持了進來。那婦人邁動蓮步，曲曲彎彎向裡行去。駝叟維揚及三姑姊妹，隨在她的身後，步步提防望裡行去。走了沒好遠，借了火把光亮，看裡邊又現出一個門兒來。那婦人順手一推，門兒呀的聲開了，不覺眼前一亮。門內明燈高燃，十分明亮，房內修飾很華麗，內中燕瘦環肥有四五個婦人，有的面容憔悴，有的一臉妖冶之氣。她們這四五個婦人見了駝叟等人，陡地全驚慌失色起來，都立刻矮了半截。原來這暗室正是惡僧藏嬌納垢的所在。

駝叟令她們站起，七姑便走向前問她們道：「這裡除此之外，還有什麼暗室沒有？」這四五個婦人齊聲答道：「除了這裡之外，再沒有什麼祕密處所了，不過後層殿中還有一間地窖。」

七姑心下暗想，王二姐定是從所說的這地窖中逃出的了。便又問她們，可曉得王二姐的爹爹，被賊禿藏在何處？她們齊搖著頭說：「這我們可不曉得了。」看她們那神色，確是不知。駝叟向她們一揮手道：「這裡凶僧逃的逃了，殺的殺了，這裡的金銀什物，你們盡量拿去，各回你們家中去吧。」

這些婦人一聽，喜形於色，跪在地下，又給眾人磕了一陣頭，站起來各自歸掇什物，預備逃走。駝叟等人走出這間暗室，轉往後殿行去。七姑看後殿旁院還有間小房，又尋了根火把，走進這旁院。見門兒緊鎖，一劍把鎖削落。推門走進，將一邁步，不由得毛髮根根倒豎起來。房內竟張掛了五六張人皮。七姑抽身退回，暗咬銀牙，心中說道：「這賊禿平素不曉幹了多少傷天害理的事，可惜不曾把惡僧正明捉住，被他逃脫了。」心中這麼想著，出了這旁院，看駝叟他們分路搜尋，又走進了這後殿內。七姑也提步走進，繞到正面佛像蓮臺的後面，看現出了個門兒，料想必是那地窖了。維揚過去一腳把門踢開，這裡果然是個地窖。駝叟、維揚和姊妹三個走下去一看，不由得立時怔住。

這裡燃著一盞油燈，似明不暗的冷氣森森，見了令人不寒而慄。一抬眼，瞥見牆角一個十六七歲的女子，四首攢蹄地捆在那裡。七姑跑到近前，看這女子一張清水臉兒，蛾眉螓首，模樣兒十分俊俏，一身布衣服，一望而知是個小家碧玉。七姑忽想起聽那兩個小沙彌口中說那雛兒，必是這女子了。但這女子兩目緊閉，已昏迷過去。七姑忙把她繩索解了，彎下身去，俯在她耳旁喊了兩聲。這女子悠悠氣轉，甦醒了過來，口中罵道：「你們快一刀給我痛快吧，我誓不順從你們的。」七姑一聽，哧的笑了。這女子聽了七姑的笑聲，睜開杏眼向七姑看去，又向七姑身後駝叟等人望了望。見他們短小服裝，手中明光光提兵器，當時把她弄得驚疑萬狀，望了他們呆呆發怔。七姑早看出她的心意，笑道：「這裡的，都被我們收拾了，你不必恐懼。你住哪裡，如何被他們擄來的？」

這女子聽罷，就要屈膝跪下，怎奈四肢被繩索捆得疫疼徹腑，七姑忙伸手扯住。這女子兩眼含淚，說道：「我就住在這方近山下，我姓張，只我母女兩人，依靠十指度日。這兩天我的娘偶染風寒，害起病來，十分沉重。我們一個貧寒人家，哪裡有餘錢請醫生呀，所以我跑到這火神廟，誠心誠意的，想在佛爺面前求個藥方兒。不料竟被賊禿擄到此處，百般恫嚇，我誓死不從，故此才把我捆綁此處。」說罷，望了七姑姊妹，好像有幾分面善。

七姑忙返身同駝叟等人把她引出了這地窖，把她先安置在前面暗室，和那幾個婦人一起，駝叟維揚同三姑姊妹三個，分著在這廟的前後搜尋了一遍。偌大廟宇，空洞洞並無一人，一些火工道人，也早逃了個乾淨。但是那王二姐的爹爹蹤跡全無。

七姑心下暗自焦急，自忖王老兒莫非叫他們害了性命了嗎？王老兒真若喪了性命，我既應允了王二姐搭救她爹爹，若是回去告訴她你的爹爹十有八九是喪命了，那王二姐不知要傷心到什麼地步。心中正這樣思想間，猛然看維揚從廟前走了來，迎面向七姑道：「那王老頭就在彌勒佛的大木肚內呢。我師父他老人家把那大佛拆開，看那老兒連嚇帶餓喘息個不住，我去給他尋些稀粥爛飯去。」四姑一聽，也不顧得向維揚答言，邁步望前跑去。果見一個老人，在拆散的木佛像前喘氣。駝叟站在他身近。七姑尚未走到跟前，駝叟轉身向七姑笑道：「我已問他了，這老兒正是王二姐的爹爹。」七姑未答言，那王老兒抬眼看了看七姑，轉首有聲無力氣嘶喘喘地問道：「這就是剛才你老人家所說救小老兒女兒的那位伍家小姐吧。」駝叟把頭一點，王老兒勉強掙扎著，就要轉身跪下，七姑忙把他攔住。此時維揚已從這廟內廚下，尋了半碗稀米湯來，遞給了王老兒。那王老兒偌大的年紀，直悶在這空肚彌勒佛大肚皮之內，已兩三天沒進飯食了，餓得頭眼昏花。接過那半碗米湯，喝下肚去，這才勉勉強強從地上爬了起來。

此時天光眼看已將亮了上來，忽然聽驢聲嘶喊，七姑順了這驢嘶聲音尋去，見西南有個角門。忙過去推開角門，一看見是片空場，內中樹下拴了兩頭小驢。王老兒說道：「這大約就是小老兒父女乘來的那兩頭驢吧。」七姑忙叫他過來相認，王老兒步履蹣跚地走過一看，忙道：「是的，是的，不過以外還有行裝呢。」說著，東瞧西看，算是在東配殿，把行裝尋著。

七姑看東方已微微發白，便命王老兒把行裝放在他自己的驢上，牽了他這兩頭驢，頭前先回黃堡去了。

打發王老兒去後，看三姑、四姑從後走來，暗室裡的那一些婦人，每人手裡提了個大包袱，忸怩怩，同了張姓女兒，隨在三姑、四姑後面，走了出來。見了駝叟等，扔下手中包袱，福了兩福，一彎身提起包袱，就要走出廟去。七姑一橫身，把她們攔住，這些婦人立時又慌了手腳。七姑向前挨個把她們手中包袱搜查了一遍，包袱裡的銀錢，都給拿了出來，湊在一起，看有六七百兩銀子。七姑揀出有二百兩來，下餘那五百兩仍舊璧還了她們，叫她們分了，這才揮手令她們走去。便叫張氏女先候一時，看這幾個婦人聯袂走出廟去。三姑笑向七姑道：「你怎麼趁火打起劫來了呢？」七姑笑道：「我這倒不是趁火打劫，不過是慷他人之慨罷了。」叫過張氏女，把這二百兩銀子一股腦兒遞給了她手中。說道：「你拿了這銀兩，趕快回去，給你娘請個醫生。你這一夜不曾回去，你那病榻上的老娘，也不知急成什麼樣子了。」張氏女接過銀兩，聽了七姑的言語，感激到萬分。不由得淚痕滿面，跪在地下，向七姑們問道：「不知恩人們，肯將居處姓名，告訴我麼？」四姑接過來說道：「你快起來。」指了駝叟道：「你就念我們劉老伯的好處吧。若不是我劉老伯，哪裡能把這裡禿驢收拾得一乾二淨呢。你問我的姓名居處，我們就住在黃堡……」底下的話尚未說完，張氏女忙道：「知道了，三位恩人們是黃堡伍家那三位小姐吧。怪不得瞧了有些面善，三位恩人以前進山打獵，也曾從我門前走過的，所以我也瞧見過幾次。」遂先向駝叟磕下頭去，隨又轉身要給維揚及三姑們叩頭，七姑攔住了她。張氏女子千恩萬謝，離了這火神廟，自回家中去了。

七姑向駝叟問道：「天已然大亮了，這廟中倒了這些屍身，我們爺幾個這麼扔下一走，還是去報知該管官府，聽你老人家分派。」駝叟搖頭道：「你說了這兩個辦法，都是不妥當的。若是扔下一走，被官府偵知這些屍身，這裡鄉約地保，豈不要擔罪名的。若是我們去報知官府，遇上了清廉的官還好，如若是糊塗蟲，這殺人的凶徒，豈不要加在我們身上。趁天時還不很亮，路上尚無行人，我們先回去，廟門仍給他從裡關閉著，我自有主張。遲一時路上一有了往來行人，我們這裝束，而且一身血汙，被人看了，卻有許多不便。」維揚及三姑、四姑、七姑聽了，點頭稱是。由維揚把廟門關好，爺兒幾個從廟牆上竄了出來。三姑姊妹回了黃堡，駝叟帶了維揚，放一把火，把廟燒成一片灰，然後分道返回八仙觀。

三姑、四姑、七姑從火神廟返回黃堡家中，看王二姐喜眉笑臉，真是說不出的萬分感激。王二姐父女又住了一夜，因離年關已近，不便久停，第二天拜謝了三姑姊妹，父女雙雙起程回去了。那八仙觀的駝叟，看王鐵肩已來了兩個年頭，平日很是任勞任怨，雖說他已拜在門下，若按門中規則來說，總算尚未正式拜師。以往駝叟雖命維揚教了他些初步功夫，不過是些皮毛罷了。這日駝叟擺了香案，中間供了武聖神像的牌位，把王鐵肩喚到近前，說道：「你來在這裡已有兩年，雖然你拜在我的門下，按規則說，仍是不算正式拜師。我叫你師兄維揚教你些初步功夫，不過是些皮毛，毫沒有用處的，今天才算是我正式收你的日子。」遂命王鐵肩向香案正中的武穆牌位磕下頭去。王鐵肩喜孜孜磕罷了頭，又三跪九叩地給師父行過大禮，跑在香案之前，靜聽師父訓諭。駝叟坐在香案旁一張凳上，對王鐵肩說道：「你今天算是的確我的及門弟子了。我們形意門中有四誡，先唸給你聽，『矜躁色私』四個字，以後叫你師兄慢慢講給你聽吧。」又手指武聖的牌位，繼續說道：「我們形意派劍自岳聖，所以我們門中是供奉岳武穆的。近來門外的人，都以我們形意門武當派，說是張三丰傳授下來的，這是大謬。若說形意門為內家派則可，若說內家派統為武當派，這就大大不對了。不過我們形意門的功夫，就是本門中，也是各有不同。本門所傳不過八式，係採五行十二形中的鶴形、馬形、雞形、燕形，在拳腿上根採崩拳、橫拳、攛拳、炮拳，混合而成的。至於我那師伯所傳的，卻又與你師爺不同了。他老人家是以鷹熊二式為主，看來這兩支雖不同，可是練法同出一源。我們新傳雖沒有鷹熊二式，但是暗中還含著這鷹熊二式。」

王鐵肩跪聽到這裡，不由得疑問道：「師祖新傳既沒有鷹熊二式，怎的還有鷹熊二式含在其中呢。」駝叟解釋道：「我們形意門的生化之道，說起來皆由於先天的橫拳而生，即是萬物都生於土。所以說橫拳為各形之母，八式皆從此而生。故此形意門的拳術，是以橫拳為母，以鷹熊二式為主，攻像鷹，守像熊，形意拳中一動靜，含鷹熊二式。雖說各形皆生於橫，其身心連用，卻都基於鷹熊二式。這是要心思會悟，不可以言喻的。」王鐵肩聽了這片理論，雖未深徹明瞭，但是也了悟許多。

駝叟又道：「現在我再把我們形意門的源流，向你簡略地說一說。方才我已向你說了我們形意門是創於宋朝岳武穆，以後到了明末清初，各賢又出，本門益形光大。不過初練時，有三步功夫，又有三種練法，又有三層道理。三步功夫，是易骨、易筋、洗髓。三種練法，是明動、暗動、化動。三層道理，是練精化氣，練氣化神，練神還虛。這幾句你要牢牢記住，這是我們習形意的訣竅。」道罷源流，開始授藝，從此王鐵肩朝夕不輟，苦練起來。

這一天三姑、四姑姊妹到山上去獵野獸，路過八仙觀，便走了進去。看駝叟正指點徒弟練功夫，看她姊妹倆走來，一同讓到房中。駝叟便問：「七姑怎的沒有一同出來呢？」三姑接過來哧哧笑道：「人家有了婆家的人兒，不肯拋頭露面，不像先前瘋丫頭也似的了。」駝叟笑了笑，便又問道：「你不提起，我幾乎忘掉了。去幾歲青來信說，定今年三月迎娶七姑進門，現下已二月杪，眼看就到三月了，怎的還沒有消息呀。」三姑道：「真個的眼看就是三月，還沒一些消息，是送到大名任所去就親，還是來這裡迎娶，喜期已近，此時一些還不曉得呢。」

四姑笑道：「過幾天總有消息的，人兒已經給了人家了，早晚還愁不叫人家搭了去嗎？你看七妹她也不一天到晚舞劍和練拳腳啦，終日鑽在房中，針兒線兒的，自己忙她自己的針黹活計了。」駝叟笑著打諢道：「照你這樣說來，七姑倒是個忙人了。」

三姑道：「她自有了人家，哪一天離開針兒線兒了呢。除了去歲救王二姐，直到破了火神廟，算是她沒有弄那針兒線兒，歇了幾天。」四姑道：「她一天活計不離手的，我也不曉得她是忙著做什麼呢。」駝叟道：「她那妝奩各物都已預備齊全了嗎？」

四姑忙答道：「去年我大姊丈走時，通通全託他置辦去了，至於七妹的衣服，我大姊臨走時，也都把尺寸用尺子量了去了。

現在想都已齊備，這倒不必顧慮。我姊丈走時，吩咐我姊妹兩個，如果喜期有了準日子，趕緊派人，給他們個信兒。如果在這裡迎娶，即把妝奩衣物等，送到這裡來。如若是到冀南，便派人給送到大名去。」駝叟把頭點了點道：「周興元畢竟是個商人，心思倒還精密。」

說至此處，王鐵肩把茶烹了來，三姑、四姑忙起身謙遜了幾句，便向王鐵肩問道：「我姊妹進來時，看師兄正練功夫，不曉師兄近日練到哪裡。」王鐵肩尚未答言，駝叟道：「他八式拳均已練完，他進步是很有可觀，我正式傳他不過一個多月的樣子。」王鐵肩看師父同她姊妹談話，笑了笑，慢慢退了出來。

三姑、四姑聽駝叟說王鐵肩不過一個多月，居然把形意八拳練完，不由得伸了舌頭道：「他進步確是很有可觀。」駝叟道：「他一個粗人，心地倒還專純，將來造詣，恐怕要在你們那紀維揚師兄之上。他現在練到雜式捶，不過卻有一層可慮，他每每犯那貪多的毛病，我常拿那其進銳，其迅速的言語斥責他。

不說旁人，就拿維揚來說吧，自拜我門下，如今已有七八年樣子，他向我求討了好幾次，叫我把形意槍的點子傳給他，我還沒應允他呢。非是我自祕，只因他別的器械，尚未臻佳境，怎能再傳他形意槍呢。若傳了他，弄得全都不成，豈不白白耽誤他了嗎？」

四姑笑道：「你老人家這種口吻，卻跟我們師父言出一轍。他老人家因我們姊妹倆的造詣，不如七妹，所以除了拳腿之外，只教了我姊妹倆一趟劍就罷了。我七妹十八般器刃，我師父樣樣都傳她了，可惜他老人家那獨有的形意絕命三槍，臨羽化帶了去，未曾傳與人的。」駝叟嘆了一口氣道：「可惜你師父那獨有形意絕命三槍未曾傳人，本來卻也難怪，他那古怪的性子，一輩子只收了你們姊妹三個女弟子，除去你們三個，他又有誰可傳呢。這形意絕命三槍，就是傳給你們，一個女孩子家，也不去衝鋒上陣，又有什麼用處呢。這不過是他不曾傳給你們的意思。說起這形意絕命三槍，當初我們師兄弟幾個，你們師祖也就算獨傳給你師父了。這也難說，在傳給他的時候，正是你師祖病危之際，那時我們師兄弟都沒有在他老人家近前，只有你師父一個守在身旁，設若那時我們如一同守在那兒。你師祖也都傳我們了。聽說你們師祖在傳你們師父這形意絕命三槍時，係坐在病榻上，只用了一根竹筷，就一招一式的指示著傳給他。不料你們師父未得其人而傳，把我們這形意門絕無僅有的絕技，臨羽化帶了去，實在是一件憾事。」說著，彼此太息了一陣。

三姑、四姑隨又閒談一時，方辭了駝叟，姊妹倆又到山上獵些野獸，直到夕陽銜山，才回到家中。又過了沒幾天，果然有舒鑑青夫人母家的人，從大名回來，順便到黃堡帶了消息來。說喜期俟緩到秋後，再為辦理。因舒知府近又調任山西，夫人公子也都隨同到山西去，因此喜期不得不緩到秋後了。以外又有舒知府致駝叟一封函件，除了致候之外，內容也是這一樣的言語。三姑便派人把這函件給駝叟送了去。三姑、四姑姊妹兩個向七姑調笑：「妹妹可是誤佳期了！」這天姊妹安寢，只七姑一個，尚坐在燈下穿針引線，做她的活計，四姑躺在被中笑道：「天已不早，該歇著了，一天活計不離手，也不膩嗎。鞋兒襪兒，和貼身褂兒褲兒做了些，就夠好了，難道說，把一輩子的都做出來嗎，秋後才出聘呢，忙的哪門子呀。過了門好這樣忙嗎？不說旁人，小姑爺先得心疼壞了。」這句話甫罷，七姑扔下活計，撲了過來，兩眉一疊，怒嗔道：「你嘴又淡了吧，我非收拾你不可。」撲到四姑頭前，四姑粉面向被中一鑽，忙嬉笑道：「你別動手動腳了，我不打趣你了。」正在取笑之間，忽聽院中吧嗒一聲，像是夜行人問路石的聲音。四姑、七姑一驚，停住手腳，側耳聽去。此時已更深夜靜，一切聲音都聽個逼真。隨著又聽好像有人從房上落下，但是聲音極其輕細，一聽就知這人本領不凡。這種聲音如何瞞得過這精細的七姑，七姑忙向四姑一使眼色，一轉身子把燈吹熄，便忙摸黑束紮俐落。這時四姑也把三姑悄悄喊起，也一起裝束齊整，各抄手中劍。在這當兒，猛然聽院中一響，哈哈笑道：「三個丫頭，今天是你家佛爺報仇的日子到了，快出來，不要叫我費事。」

三姑、四姑、七姑一聽這口吻聲音，正是那火神廟逃去的方丈正明。姊妹三人明知不是他的對手，立時大驚失色。七姑眉頭一皺，計上心頭，附在四姑耳旁，低聲道：「你悄悄從後窗越出，快到八仙觀去請劉老伯吧，我和三姊同他打幾個照面，便把他引到八仙觀那條路上去。」四姑點首示意，不敢怠慢，從後窗越出，轉到了前院。

這凶僧立在階前，短衣窄袖，提了他那對八楞鐵鐧，仇家見面，分外眼紅，不曾搭話，便打在了一處，正明舞動手中鐧，恨不得一下把三姑、七姑結果了。三姑、七姑仔細提防，擺手中劍相迎，當時鏗鏗鏘鏘，廝併起來。一些男女僕役們，一個個睡夢中聽得這兵刃相擊之聲，都嚇得鑽在被中屁滾尿流，連大氣都不敢出。三姑、七姑不敢久戀，交手不到十幾個照面，尋了個破綻，向正明虛晃一劍，一轉身，姊妹兩個雀鳥般，早竄到了房上，身法確是十分矯捷。正明收了鐧式，冷笑道：「丫頭你們也有今日呀，看你倆哪裡逃，你倆就是上天，我也追你們南天門的。」一跺腳，縱上房去。

這時三姑、七姑已跳出院外，奔八仙觀那條道中跑了去。

正明哪裡肯捨，緊緊在後面追趕。一氣跑了五六裡，眼看就快到了八仙觀，仍不見駝叟和四姑走來，七姑不由得暗暗焦急，一壁跑著，一壁向三姑抱怨道：「四姊姊真不是辦事的人，這時怎還不見她同劉老伯走來。」說話間，已到了八仙觀近前，看雙門緊閉，側耳聽去，靜悄悄並無人聲。喊了兩聲，也無人答言，她姊妹卻有些慌了手腳了。正明早已追到身近，三姑、七姑復又舉劍，向他殺過去。怎奈三姑、七姑是個女子家，究竟氣力不佳。況那惡僧正明不但膂力驚人，而且又是一身超人的功夫，她姊妹倆當然不是他的對手。又打了沒有兩三個照面，三姑、七姑已氣息喘喘，眼看就要敗在凶僧手裡，那正明唯恐她倆脫逃，舞動手中那對鐧，左右亂閃，緊緊把她姊妹倆纏住，若想脫身，卻是休想。她姊妹倆堪堪就要被正明的鐧擊倒。七姑一壁和他交手，一壁暗忖脫身之法。在這危急之間，七姑忽嬌聲喊道：「劉伯來了嗎！」正明一聽，鐧式稍一鬆慢，三姑、七姑趁勢回頭，抹身便跑。正明左右看了看，哪有駝叟的蹤跡，冷笑道：「丫頭，你們也在我面前要這套把戲嗎？看你們今天逃往哪裡。」邊說邊追了下去。

三姑、七姑心想此番性命休矣，跑出沒好遠，正明相距不過兩三丈，眼望著就要追上。七姑回手把如意金珠彈打出一丸。那正明把頭一偏，那丸金彈擦了他耳旁，飛了過去。正明腳下，不免稍有些遲慢。三姑、七姑又跑出了好遠，正明怎肯輕輕放過，緊緊追在後面。轉山繞嶺，又跑出了四五裡。三姑、七姑一抬首，瞥見前面，一片黑烏烏樹林，心下暗喜，直奔這片樹林跑去。到了樹林以內，一縱身躍到樹上。這黑夜之間，借了樹的枝杈遮蔽，隱住了身軀。偌大這片樹林，正明哪裡覓得見？他自忖她姊妹倆是穿林而過，按武林門規來說，若追人入了樹林中，萬不可輕進，恐受暗算。這正明卻藝高膽大，追進了樹林，從三姑、七姑攀登的這兩棵樹下過去，毫不覺得，健步如飛地跑過去了。

被七姑抖手一暗器，他這才怒叫一聲逃去。這正明和尚自從戰敗後逃走，到他早年一個姘婦家中，潛藏了些天，轉過年關，探知他那火神廟被火燒沒了，他聽了這消息，越發把駝叟及三姑姊妹恨之入骨了，恨不得含口火，把他等生吞活嚥下去。這天夜間，原想先把三姑姊妹三個結果了，隨著再去暗刺駝叟。不想三姑、七姑十分乖巧地脫逃了，三姑在樹上待了好一時，料正明已然去遠，方才跳下樹來，姊妹倆轉向迴路走去。

七姑尚不覺怎樣疲乏，唯有三姑周身大汗，兩腿已覺痠疼，口乾舌燥，心想尋個住戶歇一歇腳兒，順便尋些水解一解口中乾燥。無奈在這深夜之間，一些人家均已入睡了，姊妹兩個溜向迴路。七姑看了三姑這疲乏模樣，便道：「三姊姊，我來背起你走吧。」三姑眉兒一皺道：「你雖不似我這樣的疲乏，也夠勞累的，你還想揹我嗎？慢慢走吧。」且行且看，見前面微微透出一絲燈光來，三姑一看喜出望外，手一指道：「你看那戶人家，還沒有睡覺呢，我們緊趕幾步吧。」不消一時，到了那家門首，矮矮圈了一段籬笆牆兒，內裡有三間茅草房屋。

姊妹倆不便魯莽，輕輕把籬笆門兒叩了兩下。聽房內一個女子答問了一聲，呀的聲開了房門，向籬笆外面問道：「這早晚誰來叩門呀？」三姑忙答應了聲：「我們姊妹倆路經此處，口燥起來，特來尋口水的。」那女子聽了，方邁開蓮步，開了籬笆門兒，那女子仔細朝了三姑、七姑望了望，喜得她不顧開言。翩若驚鴻般轉身走轉房內，高聲喊道：「娘呀，快把活計收了起來，我們的恩人那黃堡伍家小姐們來了。娘快把房裡略略收拾收拾吧。」復又翻身走出，笑嘻嘻道：「恩人快請房裡坐吧。」三姑、七姑見女子，正是那火神廟搭救的張氏女。

當走進房中，看她的老娘是個五十多歲的老婦，原來她母女正坐燈下給人縫做衣服。這張老婆見了三姑、七姑，扯著那張滿面皺紋的笑臉道：「恩人們，我母女一天不知要念叨幾遍呢，今天怎的這般晚，路過此處？真難得恩人們到來！」說到這裡，屈膝便下跪。七姑手快，伸手扶住了她，連忙道：「這大年歲，我們可生受不起，不要折煞我們的壽數了。」張氏女忙問：「怎的不見四小姐呢？」七姑當把正明如何到黃堡去廝併，四姑如何去八仙觀請駝叟，她同三姑又如何被追到樹林，才得脫身的一片話，向她母女說了一遍。張老婆聽了，不住咬牙罵凶僧。張氏女忙道：「娘先陪在此少坐一時，我趕緊給恩人們燒柴泡茶去。」抹身走出。

張老婆向她姊妹道：「這萬惡凶僧，遲早要遭報的。我女兒若不虧恩人們搭救，她再晚一天回來，我不病煞，也要急煞了。恩人們，不但搭救了我女兒，而且又賞了她些銀兩，我母女倆提起來，感激到萬分，我們真沒法報答的。」七姑忙道：「快不要恩人恩人震天價喊叫了，我們聽了反覺怪刺耳的。」張老婆忙改了話口，笑道：「小姐們不願叫我稱呼恩人，我不這麼稱呼了就是。」說話間，張氏女已把茶泡來，斟上了茶，恭恭敬敬給三姑、七姑端了過來。三姑這時身上越發燥起來，汗仍出個不住，索性她上身衣服脫去，只穿了薄薄一件衫兒。張老婆看了，忙攔道：「小姐快穿上吧，夜深了，不要受了涼的。」三姑哪裡在意，忙說不妨。

七姑又問：「你母女怎的這般晚，尚未歇息呢。」張老婆未語先嘆了聲道：「我們一年到頭，倚恃著十指，給人家縫做活計，度這貧寒的日月。哪一天我母女都到三四更上，才得歇息呢。」說到這裡，好像想起一樁事兒，忙又說道：「我女兒和我每提小姐們的本領，很是羨慕。她常說遇機到黃堡去求小姐們，收她做個徒弟吧。不知小姐肯不肯收她這個徒弟？」七姑笑道：「我們姊妹同她歲數兒，也是仿上仿下的，怎能收她做個徒弟呀。」張氏女一旁哧哧笑道：「小姐必是不肯收我這愚鈍的徒弟。」七姑道：「你願意練習武功夫，常到我們那兒去，我姊妹定教給你的，何必要叫我們姊妹收你做徒弟呢。」張氏女喜道：「小姐們既肯教我練習武功夫，雖不認可我是小姐們的徒弟，可是我這徒弟的名兒，是毫無疑義了。」又閒談了一時，天已大亮，三姑穿好外面衣服，同七姑便要走去。母女苦留不住，七姑便讓張氏女有暇到黃堡去，張氏女笑道：「不用吩咐，徒弟當然要去拜望師父們去的。」七姑笑了笑，同三姑邁步走出。

將到外間，七姑一眼看見正中佛案上，供了有兩個長生牌位，一個是駝叟的，一個是她姊妹三個人的。七姑過去把她姊妹三個的長生牌位抓在手中，待張氏女過來搶奪的當兒，七姑早放在腳下踏了個粉碎。隨著七姑說道：「我們劉老伯的長生牌位，你們自管供奉，我們姊妹可生受不住的，不要折我們的福了。」張老婆在旁把嘴乾吧嗒兩下道：「小姐們怎把我女兒的命根子踏毀了，她每天淨了手上三遍香呢。」張氏女看已把長生牌位踏個粉碎，深悔自己粗心，夜間她姊妹倆來時，不曾收了起來，粉面低垂不作一語，七姑對她笑了笑，別了她母女，逕自走向回道去了。

姊妹倆走了沒好遠，三姑微覺身上有些不舒適，頭微微也有些疼，當時並未介意，走了一時，忽地一抬眼，瞥見迎面四姑同了王鐵肩走來。七姑怒容滿面向四姑責道：「四姊姊，你把劉老伯請到哪兒去了，昨夜不虧我姊妹倆機警，險一忽兒，就把性命喪在那惡僧手裡。我們姊妹倆若喪了性命，你思索思索，對得起你這三姊同你這七姑妹嗎？」四姑忙道：「你先不要呵責我，容我慢慢說了詳情。你就曉得了。我這一夜急得心裡，也同著了火也似的。」四姑旋又說了一片言語，七姑方才怒火全消，轉怒為喜道地：「這就怪不得你了。」

原來四姑自後窗越出到八仙觀去請駝叟，施起陸地功夫，恨不得背生雙翅，飛到那兒。一時到了八仙觀，也不顧上前去叩門，一踩腳兒，縱了進去，看空洞洞並無一人，立時徵住。

看駝叟住的那間房門倒扣著，來到對面房內，有維揚物件齊整整放在那兒，王鐵肩的被兒卻好好鋪在那裡，床前桌上好端端放了一壺茶，手模茶水尚溫。四姑現出失望顏色，自忖駝叟同維揚必定是出門去了，王鐵肩想是在殿後面。趦身走出，站在階前，三師兄三師兄地喊了兩聲，不聽回語，心下瞭然，料想他一定趁駝叟不在家中，他在這夜晚，到鄰村吃酒去了。當時毫不遲疑，竄出八仙觀，向鄰村尋去。果然不出四姑所料，在途中遇見了王鐵肩，見他醉醺醺走來，忙問他劉老伯到哪裡去了呢？王鐵肩一看是四姑，他酒吃的這個模樣，未免面現局促忙答道：「我師父帶了我師兄，出川到山西去了。」四姑忙又問道：「他老人家到山西，有什麼事麼？」王鐵肩道：「我那直隸孫能深師伯，他老人家派徒弟，把師父請了去的。聽說孫能深師伯的徒兒，保了筆鏢銀，路過山西丟失了，故此特來請師父，幫同他們去尋這筆鏢銀。我維揚師兄也要一同去，所以師父也把他帶去。」說至此，又問四姑：「因何黃夜至此，尋我師父？」四姑聽駝叟果出門去，自己所料不差，當時急得汗流如注。聽王鐵肩這麼問著，忙把惡僧正明夜入黃堡的話，說了一遍。王鐵肩一聽，酒立時嚇醒了，忙道：「聽我師父他老人家說，那惡僧本領確是了得，三姑、七姑怎的是他對手？」四姑同王鐵肩很焦急地說著，已快到了八仙觀，忽見兩三條黑影即是三姑、七姑同那惡僧動手了。

這正是三姑同七姑在八仙觀門外同正明廝併的當口，七姑詐喊了聲劉老伯來了嗎，趁勢脫身，向東北跑了下去。王鐵肩便要隨在後面看個究竟，四姑慌忙攔他道：「你跟了下去，也不精細，我想她跟我三姊，絕不能被他追上。就是追上，她也有法擺脫，萬不會吃虧的。」

四姑口中雖這麼說著，一顆心卻早提起了多高。四姑當即別了王鐵肩，趄回了家中，取出暗器，小心護宅，見一些男女僕役嚇得大氣不出，還靜悄悄鑽在房中。四姑便把他們喊了出來，這些僕役忙問三小姐同七小姐呢？四姑把她姊妹被凶僧追下去的話，向他們說了。這些男女僕役聽了一個個也都提心吊膽的，替她姊妹倆捏了一把汗。四姑坐在房中，提了兵刃，愁眉雙鎖，四姑至此心內越發著慌了。忙走出門去，順了夜間她姊妹倆跑的那股道上，尋下去了。

路經八仙觀，瞥見王鐵肩站在門外，王鐵肩忙問她姊妹倆夜間可曾回返黃堡？四姑滿面愁容，把頭搖了搖。王鐵肩看四姑這神色，心中自不免也是一驚，便回過身走進觀中，忙把門從裡關閉上，越牆竄出，同四姑一起尋了下去。恰巧走沒好遠，遇上了三姑、七姑，四姑同王鐵肩方把一顆心放下，不想七姑劈面不問情由，便向四姑呵責，四姑把駝叟不在的話，向她姊妹說了一遍，七姑方才明白，忙不迭道地：「這就怪不得你了，卻原來劉老伯出門了呀。」七姑當把夜間，她姊妹怎樣在樹林脫身，後來又怎樣到了張家，也向四姑忙說了一遍。王鐵肩忙讓她姊妹三個，到八仙觀歇息一時。七姑道：「不去了，我姊妹倆跑了大半夜，也該回去歇息歇息。」

姊妹三個別了王鐵肩，回了家中。一些男女僕役見三姑、七姑姊妹倆安然回來，也全把懸了的那顆心落下去。一夜光景，想她姊妹們全已飢餓了，僕婦們忙到廚下預備飯食。三姑一進門，便一頭倒在床上，身上作冷作燒起來。一時飯菜端上，三姑搖著首說：「你們吃吧，我是不吃了。」四姑忙過去，伸在她額上摸了摸。啊呀了一陣道：「三姊姊怎麼了，頭上燒得這麼滾熱？」七姑一聽，也兀地一驚，連忙道：「三姊姊她定是夜間，在張家脫了衣服，受了涼了。」忙扯了一床被子，給她蓋好。又道：「叫她睡一時，發些汗，就會好的。」四姑、七姑兩個轉眼把飯用罷，僕婦們張羅著把碗盞收下，四姑、七姑不覺也有些倦意，心想睡下歇息一時。她姊妹倆這一覺，睡了足有大半天，一睜眼醒來，金黃色的陽光，已射到東面的房上，映照著大半邊院中一棵老槐樹的影子，日色已是偏西了。

第四章　王鐵肩計擒惡僧

四姑、七姑翻身坐起，抬手把鬢邊的亂髮，向後理了理，轉眼看三姑一張臉通紅，看她那樣子，熱勢並未少退。七姑緊皺二眉，向四姑道：「看來三姊病熱來得不輕。這是她自己不小心在意的緣故。」四姑道：「看她這模樣，一天半天不能痊癒的，總要給她請個醫生診斷診斷。」七姑點首道：「今天是不講了，明天當然要給她請個醫生的。她這一病不要緊，不過卻有一層可慮，那凶僧未必甘心，難免今晚不二次來尋我姊妹廝併。我們又不是他對手，偏巧劉老伯又在這時離川去了，今晚凶僧若來時，三姊她又病倒床上，叫我們姊妹倆怎樣對付他呀？」四姑聽了，也是不得主意，姊妹面面相覷，思索不出一個妥善方法來，立時愁雲密布，房中寂寞了許多。

正在這時，猛然一個僕婦跑來報說：「八仙觀王鐵肩來了。」七姑便命把他先讓到前面房中，姊妹略略梳洗，邁步走出。到了前面房中，見王鐵肩喜眉笑臉迎頭說道：「小姐們請放心吧，我擒拿了一個大和尚，視那樣子十有八九是那凶僧正明。」四姑、七姑哪裡肯信，忙說道：「那凶僧一身驚人武功，他如何叫你拿得住呀？和尚可多著哩，快把人家放了，定不是的。」王鐵肩笑道：「是與不是，小姐們去看一看，那廝被我尚捆在八仙觀我那房中呢。」四姑、七姑聽了，見他一團高興地跑了來，不便駁回，當把首點了點，便同向八仙觀行去。到了那裡，看王鐵肩房中，四馬攢蹄捆了一人，近前仔細望去，卻是出乎意料，正是那惡僧正明。四姑、七姑大喜，忙問王鐵肩道：「你究竟怎把他拿住的呢？」王鐵肩哈哈一笑道：「算他倒運，算我瞎貓捉住死老鼠罷了。」這正是善惡到頭終有報，也是合該正明到了惡貫滿盈的日期。那正明自從追趕三姑、七姑，眼望著她姊妹倆跑進樹林中去了，及至追進林中，受了一暗箭，他就跑回去了。他本想拔去暗器，再來尋仇，他一看東方已微微將要亮上來，才頹然若失地返回他那姘婦家中，倒頭便睡。心想三姑姊妹弱不能久戰，又不能逃走，還恐她們逃到哪裡去嗎？今晚再到黃堡去，定把她們這丫頭們做了。這麼想著，不覺呼呼睡去。醒來時，天光已至中午，把面洗過，便走出他這姘婦家中，想尋個酒家吃盅酒。來到附近村中一個酒鋪內，要了兩角酒，以外又切了一大塊醃牛肉，一個人自斟自飲吃了起來。正吃酒中間，一眼瞥見一個高大漢子走了進來，酒保對這漢似十分廝熟，忙迎面笑嘻嘻道地：「王二爺來了嗎？我去給打兩角酒，切上兩塊醃肉。」酒保一邊說著，一邊走到酒缸近前，拿起酒器，給這漢子打酒。

這漢子聽酒保向他招呼，把頭點了點，一轉首看見了正明，正明也正向這漢子打量，這漢子望著正明略一沉吟，忙扯了笑臉，走到正明身旁，招呼道：「大師父難得也到這裡吃酒來了。」正明微把身子欠了欠，仔細朝著這漢子看了看，暗忖這漢子，我並不認識他呀。這漢子看了他這形象，又笑道：「大師父記憶不起我來了吧，本來我有三四個年頭不曾到廟中去了。」正明聽他這口吻，心說這漢子必是從前常到廟中去的，怎奈一時想他不起。這時酒保已把酒肉給這漢子端上，這漢子見了，忙向酒保說道：「快把酒肉給我挪到大師父這面桌上來，我來陪同大師父，吃個盡興。」正明一個人正在納悶，聽這漢子這麼說著，忙說道：「極好，極好，快把酒肉挪過來，一同喝吧。」酒保把酒肉接過，便向這漢子問道：「恕我眼拙，一時確想不起來尊駕的姓名。」這漢子笑道：「我就住在附近村中，我姓王，都叫我老王老王的，大師父想不起來了嗎？」

這漢子非是別個，正是王鐵肩。正明聽鐵肩說罷，一顆禿頭搖了兩搖，猛地伸著巨拳，震天價似的聲在桌上拍了一下。

王鐵肩以為他覷出破綻，不由得暗吃一驚。哪知正明一拍桌子，真像想起來一樣，說道：「你是不是頭幾年，常到廟裡去，那個賣山貨的王老五麼？」王鐵肩順口答應，把手向大腿上一拍道：「一些不錯的，大師父可想起我來了。」說到這句，舉起杯子說了聲請乾一杯吧。正明並不推辭，端起杯子，仰脖幹了一杯。王鐵肩走來時，正明已經吃了有幾分醉意，這時王鐵肩又左一杯，右一杯相讓，大凡吃酒的人，全犯這明明已醉，卻偏不承認他醉了的毛病，酒已頂上了喉嚨，人家若再讓，還左一杯右一杯地吃個不歇。不多一時，鐵肩把正明灌了個酩酊大醉，正明覺得頭沉腳輕，一步卻也行走不了。鐵肩看他醉的這模樣，立時大喜，便道：「大師父請到我那裡睡一個覺兒吧。」

把正明和自家的酒帳一股腦兒會了，扶起正明，走了出來。正明醉得昏沉沉的，俯在仇人的背上，走了沒好遠，哇的一聲，吐了許多酒出來。王鐵肩唯恐他酒醒，解下身上系的帶子，緊緊把他手腳捆在一處，提起來便踅向八仙觀走去。

正明此刻酒已醒了幾分過來，心中明白受了暗算，怎奈四肢無力，而且又被捆上，只可任其擺弄。一時到了八仙觀，鐵肩知正明一身硬功夫，怕他酒力散了，賺斷了帶子，那時卻要吃他的虧了。猛想起自家師父房中，有兩根牛筋繩索，聽師父常說，無論有多好功夫的人，若被這牛筋的繩索捆上，休想賺開。王鐵肩忙去拿了這兩根牛筋的繩索，重新又把正明四馬攢蹄捆上。仍恐他逃脫，當又把他吊了起來，把嘴堵上。這才把觀門從內鎖好，喜孜孜到黃堡去，告知三姑姊妹。不料三姑病了，四姑、七姑聽了，有些不相信。及至四姑、七姑同鐵肩來到八仙觀一看，果然惡僧正明，吊得半死了，心中大喜，忙問王鐵肩怎樣把他鎖住的。王鐵肩把拿住正明原委說了一遍。當把正明解救下來，仍縛手腳。王鐵肩向四姑、七姑道：「把這惡僧提得回山中結果了吧，留了他不知還要害多少人呢？」四姑、七姑銀牙一咬，齊聲道：「這惡僧不結果他，留著叫他再去為非作惡。」王鐵肩一聽，拿了兵刃，把正明跌在地上，彎身把他提起，便同七姑姊妹出了八仙觀，直奔觀後山中。王鐵肩提著凶僧，直走到無人處，把正明狠勁向地下一拋，笑了兩聲道：「惡僧你害了多少婦女，今天可是你遭報的日子了。」正明圓睜二目，冷笑了笑，又把二目閉上，不作一語。王鐵肩一看他這凶狠顏色，當時大怒，舉刀向他禿頭頂上砍了下去。使了十足氣力，滿想一刀下去，把他那顆禿瓢全給砍落。忽地就聽噹的一聲，火星亂迸，正明的脖頸比鐵還硬，震得王鐵肩手臂麻木，險些鬆手把手中刀扔落，慌忙撤回刀來，一看刀刃已卷，嚇得驚慌失色。四姑、七姑看了，也是一怔。正明一顆禿頭晃了兩晃，冷笑道：「你們自管砍來，我是不懼的，看你等怎樣處置我。」王鐵肩一聽，一團怒火越發按捺不下，兩手齊執了刀柄，一翻兩腕，二次又向正明腹間刺去，只看正明一吸氣，肚腹立時凹了下去。刀刺在他那腹上，覺得其軟如棉，那刀就如同嵌在他腹上一般。正明猛又一凸肚腹，王鐵肩不由得倒退了好幾步，兩手一鬆，那柄刀就像斷了線的風箏，給摔出了好遠，嗆啷落在了地上。

二女俠和王鐵肩一齊乍然吃驚，呆望了正明，束手無策。

三姑、四姑眉兒一皺彼此觀望，也是不得主意。正明看他們這窘態畢現的神色，面上很得意，哈哈笑道：「你等若知趣，趕緊把我繩索解去，我抖手一走，絕不為難你等。如若不然，看你等能把我怎樣。」這正明幸虧是用牛筋的繩索把他捆綁的，如是普通繩索，早被他掙開了。

四姑、七姑、鐵肩聽了他這狂語，七姑眉兒一緊嬌喝道：「既把你凶僧捉住，豈能輕輕把你放掉。」說到這裡，忽然把二眉一展，忙轉首向四姑、王鐵肩道：「凶僧這身硬功夫，若像這樣用兵刃去砍他，當然是不能傷他分毫的。此時我忽地想起來了，記得我們師父在世時，曾向我說過，大凡遇上硬功夫的人，本領低弱的是不談了，若是本領絕頂的，兵刃是莫想傷他一根汗毛的，必得先要把他的七竅挑了，只一見血，立時刻一身本領掃地無餘。姑且試他一試！」說著，便叫王鐵肩去把刀撿了過來。再看那正明聽了七姑小片言語，面上當時改變了顏色，不似先前凶狠樣子，狠狠道地：「不想我今天喪在你等小輩手中！」七姑從王鐵肩手中把刀接過，走向前，刀尖對準凶僧眼角，狠狠一刺，果然怪喊血流，隨手又一刀，把正明的咽喉割斷，立刻氣絕身亡。可惜他一身絕頂本領，既皈佛門，不說遵守清規，卻專幹傷天越理的勾當，今喪在這荒僻山中，也是他咎由自取。四姑、七姑要扔下他那屍身，去供那野獸果腹。王鐵肩說：「不好，還是埋了吧。」解開他那兩根牛筋繩索，掘土成坑，把凶僧埋了。

四姑、七姑踅回了黃堡，一進門兒，將走到院中，一眼瞥見張氏女嘻嘻笑著，蓮步聲碎，迎頭走出，說道：「四小姐、七小姐回來了，你看你們這女弟子誠懇不誠懇吧？等不及明天，今天我就煩了我們鄰戶一個伯伯，把我送來了。」七姑忙道：「丟下你娘一個不寂寞嗎？怎麼不叫你娘也來住些日子呢？」張氏女笑道：「我娘怎能來呀，全來了，家中怎好意思全託人家鄰戶照管呢。這我來了，託付了我一個鄰戶，跟我娘做幾天伴，我娘倒也不寂寞的。」張氏女已進了房內，看三姑仍是燒得雙頰紅暈，鬢髮亂亂地圍了被子，坐在床上。

四姑、七姑忙問：「三姊姊此時身上覺得好了些嗎？」三姑頭搖了兩搖，有聲無力地問道：「我聽說三師兄把惡僧拿住，你們去看，究是不是那惡僧正明？」七姑一揚眉兒，便同四姑，把果然是正明，已把他結果在那八仙觀後面山中的話，向三姑說了一遍。三姑聽罷，喜出望外，把個張氏女更喜歡得手舞足蹈，連連說道：「這個大害居然被小姐們除去，不是當面稱揚，我常聽人講說什麼十三妹，據我看，小姐們比那十三妹還要高出一節的。」四姑笑道：「你別胡比亂比的了。那何玉鳳我們怎敢比擬呢，再者說這凶僧也並不是我們把他拿住的。」說了一會兒話，三姑又倒身躺下，四姑忙又向七姑道：「三姊這病症委實不輕，不要延遲著了，我看就去給她請個醫生去吧，不要等待明天了。」七姑尚未答言，張氏女忙接過來道：「我來時看三小姐病勢委實不輕，慫恿三小姐派人請醫生來了，立了方兒，已經抓藥去了。」七姑忙問道：「郎中診罷脈，怎麼說的呢？」張女連忙答道：「郎中診罷脈，說是受些感冒，吃了兩劑藥就會好的。」四姑、七姑聽了，方把心放了下去。七姑道：「叫三姊姊清靜的休息一時吧。」一扯張氏女的手，打趣道：「隨師父到那間房內去坐吧。」

走到對面房中，彼此落座。張氏女喜道：「小姐們是承認我這徒弟了，我還沒有拜師父呢，我就在這裡給師父行禮吧。」

說罷，真就站起身來，四姑坐在她身近，一伸手，把她按在座位上，笑道：「你不要聽我七妹妹說戲話，我們決教你武功夫的，何必定要拜師呢。一來全是相上相下的歲數兒，我們怎好意思收你，二來拜師也沒有這麼簡單的。」張氏女忙道：「還論什麼歲數兒，聖人還師項橐呢，項橐不是一個十幾歲的孩子嗎？這樣看起來，歲數兒又有什麼關係呢。反正我曉得不拜師，是說不下去的。」七姑忍不住笑道：「看不出你記了不少典故，你要一定拜師，就不用學功夫了，可惜要怪我們姊妹要惱你的。」張氏女道：「就依了小姐們，往後我練好了功夫，人家若問起我的師父是誰來，我不是還要說出小姐們來嗎？難道我還能說出別人不成？」七姑笑道：「我們先教你些初習功夫，只要進了門徑，絕不辜負你的一片堅決心意，你還有什麼可說的嗎？」張氏女聽罷，也就不再言語了。

四姑當把她引到後面空院中，先向她說了一遍初學要訣，又把各拳法的功夫，略略給她試解一遍，隨即教了她一趟開門功夫，這是一套形意拳，四姑、七姑指點了她一過，張氏女很是聰穎，不消多日，腳、眼、身、法、步、形，便已熟習。四姑、七姑便又引她回前面房中，七姑向她道：「我們形意門各式有各式的作用，各形有各形的神妙。形意拳以各形為進階，必須要由階而進，此形習熟，再習他形，非至純熟，萬不能續練，最忌速效，須有恆心，一式通則各形易精，所以拳經上說，一通無不通，即是這個道理。在初習時，似你最好先練明勁，這就是第一步功夫易骨法，也即是那練精化所，再進一步即為暗勁易筋，即練氣化神，神而明之，再進而練化勁洗髓，練神還虛，拳經上所說的三加九轉，即是此意。」張氏女聽至此，連忙問道：「像我初學須先練明勁，明勁容易得很，我先天天練習著搬動些粗重器物不成嗎？」七姑哧的笑道：「你把初步明勁功夫看得容易了，形意最難就是這初步功夫明勁。並不能純剛，純剛易折傷筋骨。說句本門內的話，即是純剛易強，但是又不可純柔。」張氏女舌一伸道：「照這樣說來，這初步功夫，確是最難的了。」七姑道：「專心唯一，又何懼這一難字呀。還有一層最緊要的，若第一步明勁功夫未成，再去求那第二步和第三步的暗勁化勁，就是練習十年八年，也等於不習的。由此可知形意功夫是全得基於初步的。所以練初步時，總要奇正得體。呼吸得法，剛中求柔，柔中尋剛，氣歸丹田，運轉周身，無論變化何形，當以規矩理法為準繩。」

張氏女聽罷這段言語，半解不解，牢牢謹記。七姑又道：「你這初學乍練，須得隨時參悟，方能有進境的。從此用功不輟，你這樣的聰穎，將來的造詣，或者要在我們姊妹之上。」

張氏嘴一撇地笑道：「不要先誇讚我了，我練成有小姐們一半的功夫，我就知足了。要像小姐們的功夫，我練個十多年，恐也未必追趕得上的。」七姑正色道：「練武功夫的人，說出這話，卻是不對的，自要循序而進，由階而升，苦心參悟，何愁不及人家呢。你要曉得，功夫是沒有止境的，在你看來，以為我們的功夫，是登峰造極了吧，其實相差還遠。不過我們的功夫，也就將到山階而進的程度上，說來不怕你畏難，似我們姊妹再用功，練他個幾十年，也不能抵於大成呀。」

張氏女偏著首聽一句諾一句，直待七姑說罷，才忙著說道：「我聽了這片訓言，才曉得功夫是沒有止境的。」說至此，忙又道：「我將學的那八式不要忘了，待我去再練習吧。」說著，翩若驚鴻般，站起走出，奔向後院去了。四姑看了笑道：「看來她倒是很有專心的。」七姑道：「初習功夫，當然全是要這一股子熱氣的，但望她從此以後不改變了這樣專心。」四姑道：「看她這堅決的心意，絕改變不了的。」說到這裡，聽僕婦嘈雜地說藥已抓來了。給三姑煎好端來。四姑、七姑忙站起，去看三姑的藥方上面，開的究是什麼藥味。三姑吃下藥，也就見好了。

那一邊出門赴會的駝叟被孫能深派徒弟請到山西去尋鏢銀，帶了維揚，同了孫門徒弟，日夜兼程，行了不消幾日，已到山西。一打聽匪徒劫了鏢車回去，一看是插了孫能深的旗兒，便把原鏢車璧回，鏢銀並未短少分毫。卻怪孫能深派的這隨鏢的徒弟不曾把話說明，便和劫鏢匪徒廝打起來。等到駝叟趕到中途，已聞人家早將鏢銀退回。駝叟見風平浪靜，便帶了維揚返回川中。繼而駝叟又一想，同孫能深師弟闊別有年，前次為周家冤獄赴京，本不知曉他在京城開設鏢局，今既聞訊，決定到京城，去探望師弟一趟。維揚本不曾到過京城，聽師父要到京城去探望他師叔，心中甚是歡喜，心想藉此到京城遊逛遊逛。師徒兩個便同孫門名叫魏良的這個徒弟，一起又起程赴京。

這天到了京城，維揚初來觀光，東張西望，看街門之上，人煙輻輳，車馬喧鬧，京城所在，與他處畢竟不同。一時來到前門外鏢局，魏良忙頭前跑進，察知他師門，此時孫能深聽知師兄駝叟來了，忙迎了出來。維揚一看孫能深是個中等身材，黑紫面色，蒼白鬍鬚，兩眼神光十足，年歲不過比自家師父相差個一兩歲模樣。孫能深和駝叟想見之下，手握手把駝叟讓到裡面，分賓主坐定，維揚垂手立在駝叟身側。駝叟忙道：「維揚你還不給你師叔見禮！」維揚忙朝著孫能深行下禮去。能深含笑欠身把他扶起，略略問了問維揚功夫練到什麼境地，維揚一一回答了。能深忙命人引他到外面房中歇息，能深這才和駝叟各道別後情況。當日要了兩桌酒筵，款待師徒兩個，能深陪同駝叟在這裡面房內，魏良師兄弟等，陪了維揚在外面房中。

一時酒菜擺上，駝叟是不善吃酒的，他師兄弟兩個就座後，正吃談忙問，能深忽然停住手中筷箸，向駝叟道：「師兄認識這裡王府教師楊露禪嗎？」

駝叟道：「是不是那太極門廣平府的楊露禪？」能深頭點了兩點道：「正是他，師兄認識他吧？」駝叟回答道：「不過我耳聞此人，並不曾會過面的，這楊露禪有什麼事故嗎？」能深道：「這楊露禪倒沒有什麼事故，他在這京城名頭總算也是很大的。

現在肅王府人出了一董海川，是八卦門的，一身本領確已至神妙境地。這董海川在前幾日，同楊露禪彼此岌岌乎弄了很大的誤會出來。」駝叟忙回道：「曉得的，曉得的。」接著說道：「那老六爺府有個秦太監，外人全稱呼他秦五爺，跟我十分要好，常到鏢局來尋我攀談。他和這董海川是舊友，所以董海川的來歷都是他跟我說的。他也把這董海川給我介紹了，現時董海川也截長補短的出城到這裡來，我們彼此間也很是相得。說起這董海川，他乃是這直隸霸州文安縣城東南朱家塢人氏，他壯年不曉怎的淨身了，故此人全把他喚作董老公。他幼年在江西，隨祖師學藝，以後投到肅王府充了一名太監。」駝叟聽到這裡，忙問道：「現在這董海川在肅王府還是充當太監嗎？」

能深道：「此時董海川早已升任肅王府教師首領了。原來那肅王爺雖身居王位，也是一身絕頂的武功夫。這董海川在肅王府，一直有五六年的樣子，上至王爺，下至家丁僕役，都不曉他是一身絕技。這一天，肅王提了一條長槍，在花園內練習。這肅王也很有兩膀膂力，他那條長槍的樣子足有茶碗口粗細。肅王舞興正酣的中間，不前不後，恰在這時，董海川一手托了一個茶盤子，上面放了一杯茶，跑到王爺身邊，單腿打千的說，王駕請用茶吧。肅王見他這等沒眼色，當時大怒，撥轉槍頭，朝了海川掄起就打。海川忙立起身來，向後便退，肅王正在氣頭上，哪肯放鬆，挺手中槍，追了過去。海川一步一步後退，直退到牆根近前，肅王爺哈哈笑著說，我看你這還向哪裡走。一擰腕子，就是碗口大小一個槍花兒，在海川胸前繞了兩匝。再看海川托著茶盤，早一個旱地拔蔥，縱到四五丈高矮這段牆上。肅王爺一見，忙點手把他喊下，海川跳落平地，又一舉手中茶盤，說王駕請用茶，肅王爺一看他手中托茶盤內放的那杯茶，隨他這一上一下，一些並未溢位。」

駝叟忙說道：「照這樣說來，這董海川的功夫，確也很是出色。後來怎樣呢？」能深道：「肅王爺當時一看茶一些未溢位，心中大喜，知他本領定是出眾，立刻把手中長槍遞了他，命他走一趟槍。他放下茶盤，接過了長槍，光看他那長槍到了他手中，就和麵條兒似的，顫動個不住。海川走了一回他們門中的八卦轉槍，肅王爺看了十分稱讚，立時把他提升府中教師首。現時他的徒弟程廷華等人，本領也全是了得。」師兄弟宴飲豪談，能深陪同駝叟，少時飯已用罷，自有僕役把家具撤下。駝叟又問道：「這董海川同那楊露禪，究弄出什麼誤會來了呢？」這時候，僕役獻上茶來，能深端起茶杯，呷了一口茶，這才慢慢把董海川和露禪弄出誤會幾乎彼此惡鬥起來的話，向駝叟說了一遍。

駝叟聽罷，忙道：「楊露禪的太極功夫，不消說我是曉得了。這董海川的八卦門功夫，聽你這樣說來，確是空前絕後。」原來這京中的教師久負盛名的，即為端王府的教師首領楊露禪。這露禪自到端王府，平素訪他尋釁的，可以說不計其數，都敗在他手下，故此他的聲名越來越大。偌大的京城，一提起楊露禪三字，幾至無人不知。此時露禪年已六十開外，皓髮童須，望去猶似五十許人，自然是有武功的人，體質是強壯的。忽有這一日夜間，露禪在王府前院已熄燈就寢。正朦朧睡間，忽地就聽有人在他這窗前，用手把窗紙輕輕彈了兩下，隨著低聲笑著道：「楊露翁歇息了嗎？我特來拜訪你來了。」露禪一聽，睜開二目，忙坐了起來，向外問了兩聲，不聞言語。耳聽更鑼三下，暗忖定是府中人跑來作耍的，也未介意，復又倒身躺下。工夫不大，又聽那人在窗上又彈了兩下，哈哈低聲笑道：「露翁我來特地拜謁你，怎的把我蹲在門外了呢？」露禪慌忙起身披衣下地，一開房門，那人緊緊從外推住。露禪兀地一驚，方明白來的這人定是特意尋釁的。一抬手推開上面的前窗，藝高膽大，毫不顧忌的，當時雀鳥盤縱到院中，看天空之上，斜掛月輪，映照地上，四外寂靜闃無一人，方才那人早蹤跡全無。露禪前後搜尋了一回，哪有一些蹤影，不由得暗暗驚讚道：「這人好快身法呀，在我從前窗縱出的當兒，他卻沒有了蹤跡。看來這人不可輕敵。」心中暗自這樣稱讚著，又在院中踱了一時，也不見一些動靜，方才踅轉房中，復又和衣躺下。閉目養神，卻不敢再睡下去，一直到隱約聽得遠處雞聲報曉，東方微透魚白之色，這才安然睡去。到了次日露禪也未把夜間這事告人知道，心下盤算，今夜他必然還要到來，我卻要加意的防範。不來便罷，若來時我必不能把他輕輕放過。轉眼到了晚間，露禪果然加意提防，靜待昨夜那人光臨。露禪這夜當然不敢安心就寢，盤膝坐在了床上，隨手器刃放在身旁，以外又預備下了一把連珠彈，熄去燈光，靜待那人光臨。直等到四更頭上，連一些動靜也無，自忖那人定料今夜有了準備，必不敢再來作耍了。想到這裡，只聽外面房瓦嘩啦一聲，暗道：

大概來了！凝神仔細聽去，三分鐘熱風聲過處，吹得窗紙微覺唰唰作響，緊隨著又是那人把窗紙彈了兩下道：「露翁昨晚多有冒昧，今晚特來請罪。」

露禪蓄精養銳，正等他到來，聽他說罷，抄起兵刃，拿了那連珠彈跳下地來，一腳把浮掩著的門從裡踢開，疾似鷹隼般躍到了院中。一看那人，卻又沒有蹤影了。正四下看望間，就聽上面嗤聲笑道：「露翁，我在此處了。」露禪順著聲音，抬首向北房上望去。看那人一身短服色，直豎豎端然站在房脊上，月光之下，面貌卻看不甚清。露禪不由得一時火起，舉起手中連珠彈，對準了那人，唰的一聲，一粒彈飛奔那人射去。當時那人呵了一聲，向後倒去，眼望那顆彈明明打中那人身上。露禪不覺突口說道：「一連兩夜跑來和我作耍，卻休怪我下此毒手，看你這還向哪裡跑？」說到這裡，就要縱到房上，去看那人。猛地聽南房的房脊上，那人拍掌笑道：「露翁彈法雖準確，卻不曾打在我身上。」露禪聽他這揶揄的口吻，一團怒火再也按捺不下，怒聲喝道：「我楊某和你遠日無仇，近日無恨，何故連日跑來和我作耍？」舉起手中那連珠彈弩，唰唰唰，連珠般向了那人射去。那人真的是好快身法，早又到了北面房脊上，哈哈笑道：「露翁我已領教過了，恕我不陪，告辭啦。」露禪回過首去，看那人已不知去向，不由得暗暗驚佩那人功夫非凡，反把心中那團怒火消了下去，十分愛慕那人本領。

這時露禪的姪兒楊班侯同王府眾人，正睡夢中，聽得外面聲響，在這夤夜之間，不曉出了什麼事故，急忙穿衣下地，各拿器刃走了出來。一眼瞥見露禪一手提了兵刃，一手提著彈弩，站在院中，望著北面房脊默默出神。班侯等人近前忙向緣故，露禪方才移轉二目，向班侯等人具述所遇。班侯等人聽了，也是一驚，忙說：「這人太怪，你老人家倒要提防一二。」

到了第二日，露禪用罷早餐，下人跑來報說老六爺府的秦五爺來了。露禪聽了，忙吩咐一聲請，一抬首看秦太監已提步走進。露禪忙起身讓座。這秦太監年歲五十開外，黃白色面皮，穿一件袞紅長袍，腰繫一根黃綢帶子，帶子上面綴了些檳榔盒包和眼鏡盒子等物，垂在身前。來到露禪房中，露禪連忙笑道：「秦五兄今天怎的這樣閒散，許久未見了。」秦太監笑道：「一向府中不得消閒，所以無暇出來，今日到這裡辦點小事，順便跑來，尋你閒談一時。」說話間，秦太監一眼瞥見牆上斜掛了個空刀鞘子，一柄單刀卻明晃晃放在床前，那單刀近前，還放了一張短弩，不由得露出很驚異的神色，向露禪問道：「你們府中鬧什麼事故著吧？弩弓也放在手旁，單刀也掣出在鞘外了呢？」露禪忙答道：「府中倒沒出什麼事故。」便把連日間有人跑來戲耍的話，向秦太監說了。秦太監一聽，二目向上轉了兩轉，便忙說道：「聽你這樣說來，這人的本領，北京城中，除去一個他，沒有兩個人的，大約必是他跑來和你作耍。」露禪忙問這人究是哪個。秦太監道：「據我猜想，連日夜間跑來，和你作耍的這人，沒有兩個，十有八九絕是那肅王府的董海川。」露禪道：「我同他又沒有什麼仇隙，但不曉何故跑來和我作耍。」秦太監笑道：「這不是很明顯的一個道理，怎的不曉何故呢，不過是我兄聲名兩字所招的罷了。話雖是這樣說，但是若不是他時便罷，要是他時，我出頭給你兩個見一見面。不要再這樣鬧下去，不要彼此間由誤會再生出惡感來，到那種地步，卻有許多不便。」露禪聽了，所說確也有幾分見地，旋又閒談了一時，秦太監便起身告辭，臨行時，向露禪說到肅王海川那裡，探問究竟是否是他。

別了露禪，一直奔往肅王府來。一問海川，不出所料，果然是他。秦太監道：「海川弟，你連了兩夜，跑去耍笑楊露禪，究竟是什麼心意呢？」海川笑道：「我並沒有什麼心意，不過我看他這太極名家，是怎個人物。」秦太監也笑道：「太極名家四個字，他確是當之無愧。」海川道：「話雖如此，但是聽來的話，是不足相信呢？」秦太監忙問道：「怎麼你才信的。」海川笑答道：「耳聽純屬子虛，眼見方為事實呢。」秦太監聽他這單刀直入的語調，顯然是要和露禪比試高下，方才甘心的。遂忙說道：「海川弟，我來給你們定個日期，在我那裡與你兩個見一見面，彼此做個好友，豈不圓滿，可不要再這樣鬧下去了。」海川道：「我兄美意，小弟是非常贊成，不過話卻要說在頭前，到時我可要向他過一過手，領教領教他的本領。」秦太監滿口應允道：「這層我倒不便駁回你，至時我很願給你倆做個中間評判人。」海川道：「既然如此，就請規定日期吧。」秦太監道：「日期俟我回去，派人通知了楊露禪，再為規定。你是沒有異議，尚要去問人家哪日有暇呢。」海川道：「我兄既這樣說，我就敬候我兄的日期了。」秦太監把首點了點，站起別了海川，徑向老六爺府去，即派人去徵求露禪同意，並問露禪哪日有暇。

過了沒兩三日，秦太監便把露禪、海川請到六爺府他那裡，露禪一見海川，看他不過是個五十多歲的乾癟老頭，細高身材，面色黑黃，因他在壯年淨去了下身，所以嘴上一些鬍鬚也無，手中托了一根長桿旱菸袋鍋子，兩目神光炯炯。莫看面貌清臞，精神卻很飽滿。海川也向露禪打量過去，見他年近古稀，皓髮童顏，一部蒼髯，飄灑胸間，偌大年歲，身子一點也不傴僂，挺胸疊肚站在那兒，望去猶是健壯的少年，心中不由得暗暗欽佩。當由秦太監給他倆介紹了一遍，海川因兩人端王府耍笑露禪，先向露禪道歉，隨著兩人各又客氣了一陣，海川即直要來說出和露禪過手領教。露禪也正想同他比一比手，倒要看他功夫怎個高妙。聽海川一說，毫不遲疑，便忙說道：「足下既擬和我比手，我是情願奉陪的。」海川聽他允諾，心中甚喜，秦太監忙站起說道：「你等過手，我卻不相攔，但是我有幾句忠告，過手不怕過手，拳腳之下點到即是，萬不可認真的。設如到了兩虎相搏，必有一傷的田地，那時你們卻辜負我原來給你倆介紹的這片心意了。」露禪、海川齊聲說道：「請放寬心，我們彼此決點到就是。」

兩個人各寬去長衣，邁步來到房外庭前。秦太監也隨著來在院中，看露禪和海川各站在一方，立了個開門式子，彼此相對，一拱手，齊說了一聲請。海川一出手，使了個推山入海的式子，左掌向露禪當胸擊去。露禪看來勢甚猛，如封似閉，化開海川的左掌，使個倒攢猴的招式，向海川的下路取去。海川一抽身，一個仙人脫竅，疾似閃電，已縱到露禪身後，露禪身法十分迅速，早把身軀轉了過去。二人就在這庭中，各盡平生本領，一來一往，交鬥起來。露禪施展出他那太極拳十三字要訣，綳擄擠按採挒靠靜進退顧盼定，海川也施出他那八卦門中八字特長，是穿搬捷攔擰翻走轉。兩人走了約有五六十個照面，不分勝負，卻把個秦太監看得呆了。露禪、海川全暗暗生了戒心，兩人全累出了汗，可是誰也不肯先住手。在這勝負難分，不可開交的當口，秦太監霍地跑到他倆中間，兩手一分，把他兩個隔開，哈哈笑道：「你倆均稱得是勁敵，今天卻飽了我的眼福了，就此住手吧。」露禪、海川停住手腳，回到房中，重又各分賓主坐定，兩個各自驚佩。海川這時也方信露禪太極名家四字，外人所言非虛了。從此兩人便成為知己之交，往來過從甚密。

駝叟在鏢局中，聽孫能深口中說出楊董較技之事，駝叟聽罷，忙道：「露禪太極功夫不消說，我是曉得的，這董海川八卦門功夫，聽你這樣說來，稱得是空前絕後。」能深笑道：「他的八卦門功夫，當然可以說是絕無僅有的。」駝叟道：「這八卦門功夫也和我們形意門是同一樣的，他們八卦門也是內家拳，有人說八卦門是張三手傳下來的，此話卻是不對的。」能深道：

「京中也常有人說，他們八卦門是張三丰祖師所傳，我便向他們糾正說，這乃以訛傳訛，八卦門並非張三丰所傳的。」駝叟道：「他們八卦門中最出名的，除了八卦掌以外，說兵刃即屬他們門中那八卦神槍了。」能深道：「我聽海川說過，他們門中連八卦神槍，系分上三槍，中三槍，下三槍，共是九槍。他們這套槍歌，我還記得。」說至此，便念那八卦槍歌道：「八卦長槍扎九州，扎到江邊水倒流，雖然不是斬龍劍，神鬼見槍也發愁。上三槍插花蓋柳，下三槍孤樹盤根，左三槍烏龍擺尾，右三槍大蟒翻身，上扎挪下扎搭，中平槍向外舉，上有圈槍為母，下有封避捉拏，槍響往裡進，槍空往外拔，有人學會此槍法，萬馬營中全憑它。」駝叟聽能深一氣把八卦槍歌唸完，便忙笑道：「不想師弟你這大年歲，居然記憶力尚不衰弱。難得這董海川倒毫不藏私！」能深道：「不要看海川，我們相識不久，卻是一見傾心，因此他到我這裡，便和我彼此談論功夫。」駝叟道：「我聽人言，八卦門兵刃裡面，除去這八卦神槍外，還有八卦神鉤，也是最負盛名的。」能深道：「八卦神鉤除了鉤歌，有十二個招式，八字要訣。單說他那十二招式，是鐵扇關門，一截二進，迎門推扇，黃龍轉身，猛虎攔路，力托千斤，霸王開弓，順水推船，鷂子翻身，推山入海，回頭望月，上截下攔。他那八字要訣，是推託拎霍鉤樓掤攢。他們這八卦鉤行動起來，也同我們形意門中的虎頭鉤相埒，也是那八字考語，隨心所欲，變化無窮。」

駝叟同能深師兄弟一起東談西扯，本來他們師兄弟多年未見，當然十分親暱。能深特給師兄打掃出一間房子來，他也陪在一起。當日師兄弟兩個，足談了有大半夜，方才安歇。次日那維揚同魏良等師兄弟用罷早餐，便請魏良引他出去遊逛。正在這時瞥見一個漢子走來，看這漢子生得獐眉鼠目，年紀也就三十一二樣子，魏良師兄弟等人全把他喚作牛皮胡。魏良用取笑的口吻，向他問道：「牛皮胡，你這時從哪裡來，這兩天可和什麼名家過手來著！」這牛皮胡大拇指一豎，嘴一咧道：「諸位怎的全跟我取笑，愛叫我牛皮胡呀，怎見我胡老二是牛皮呢？」魏良等人笑道：「你一跑來，便和我們說，不是同這個名家比手，便是和那個名家比手，可是我們一要和你走兩趟，你便推三推四的。看來你不是嘴上的牛皮嗎？」牛皮胡一顆頭搖了兩搖道：「不是我不同你們比手，你們曉得拳腳是無情的，你們傷了我，固然是沒有什麼緊要。比如我要傷了你們，叫我心中怎樣過意得下去呢。」

魏良等人摩拳擦掌道地：「比起手來，保不住誰傷了誰的，可是都沒有什麼緊要。你傷了我們，我們也埋怨不上你來，你又有什麼過意不去呢。」說著，過去便扯他到院中去比試。牛皮胡把脖子一伸，晃著那顆頭道：「不用比手，你們自管打來，我絕不還手的。」魏良等人笑道：「你這是老把戲了，我們一要同你比手，你就是這套言語的，還怪我們把你喚作牛皮胡嗎？」牛皮胡臉上微覺一紅，忙又把頭一搖道：「我同你們過手，就是誰贏了誰，又怎麼樣呢？就拿方才來說吧，我到肅王府去看一個朋友，正遇上了那董海川的大弟子尹壽朋，他非和我過手不可。我一見推託不開，便陪了一趟。」牛皮胡話未說完，魏良等笑著插口道：「尹壽朋敗在你手下了吧？」牛皮胡把頭搖了兩搖道地：「敗卻不曾敗的，他和我走了個平手。」將說到這裡，鏢局的一個廚夫走了來，一眼看見牛皮胡指手畫腳，說得正在興高采烈，便輕笑了笑道：

「胡二爺才來嗎？那天我在天橋，看您叫人家一個練拳賣藥的，一拳打倒地上，您沒有傷筋動骨嗎？我看那天卻把您跌了個正著。我見您四腳八叉躺在就地，半天方才爬起。」牛皮胡面色一紅，頭搖得和撥浪鼓也似，連連分辯道地：「我向來不到天橋去，你定是看錯了人了。就是我去天橋，也不去同那走江湖賣藥練藝的過手呀。」那廚夫笑了兩聲道：「我又不是睜眼瞎子，那天我看了個千真萬確，沒有錯誤的，不是您又是哪個。」

說得牛皮胡那張臉就和大紅布相似，一直紅到耳後，立時窘態畢現，嘴裡還強辯道：「您一定看錯人了，絕不是我的。」那廚夫卻也故意和他為難道：「沒有錯，我絕不會誤認人的。」招惹得魏良師兄弟等，連同維揚，忍不住哄堂大笑起來。牛皮胡的面皮像下了染缸一般，越發紅脹，羞容滿面的，便過去扯了那廚夫，要同到天橋去對質。正在不可開交，忽見一個鏢客從外走進來說道：「董老師帶了尹壽朋師兄，爺兒兩個來了。」眾人聽了，忙跑進稟報孫能深。就看牛皮胡一聽海川帶尹壽朋到來，立時局促不安起來，忙把手鬆開，也不顧同那廚師糾纏，早一縮脖子，溜出了鏢局，能深已從裡迎了出來。此時海川同尹壽朋已到鏢局門前，能深把他師徒讓進裡面。

駝叟一見海川，年紀比自己不過小個五六歲模樣，當由能深給介紹了一遍，海川忙含笑道：「聽孫兄談論我兄大名，我是久仰的。」彼此客套了一陣，賓主就座，這時僕役獻上茶來，先給海川斟上，僕役轉身復又去與駝叟斟茶。正在這當口，海川便雙手捧了自家這杯茶，卻去敬給駝叟，駝叟忙站起身軀道：「這可是禮由外來了，董兄究是客人，哪有先敬我的道理？」說著便伸手去接海川手中的茶杯，誰知海川卻要藉此欲試駝叟的功夫究是怎樣。趁了駝叟伸手接茶杯的當兒，海川右手拇食二指，已捏在駝叟左手命門之上。海川唯恐駝叟支持不住，彼此傷了面皮，只用了三四分力，見駝叟像是毫不覺得，當時不顧一切，又加了十成力，駝叟只提了一口氣，面露微笑，仍是並不在意。海川大驚，就見駝叟當把左腕轉了一下道：「董兄請坐用茶吧！」駝叟這一轉腕子，若換個本領平凡的，虎口早已迸裂。兩人都是一驚，一看彼此全是無恙。海川鬆了手，轉身入座。

在這言談相讓之間，兩人的功夫雖未過手比試，可也都領略過了，彼此心中都暗暗驚佩。海川一回首，見尹壽朋尚站在身側，便忙命他上前見了駝叟。隨著魏良走了進來，把壽朋讓到他們師兄弟房中，先與維揚介紹了。海川同駝叟能深三人，坐在房內，談論些武功夫。駝叟和海川雖屬初次相晤，談來十分投契，大有想見恨晚之概。能深當留待酒飯，飯罷，又談論了一時，直到更鼓聲敲，海川師徒方別去。次日海川又命尹壽朋到鏢局來，請駝叟同能深。當日駝叟、能深去到肅王府海川那裡，盤桓到晚，才回鏢局，一進門兒魏良迎頭拿了個紅柬套，遞給了師父。能深接過一看，卻原來是河南馬三元師兄的請求。這馬三元今年正是七十整壽，能深看罷，便忙問道：

「你馬師伯的這請柬是誰送來了的？」魏良道：「是他老人家一個徒弟姓李的送來的。據來的這李師兄說，他們師父今年雖是七十整壽，並非專為做壽，不過藉此同諸位師伯師叔歡聚幾日。李師兄臨行時，還再再地和我說，請您務必屆時親去呢。」

駝叟在旁聽到這裡，忙向能深道：「這樣看來，馬師兄的請柬定也少不下我的。」能深尚未開言，魏良忙道：「我問了有的，據來的這李師兄說，已另派人順便給您把請柬送進川中去了。」

駝叟向能深道：「你看他壽辰的日期是哪一天？」能深看了看柬兒，忙答道：「早著哩，七月十六日，還有一兩個月呢。」駝叟聽了，自想只得在此多留些日，俟到了馬三元壽期，同能深到河南與他祝壽，再從河南起身回川。與馬三元師兄闊別多年，今正值他七十壽辰，當然是要去盤桓些日，以傾積愫的。能深卻也是決意親往，駝叟自此安心在能深這鏢局住了下去，靜候馬三元壽日期近，以便結伴去豫。駝叟與師弟在此時偕逛京城，紀維揚每日挽了魏良，也到各處遊逛，京中各繁華所在，差不多足跡全已踏遍。這一天能深陪駝叟將要出去閒逛，忽見魏良帶了個家人模樣的漢子走了進來。此人風塵滿面，見了能深，納頭便拜。能深仔細朝他望去，乃是好友聞郁文的家人陳升。便問道：「陳升，你可是從你主人原籍浙江來嗎？你家主人倒還健壯吧。」

陳升面色哭喪，連忙答道：「小人家主回籍沒有好久，即染病下世去了。」能深一聽老友謝世，不由黯然。那陳升又道：「小人家主下世後，家主母帶了少爺小姐，守了原籍那幾畝水田度日，倒也相安。誰知禍從天降！……」

能深沒待他說下去，忙驚問道：「你快說，出了什麼事了？」陳升道：「家主故里位居浙東，近幾年盤踞了一夥土豪，平素專幹那打家劫舍勾當。在上月初間，我家小姐無意中被那土豪徒覷見，先派人來提親，要娶我家小姐做他的夫人。我家主母哪肯把小姐許給那土豪呢，當時不顧利害，把來的那人罵了出去。那人回去一說，卻把土豪招惱，第二天便又派人拿了彩禮，硬給家主母撇下，說三日後迎娶。家主母見匪徒去後，同了小姐、少爺娘兒三個抱頭痛哭。」能深忙插口道：「匪徒這等行為，怎的不報知本地官府呢？」陳升道：「這土豪就是報告官府，也不濟於事，反倒徒招匪徒們忌恨，反而全家性命都要不保的。」能深道：「你家小姐究叫匪徒們擄了去沒有呢？」陳升道：「有財有勢，本是祕幫，匪徒們丟下彩禮，說三天後迎娶。主母娘兒三個痛哭了一陣，主母原打算帶了小姐少爺離家躲避些日，哪知匪徒們卻早防備上了，恐主母們脫逃，早暗地派下黨羽，所有村中左右出入道口，都已密布，逃是逃不脫的。主母娘兒三個沒活路，三番兩次要懸梁自縊，都被方近鄰舍苦苦攔住。一眨過了三天，毫無一些消息，後來一探聽，恰巧這土豪在這時背生惡疽，故此不顧來擄我家小姐。主母們聽了消息，很是慶幸，可是匪徒們派的黨羽仍密布在各道，並未撤去。又過沒幾日，匪徒們又派人來送消息，說匪首背上惡疽漸告平復，不過尚未收口，喜期改為八月。主母聽了這信，又焦急得痛哭起來。小人心想八月還有兩三個月日限，便同主母商量別無他法，特遠道來京求您搭救。家主在日，與您交稱莫逆，想您絕不能袖手的。」

孫能深想了想道：「我當然是不能袖手的，我先問你這土豪有什麼可畏？他手下人有多少？他們本領怎樣，你可曉得？」

陳升道：「他們一夥不過百餘人，別看他們有百餘人，不過就是他們幾個會舞幾套槍棍，其餘都是不會的，只是恃著有些蠻力，勾結鹽梟惡役，隨夥鬼混罷了。」能深把首點了點，吩咐魏良領他下去休息。

駝叟問：「這陳升的家主聞郁文是何等人？」能深道：「他主人係是前在漕運督衙中充文案師爺，人品很是和藹可親，沒有一些官場中的臭架子，我倆很是要好。誰想他豐才劣運，中年死亡了呢。」駝叟向能深問道：「看來你必得親走一趟吧。河南馬師兄壽期，恐不能分身前往了。」能深道：「照方才陳升所說那夥土豪不過都是平凡之輩，卻倒不足慮。若不是師兄壽辰，我卻要親走一趟吧。現因馬師兄壽辰在即，不能再分身去，我想命魏良師兄弟中去個三四個，足可對付得了那夥匪徒們的。」駝叟道：「這卻也是個辦法，匪徒們既是本領平庸，他們師兄弟們自然足可對付得了的。」

能深便把魏良師兄弟等人喚進，除了魏良外，又指定了兩個徒弟，吩咐他師兄弟三個明晨同陳升起程，去到浙東，又囑咐他三個到那裡卻要小心從事，萬不可魯莽。魏良等三個唯唯聽命，聽師父把話交派完畢，方慢慢退出，魏良又走了回來，能深看了，便問他有什麼事，魏良嘴乾動了兩動，並沒說出什麼來，卻把兩眼望著駝叟。駝叟一轉首，瞥見房外維揚身子一晃，忙又抽身退了回去，又見魏良這種神色，心中早明白八九。便道：「你是來代維揚說項的吧？大概維揚聽你們師兄弟三個，明晨起程去到浙東，他心裡定癢癢的，也想同你們去，特求你來和我說是不是呢？」魏良笑了笑，駝叟道：「他既願同你們去，我不便攔他，就叫他隨你們去吧。」維揚隱在外面，聽師父允許隨同去浙東，心中大喜，這時又聽師父命魏良把他喚了來，維揚不待魏良走出，早大邁步走了進去。駝叟見維揚走來，便道：「你既願同到浙東也好，我同你孫師叔已定於四五日間，去河南你馬師伯處，你同你這三個師兄師弟，到浙江把事辦完了，你到你玉娥師妹處候我，再一起回川。」維揚唯唯應諾，能深道：「維揚同去甚好，他年紀還大些，自然比魏良師兄弟們老練。」旋即駝叟又交派了維揚一遍。

次日破曉，維揚拜別了師叔和師父駝叟，同了魏良師兄弟四人，隨陳升離了京城。向浙東出發。維揚四個都不慣乘車，全是步行。陳升雖不會武功，卻正在壯年，腳下也是很健。朝發夕止，渡水過山，這天已入浙境，陳升道：「明天總可到的了。」當日路間投了村莊一家店中歇下，陳升便擬先行下去察報主母知道。天將三鼓，陳升別了維揚四人，頭前去了。次日維揚師兄弟四個離了這家村店，健步如飛向前行去。天將至午，已近山下，轉過一道溪崗，見澗聲淙淙出松篁間，景緻幽秀，轉過一道溪崗，忽見山勢大開，山峰矗立，眼前步入山中，見亂石雜錯，歧路四出，穿崖翻巔。走了一時，越走越荒僻，時當夏日，遍山野花點點，五色繽紛，日光照耀下，越發嬌妍動人，賞花玩景，不知不覺走了好久。忽聞一陣猶如鐵馬金戈聲似，狂馳奔雷，音震山谷。魏良、朱貴、張文煥三個相顧驚訝，不由停住了腳步向四下望去。維揚在川中這種聽音已是司空見慣，毫不覺奇，見魏良等驚慌神色，忙笑道：「這乃是這山間飛瀑的聲浪。」魏良師兄弟三個聽維揚說罷，這才又舉步向上行去，繞過一個山崖，果見一匹白練從上而下，陽光中晶瑩奪目，飛沫四濺，俯視泉落處，平疊三四層，如萬馬結隊，穿梁狂奔，聲如雷鳴，至此不覺心曠神怡，立在崖下，看了一時飛瀑，一看日色已然偏西，不便久停，又向前行去。

維揚見走了大半日，未見人煙，猛然站住道：「我們定是走錯路了，我們雖知聞家是在這浙東笠澤山，柳樹村，但我們也忘記問陳升詳細路徑。待我到頂巔看看哪裡有人戶，我們好去借問一聲。」說罷，攀了峰下崖間藤幹，揉升而上。魏良等看了大驚，連忙道：「紀師兄仔細些，不要跌著了！」維揚生長蜀中，這不過是他的慣技，哪裡在意。陡壁半天的山峰，矯若猿猴般攀上去，就見維揚愈來愈小，沒有一袋煙的光景，早到了峰巔。魏良在峰下等了一時，看維揚仍又援藤踏幹而下，向朱貴等道：「峰上面四下望去，只見煙嵐四封，一些也看不出路徑來，我們還是走向迴路，出了這山，再打探去柳樹村的道路吧。」魏良、朱貴等一想，也只好如此，便回轉身軀踅向來路，其實這山中的歧路四下交叉，他們早模糊了來時之路，而卻又岔到了另一股山道裡。漸漸斜日西沉，山石色暗，雖在夏日，卻似深秋，微微有些寒意。維揚等人越走越覺不對，寂靜空山，不聞人聲。兄弟四個整整走了一日，口乾肚飢，看這模樣已是迷了方向，今天恐不能轉出山去。所幸他等隨身裹帶著乾糧，畢竟還是維揚有些見地，看這情勢，便忙說道：「我們今天恐走不出山去，趁了天尚未黑，尋個棲止之所，明日再設法出山吧。」魏良等人一聽，卻也只好這樣。這才在山坎，尋一平坦之處，師兄弟四人圍攏著坐下，拿出隨身帶的乾糧，先去跑到澗前，捧了些山水飲了一氣。這山澗中的水倒還甘洌，飲罷，胡亂地吃了些乾糧，算是聊把飢腸充了。這時舉目四望，山色向暮，大地上黑幕罩籠下來，耳聽山谷回聲，彷彿有虎狼聲嘯，令人不寒而慄。

維揚等四人走了一天，全已疲憊，雖睡眼欲瞌，但在這山林之下，強打精神，不敢熟睡，唯恐虎狼噬傷。夏日夜短晝長，一夜容易度過，他師兄四個背倚樹幹間，南天北地地閒磕牙，不知不覺東方已然微明。曉霧重重，迷漫山間縱橫撩亂，樹石不辨，又一時旭日上升，頓時霧開色霽，全山野花芬芳襲鼻。魏良始覓路下山，曲折往外走。走沒好遠，山路忽然寬闊，一時繞到半嶺，方隱約聽得人聲。順了聲音走去，一眼瞥見挨近崖傍路側一家野店，酒簾樹間，茶棚竹下，維揚師兄四人見了拍手喜道：「這卻不怕了，我們去問一問去柳樹村的路徑吧。」

第五章　浮羅子觀光得劍

四人正從野店茶棚下來，一個年逾古稀的道士，鬢髮如銀，頷下一縷白色鬍鬚，被山風吹得根根飄起。這道士頭上挽了一個道髻，穿了一件藍色道袍，腰間懸了一口綠鯊魚皮古劍，腳下蹬了一雙黃色挖雲緞子鞋，別看他偌大年紀，行在這山路中，腳底下強健異常，並不覺吃力，望去體質卻就和二十許壯丁也似。一時走至近前，和維揚等四個挨肩而過，無意中微碰了朱貴左臂一下，但覺一陣麻木痠疼，暗忖這道士卻有一把蠻力。維揚忙回轉身去，喊住了這道士問道：「請問道爺，我們去柳樹村，可是這股道路？」就看這道士轉轉身來，朝了維揚師兄弟打量了一遍，扯了洪鐘般的聲音，反問道：「你們到柳樹村誰家去呢？」維揚面貌雖粗魯，心裡卻還精細，聽這道士這麼反問著，心說：這道士莫非是那夥土豪們的同黨吧？仔細又向道士面上望了望，看他道貌儼然，藹然可親，是個年高忠厚長者，絕不似歹人模樣。這才答道：「我們到柳樹村聞家的。」這道士聽了，二目轉了兩轉，又問道：「你們是從何處來的呢？」朱貴在旁聽他這尋根究底的，心中早老大地不耐煩起來，向維揚一使眼色，意思是不叫維揚再同他囉唆了。維揚並不在意，便向這道士答道：「我們從京城來的，請問道爺，去柳樹村究是這股道路不是呢？」不料這道士問了半天開篇，此時維揚向他這麼一問，忽看他把頭搖了兩搖道：「我不過曉得柳樹村這個名字，至於路徑，我卻不曉得的，你們再問別人去吧。」維揚看他問了個底掉，卻原來他也不曉得，枉費了半天唇舌，不由心下有些火起，將要發作他幾句。正在這時，忽聽山谷迴音震耳，小店茶棚之外，一人道：「小人尋了一早晨，四位爺卻在此處了。」維揚順聲看去，見陳升從野店茶棚下轉了出來。維揚撇了那道士，迎了上去。陳升忙道：「小人昨日不曾把路徑說明，四位爺迷了路了吧？」維揚便把昨夜迷路在松下休息一夜的話說了。陳升連忙道：「都怪小人一時粗心，忘記說知路徑，害得四位爺在這荒山間屈尊了一夜。此地離柳樹村並不算遠，小人在頭前給四位爺帶路。」引了維揚向上行了去，轉過這家野店山路忽仄，徑似羊腸，山峰當前，五人直上了絕頂。維揚等武功全有根底，尚不覺怎樣。那陳升早已汗流浹背了。轉到絕頂那旁，忽見一座石洞現於眼前。陳升道：

「過了這座石洞，路即平坦了。」轉向下行去，左轉右繞，下了這座山，望去固是平原了。又走了一程，前有柳林。轉眼穿過柳林，耳聞雞鳴犬吠之聲，但看短籬參差，竹木掩映，微露一層一層屋角，山村已是在望。

這柳樹村不過寥寥幾十家，四外阡陌連亙，交錯不辨。進了這村口來，到迤北一家籬門前，陳升停住腳步道：「四位爺請吧，到了。」維揚、魏良、朱貴、張文煥四人見已來到聞家，便隨陳升步入籬門。門內是一片廣有畝許的坪場，裡面方是院牆，進了二道院門，方見院宇，陳升便把維揚等讓進客房中。連忙去回察他主母聞夫人知道。浙東民俗向來淳厚，男女界限甚嚴，到如今還守了那男女授受不親的古語，陳升出了客房，走到屏門外立住，輕輕彈門喊了兩聲，不一時走出一個女僕，陳升向她說了兩句。那女僕又返身走進，陳升這才轉身來到客房，給四位客人備茶。工夫不大，把茶泡來，按位敬上。旋聞女僕把陳升喚入內宅，良久，聽一陣腳步聲響，陳升當先奔來忙道：「家主母出來了！」維揚等望去，看聞夫人年已五十餘，一臉愁容，扶了一個女僕走來。陳升忙給維揚等引見了，聞夫人忙道：「為我家事，勞諸位遠路來此，老身我真感激到萬分。」旋又問候孫能深鏢頭，由魏良一一代答，聞夫人已聽陳升口中說知孫鏢頭與駝叟，各派弟子前來解難，便忙又向維揚等稱謝，旋又道：「諸位遠路勞碌，夜來又在山中坐了一夜，想已很是疲憊，用了餐休息休息吧。」命陳升吩咐廚下預備酒飯，跟著細說土豪近情，回轉後面去了。維揚等在聞家住了幾日，聞夫人十分款待，陳升卻也很是殷勤伺候。在這幾日中，當地土豪黨羽，每天還不斷地在這裡盤旋。維揚等四個守在聞家不便出來，依了朱貴，便要去尋那些匪徒拚個上下，維揚忙攔住他，說：「萬使不得，我們雖知匪徒全是平庸之輩，我們初到這裡，頭一宗山中路徑不熟，第二宗匪徒在山中盤據多年，山路定是嫻熟，我們若魯莽從事，打草驚蛇，匪徒逃匿山深處，我們如何去尋。在此固無關緊要，我們若不走，救不了人家，反與匪徒結上仇恨了嗎？好在還有十幾日就到了八月中旬了，至時匪徒來時再看機行事。」魏良點首說：「師兄所見甚是。」四個壯士代守門庭。卻是出乎意想之外，在這日期還有兩三天中，匪徒們不但消息毫無，而且各道口匪徒布的黨羽，也都不見了。轉眼間又過了幾日，已逾了匪徒所定日期，維揚、魏良每天摩拳擦掌等待匪徒來時廝併，一天挨過一天，匪徒索性連一些舉動也無。

這天早餐後，看陳升從外走入，滿臉喜色，笑咯嘻向維揚等說道：「不勞四位爺費手腳了，那夥山上的匪徒，已殺的殺，逃的逃，全完了！」維揚等忙問道：「你這是從哪聽聞來的，但不知甚人把匪徒們除掉了的。」陳升道：「外面紛紛傳說，方近全已知曉，據說在中秋節前十幾日，算來即是四位爺和小人將到這裡那幾天的樣子，在那山根忽發現一位皓髮的老年道士，腰間懸掛了一口長劍，外貌看來很像是個方外俠士模樣。這道士逢人便探問山內匪徒的行徑，匪人眼線很多，人們半吞半吐都不敢和他從實說。在兩日前，有人到山外樵柴，忽看那老年道士從山中步出，向了那些樵柴人道：「你們這裡從此是高枕無憂了，這山中匪徒的巢穴，已被焚燒盡了，匪徒們也都殺的殺，腿快的已逃的逃了。」那幾個樵夫哪裡肯信，看那道士把話說完，揚長地走去。第二日便有幾個那膽量大的樵夫，結伴冒險到山裡，要看個究竟。到得山中只嗅一陣腥風撲鼻，看匪徒們依山起造的房子，果然成了一片瓦礫，匪徒們屍身也都被火燒剩了一堆堆的焦骨。維揚忙失聲道：「聽你這樣說來，定是我們在山中探問路徑的那個道士無疑，看他那形象，絕不似那平常道士可比。」朱貴忙接道：「匪徒們決是我們遇見的那道士給結果了的，記得那天，他無意中，微碰了我左臂一下，忽地就覺一陣痠疼微腫，當時我幾乎叫喊出來，便要和那道士翻臉。又一想我們練功夫人，被人家碰了碰，就忍受不住了，唯恐落了師兄的笑話，所以吃了個啞巴苦了，沒有發作，忍了下去。此時我這左臂還有些微痛呢。」陳升道：「小人也想了起來，你四位爺向那天道士探問路徑，小人也隱約約看了他個後影。」又道：「待小人去稟報我家主母知道，我家主母也就把心放下了。」說著，走到屏門外，喊出僕婦，把那些匪徒已被人結果的話，向那僕婦說了，叫她快去裡面稟知主母。聞夫人聽了，心中一塊石頭方才落下，自是十分歡喜。

維揚、朱貴等四人看匪徒已除，便要向聞夫人作辭。聞夫人懇留寬住數日，以防後患，又命陳升引導四人在本地方近山中賞觀山景。維揚等見聞夫人情意懇摯，心想，再多留兩日，卻也無關緊要。當日由陳升引導，向山中游去。是日天色微陰，轉入山中，見峰橫雲上，樹亂山間。白雲飛懸，迷漫一氣，兩旁懸崖樹木，若有似無，維揚、朱貴看了較來時經過的那山的景象，卻又不同了。將行到半山，忽聞殷殷雷聲，音起西北折而向東，猛然見黑雲一片，猶似牆形，隨風而至，電閃下耀，雷聲已近。陳升大驚，忙扯維揚等道：「四位爺快隨小人尋個避雨之處吧。」說著向前跑去，維揚等隨在身後，攀蘿撥榛，朝上跑了約有半里許，瞥見上面有一座小亭，來到亭中，喘聲甫歇，看四外皆云，身如在半空，俄而風聲大吼，若萬馬賓士，木石皆動，瞬時大雨滂沱而下。山谷聲響，猶如擊鼓，雲山煙樹，歷亂眼前，目覩此景，耳聆雨聲，不禁胸襟爽然。雨止時，維揚等鼓著勇氣，興致勃勃，續進遊山。玩了一時，朦朧山間，觸石皆云，卷舒蕩漾，或聚或散，濃淡相錯，紛紜變幻，頃刻萬狀。陳升說道：「不知不覺，天不早了，該向回道了，四位爺想都已飢餓了吧？」魏良也向維揚、朱貴催促道：「師兄我們遊了大半日，真該轉向回道了。」維揚把首點了點，仍由陳升在前引路，趄向山下行去。所幸陳升熟識路徑，一時到了下面，見適才那陣山雨，地下卻無一些積水，在這萬籟俱寂中，只聞泉流聲松濤聲震盪耳鼓。轉出山嘴，將穿到柳林內，猛然聽張文煥哎了一聲，維揚始聽了，忙回首一望，卻是這林中一棵棗樹上的殘餘棗子，被風吹落，恰巧落在他頭頂上。張文煥兀地一驚，不由呵哎了一聲，一低頭看是個鮮紅大棗，不顧許多，彎身拾起，忙送進口內，維揚等忍不住笑了起來。穿過這片柳林棗木叢中，回到聞家，晚餐早已預備好了。

維揚等又在此遊覽了兩日山景，才作辭分道上路。聞夫人誠意懇摯特贈資斧，維揚等人哪裡肯受，只拈一錠銀，聊以示意。維揚等離了聞家，彼此分途相別。魏良等三人回京覆命，維揚一人獨行奔往襄陽，不是一日，已渡過長江，進入湖北地界。走過了省城，這天來到地名喚作梨子村，不想貪走了些路程，錯過店口，身已入亂山之中。只可健步飛行，心想轉過山去，定有村莊，哪知山勢連綿，過去一山，又出一嶺，越走越深，一時晚霞西射，映照著大半山，均成一片紅色。維揚走了些時，心中暗道：「看這光景，又同前走著山一樣，今晚恐又要棲在此山裡面。」肚內這樣想著，看眼前山路益覺陡仄，步至山腰，繞過一個山叢，暮色蒼茫中，遙望竹樹環擁，黃英紛披，由花梢叢隙間望去，隱隱露出半段紅牆來。維揚看了，忙提起腳步，分花穿竹，走到紅牆近前，卻是座破瓦殘垣的廢廟。這時夕陽西沉，一二三星斗微露光芒，廟外匾額年久得已看不出字跡。進了廟內，院裡松柏參天，荒草沒膝，兩廂殿早頹敗得不成模樣，正殿雖已殘毀不堪，門首卻還尚在。提步走入，天光還未大黑，看殿內只餘中間三位神像，可是也殘壞得看不出貌相來，那兩旁偶像卻已殘缺得東倒西歪。維揚看神像下面，有一面土臺，微把土臺塵垢撣了一過，解下隨身包裹同兵刃，俟身坐下，心想權且在此忍耐一夜。維揚這次卻未隨身備有乾糧，好在練功夫的人，捱上一頓餓，倒也不覺怎樣。坐在這面土臺之上，四顧悄靜，但聞外面風聲草聲，不覺寒氣襲人，毛髮根根豎立。維揚不由打了個寒戰，便站起把殿門掩上，轉身盤膝坐下，閉目闔睛，待天明上路。一陣神思昏迷，竟自呼呼睡去，猛地聽得殿門咯吱吱亂響，立時把維揚從夢中驚醒。一睜眼只看見一道閃灼的光芒，從上直射到殿裡牆角之下，忽地一驚，一抬首，原來卻是上面坍塌的一個瓦盆大小的窟窿，月光從此穿入。猛聽段門又咯吱吱響了兩下，凝神側耳仔細聽去，好似野獸前爪，抓搔殿門的聲音。

維揚暗忖，在這荒僻無人的深山中，難免夜間有野獸出沒，慌忙把隨身包裹和單刀斜繫身上，把刀拉出鞘外，坐觀動靜。正在這時候，兩扇殘舊不整的殿門，呀的聲開了，定睛看去，黑魆魆跳進一個三尺多高毛烘烘的東西，看不出什麼形象。維揚覷那東西跳到自己身邊，忙舉刀一揮，刀光一閃，向那物砍去。那物身子十分靈巧，一轉身迅似閃電縱出殿外，維揚隨著也竄了出去。月光之下一看，卻是一個猿猴。那猿猴見有人追出，早三跳兩跳，跑出這座廢廟。及至維揚到在這廢廟外，他早逃向竹叢亂石間跑去。維揚不再追趕，仰首看殘月西斜，北星耀，不霜而淒，天光眼看將明。維揚自忖到山嶺去望日出，卻也有趣得很，便離了這座廢廟，轉向山上行去。走了約有三四里，來到一座小山絕頂，尋了塊山石坐下，但覺涼風習習透骨，引頸東望，鵠候日出。不一時，東方忽現一月痕白色，轉瞬白色漸高漸淡，倏又變成黃色，黃以漸高，而成紅色一片，紅色隨又漸高，紅光盡處，又轉淡而成白色，白又變黃，黃又變紅，如是數十次，方吐一線於蒼茫間，倏而半規，倏而全輪，形色光華，瞬息千變，維揚連喊有趣有趣，又移時，霞彩化而為光，至此卻不能正視，只見光中蕩漾，有如冶金，不曉是日色動搖，抑是日光迷離。維揚觀看良久，向山下行去。一眼瞥見前面人影一晃，看背影卻似前山所見的那個年老道士。維揚想這道士決非庸凡之輩，想趕上前去，問他究是怎個來頭。肚內這樣尋思，腳下越發如飛趕了去。再看那道士，已轉入路間林叢中。及至維揚趕進一簇一簇竹樹交蔭裡，陡覺竹木交錯，陰森迫人，途徑曲折，那道士已走得失了蹤跡。維揚穿進竹叢以內，葉幹遮蔽，不見天日，只聽水聲汩汩，亦不辨水聲所在，時時由蔓葉疏隙處，窺看懸崖下，青苔巖綠，翠色慾滴。維揚一口氣走了三四里路，方出了這簇竹蔭已到在山下，再看那道士，業已繞過山嘴去了，維揚急於欲問那道士來頭，哪裡肯捨，兩步並作一步望前飛奔。一時之間，轉出前面山嘴，前面卻有四五股岔路，不曉那道士轉進哪股岔路中去了。只得作罷，不便再趕，慢慢走入中間路中。過了一小道梁，看稀落落有幾家人戶，維揚餓了半天一夜，肚皮早已飢渴交迫。便尋了家野店，胡亂吃了些食物，休息了一時，又向前趕路。

不到兩三日，來到襄陽。維揚這日天方過午，照奔往王家他師妹玉娥處。來在王家門前，瞥見那王家的老家僕王成，無精打采地坐在門內一面杌凳上，仰了那張蒼老的面色，默默望著天空。維揚走進，他好似不曾覺得，維揚看他這老氣橫秋模樣，便向他招呼了一聲，王成一驚，忙轉過首來，抬了手把那雙昏花眼拭了拭，這才定睛向維揚看去。蒼老面皮露出一絲喜紋，哎呀了聲道：「紀大爺從川中來的嗎？恕老奴上了幾歲年紀，耳目全已不中用了。我家外老太爺沒有來嗎？」紀維揚略說行程，隨又命他裡面去稟知主母玉娥。王成竟先長吁了一口氣道：「紀大爺早來一時，還見得著我家主母……」維揚未待他說完，忙向道：「你家主母到哪裡去了？」王成昏花二目，含了淚點，瘖啞的聲音答道：「閉門家中坐，禍從天上來，這兩句話可以說應在我家主母身上了。」維揚一聽大驚，急於要問個仔細，忙道：「又出了什麼禍事，你快說，你快說！」

王成聲音哽咽繼續說道：「說來真是禍由天降。我家少主人，今天清晨同了他那書僮來福在門前閒站，看走過來一個獨臂怪人，一臉橫肉，相貌生得很是凶殘，打扮得非僧非道，不村不俗，這獨臂人走近我家少主人身旁，向我家少主人望了望，一彎他那單臂，由懷中掏出一個小包兒來，開啟包兒托在了手內，向我家少主人和來福面上吹了去。只嗅一股異香撲鼻，立時迷了本性，隨了那獨臂人身後跑了下去。出了城，到了河堤僻靜所在，把來福捆在了一棵樹上，那獨臂人帶了我家少主人，覓舟渡河，奔往樊城而去。工夫不大，來福清醒過來，破了喉嚨一喊叫，便有行人看見，忙過來把繩扣解去。來福忙跑回來，稟報主母。我家主母只守了王家這一脈根苗，如今平空被那獨臂人拐了去。聽了這消息，哪有不急的道理。便也不顧許多，忙束紮俐落，帶著掛了多年久已不用的那口鋒刃雙劍。臨行時，緊皺二眉，向老奴說，按情理來說，我這未亡人是不能拋頭露面，現今卻不能顧及這個了。我此去尋見你家少主人便罷，若尋不著，我也就尋個自盡，無顏再進這家門了，你好好照應家中吧。老奴忙要去攔阻，主母已走出門外去了。」

維揚忙吃驚道：「你家少主人被那獨臂怪人拐去，此時定走不甚遠，待我趕上你家主母，一同追了下去。」立刻解去身上系的那個包裹，遞給王成手內，問明去向，邁步出門，大踏步去了。出了襄陽城外，來到岸前堤上，見河中往來船隻如梭，急忙間喊過了一隻船，船伕撥船近岸，維揚跳了上去。船伕舉篙點入水中，船漸漸已泛到江流，一時來到彼岸，維揚付過渡資，直往樊城跑了去。將到樊城城樓前，一眼卻又看見那年老道士正順了城牆根，向北行著，相距不過兩三箭遠近，維揚再顧不得：「道爺，道爺！」連喊了兩聲。那道士像是不曾聽見，舉步走去，維揚因急於要尋師妹玉娥，追那獨臂怪人，見道人太難跟綴，照直走進樊城去了。維揚走進樊城，到在了街市正中，逢人打聽，因那獨臂人形容太怪，向了個小販一探問，這小販忙道：「不錯的，在晨間有個獨臂怪人，帶了個八九歲孩童，從這裡經過向北行去，大約是出了北門。方才還有個斜背雙劍女子，也在這裡探向那獨臂人的行蹤。有人告了她，那女俠急忙地追趕了下去，那獨臂人看那模樣，定是楞子。」維揚探問明白，不顧向他搭腔，急忙向這小販道了一聲謝，匆匆轉身，他奔北門趕去。

出了北門，沿途探問，一氣跑了有十餘里路，一眼瞥見一個婦人迎面走來。漸行漸近，就看這婦人一身青色短服，頭上青帕子罩額，額前結了個蝴蝶扣，右肩側隱隱斜露了尺餘長劍柄。心中暗想，走來這婦人，看模樣十有八九是我那師妹玉娥。一轉眼間，那婦人已走至切近，維揚看去果然是師妹玉娥。就見玉娥面龐焦黃，額間汗流如注，口中喘息個不歇，維揚將要開口招呼，玉娥張皇四顧，也看見了維揚，忙道：「哎呀，可好，紀師兄來了，我爹爹他老人家呢？」

維揚忙答道：「師父從京到河南去了。」玉娥心急似火，不顧細問，忙向維揚道：「我家金哥被一個獨臂怪人拐了去，師兄你快幫幫我，你大概也聽說了吧？」維揚忙道：「我已聽王成說了，故此特趕了來，不知師妹可曾追上了那獨臂人沒有？」玉娥淚眼汪汪，緊皺二眉道：「追是追上，怎奈那東西本領十分了得，別小覷他是一隻單臂，我同他交手，險些喪在他的一條七截鞭下。」維揚忙問道：

「師妹可曾看見了金哥？」玉娥說道：「不曾看見的，那廝卻原來就在前面那座三清廟中，他定把金哥藏在那廟內。」

我既鬥不過那殘廢，奪不回來金哥，這便怎好？」說到這裡，早哽咽不能成聲，淚痕滿面。隨又說道：「既奪不回金哥，我也就要尋個自盡，無顏再進家門！師兄既來，我總算尚有一線希望，但是我師兄妹兩個，恐怕也不是那殘廢怪漢的對手，到此田地，說不上許多，同他拼了性命，再廝鬥一場。」維揚忙道：「師妹何必先自氣餒，那殘廢怪漢本領就是怎樣厲害，師妹諸放寬心，今日總要把金哥奪回來。」將說到此處，忽聽路旁樹林之內一人撲哧笑了一聲。玉娥同維揚忙轉首向林內望去，但見濃林深密，靜悄悄並無一人。玉城心急如火，不遑尋索，維揚也是急於想把金哥奪回，所以聽樹林笑聲，一望無人，也就未在意。玉娥忙回轉身軀，引了維揚，朝三清廟走去。

走了約有裡許，看從樹幹叢隙處，微露出半段紅牆。玉蛾手一指道：「那即是三清廟了。」來到切近，看這座廟只有一層殿宇，規模雖不大，廟貌很堂皇，朱紅色兩扇山門，上面懸了塊黑底金字橫額，上書「三清廟」三個大字。玉娥、維揚師兄妹倆已到廟前，回手各把兵刃亮出，邁步就要闖進廟去。恰在這時，忽聽廟內腳步聲響，看是走出一個四十向外的道人。玉娥停住蓮步，一擺手中雙劍，嬌聲喝道：「惡道，快去把那獨臂怪人喚出！」這道人向了玉娥打量了兩眼，又望了望維揚，這才慌忙答道：「女俠士問我那不成才的師弟嗎？他領了個孩童，已然走去，適才在廟外，同他廝併的大概就是女俠士吧。」

玉娥聽他說那獨臂惡人已帶兒子走去，怎肯相信，也不顧向他作答，舉劍直奔這道人揮去。維揚忙攔道：「師妹先莫傷他，待我向他個仔細。」玉娥一聽，忙把手中劍停住，轉身閃在一旁。維揚走向前，問這道人：「你說那獨臂惡人是你師弟，你必是和他一黨。」

這道人聽了維揚這話，長嘆了聲，答道：「俠士哪裡曉得，小道雖同他是一師之徒，因他自幼行為不端，我的師父未羽化前，就把他逐出廟外，所以我們師兄弟已斷葛藤，有二十餘年不曾見面。今天他改裝俗家，忽然領個孩童走來，想在此歇一歇腳，不料尚未坐穩，大約就是這位女俠士追來。我同他別了這些年，真不知他練了一身好本領，可是他一隻左臂不曉何時斷去。他聽女俠士追來，立時走出這廟外，不一時踅回，向我笑那女俠士險一些被他喪掉性命。我看他這不尷不尬的行徑，料他決非好路道，想那孩童定是他拐騙來的。我曾勸他給人家把孩童從速送回，萬不可幹這傷天害理的勾當。他不但不聽，反倒怒狠狠地負氣帶那孩童走去。小道所說俱是實言！」

維揚、玉娥聽罷，怎能相信，喝道：「賊道，休要巧語花言欺騙我們！」維揚右手一揚，舉刀向他砍去。忽眼前一閃，疾似鷹隼，從廟外松柏樹上竄下一人，正落在維揚身旁，一抬手恰把維揚右臂托住。維揚立時不覺大驚，把刀撤回，定睛向這人望去，非是別個，正是適才一進樊城時，看見的那個長髯道士。就聽這道士洪鐘般聲音道：「不可傷他，這位大師父所說的一片言語，大約不會假的。方才貧道坐在那路旁林中歇息，你等所說的那獨臂怪人，從頭至尾，貧道全已聽明。」維揚忙道：「我們師兄妹立在路上說話當兒，猛然聽路旁林內撲哧笑了聲，轉首望去，已不見蹤跡，這樣看來，那定是道爺你了。」長髯道士點了點頭道：「貧道在林內聽你言詞間，太把那獨臂惡道看輕，所以貧道忍不住笑了一聲。當時貧道離了那片樹林，來到這裡，正趕上那獨臂惡道，領那孩童，負氣從這廟中走去。貧道本想追下去，救了那孩童，又恐你等到此不明究竟，錯傷無辜，故此貧道隱蔽在樹上，特意等候你等。」維揚忙道：「那獨臂惡人想必走出不遠，道爺既肯相助，我們一同趕緊追去，以便把我這師妹的令郎奪回。」道士笑道：「你莫小覷那獨臂怪人，貧道先把他的來歷，和你說一說，你們就不輕敵了。他自離開了這廟以後，投在了魯省茅山白蓮餘孽，叫什麼炎山祖師門下，不但他練了身出色本領，而且熟識水性，又天生一雙飛腿，每日能行五六百里，故此外人把他喚作飛單翅飛魚，他斷了那隻胳臂，聽說是同官兵交戰時所傷，若非他會泅水，早喪了性命。近來不曉他師父炎山惡道又出了什麼花樣，派他到各處拍拐十一二歲孩童。貧道並非小覷你等，似你等腳程，恐追趕不上他的。他走出這廟，一定把那孩童挾在腋下，如飛地行了下去，此時恐是走出四五十里開外了。」

道士說罷這段話，弄得維揚同玉娥面面相覷，一時心中不得主意。這道士看她師兄妹倆這神色，忙向著玉娥說道：「待貧道追了去，把令郎救回。今天是來不及了，明日定將令郎送回府上。」說到這裡，便問明玉娥住址，由維揚代答了，這道士聽罷，袍袖一拂，返身順大路趕了下去。就看他腳下輕飄飄的，行走起來，十分穩快，一轉眼間身影已漸漸隱沒於樹木叢處。玉娥看這道士去後，忙向維揚道：「那獨臂惡人既離開這裡，難道我們就回去，靜候這道人把金哥送回嗎？無論怎樣，我們師兄妹還是盡人力，聽天命，追趕一程，絕不是聽這陌生道人片面之詞。」維揚搖了搖頭答道：「這道人確是大俠，我已領教過了，絕不是欺騙我們的，勿容我們師兄妹再去追趕了。這道爺明天既說準可把金哥救回，師妹請放寬心吧，不出後天，定可母子完聚。」玉娥聽罷，忙問師兄：「你怎麼深信這道人言語，莫非你知曉這道人嗎？」維揚便把這道士，怎樣以一人之力，掃除山匪土豪，略略說與玉娥。玉娥聽了，這才深信不疑，稍把心放下些，但這心下恨不得這道人一時把金哥救回，方才坦然。

此時日色垂山，晚霞斜射，大地漸已向暮，玉娥、維揚看天光已是不早，師兄妹兩個便要想返襄陽，一轉眼看這三清廟的那道人還站在那裡，呆呆望著他師兄妹兩個。玉娘、維揚忙向他告了一聲罪，才返身離了這座廟，轉向回道。及至渡河回了襄陽家中，卻早已燈火萬家。老僕王成看維揚尋了主母玉娥走回，心中略微安然了些，又看不曾把少主人奪回，緊皺兩道蒼眉，忙問怎的沒把少主人救了回來。老僕王成因急於要知道今日可曾追上了那獨臂惡人，是否見了少主人的情形，口裡問著，一雙昏花二目，不轉睛望了主母玉娥和維揚面上。維揚忙把今日追趕獨臂惡人，去奪金哥情況告知了王成，老僕聽罷，才把心中懸了的一塊石頭，微微放下。玉娥回到家中，到了後面房內，除去頭上帕子，解下背上雙劍，理了理鬢間亂髮，輕拭弓鞋落的浮塵，整了整衣衫，這才走出外面客房裡，問維揚自家爹爹如何由川中去京的詳情。師兄妹坐談了一時，玉娥吩咐廚下，給師兄維揚預備晚餐，自己因急火攻心，卻倒不覺飢餓。不一時，廚下給維揚把飯菜端上。飯罷，當晚維揚即留在王家客房中。這晚後面房中玉娥因懷念愛子，一夜未能成寐。

暗思明日道人把金哥救回，尚不敢定，設若救不回，這便怎好？王氏門中只他這條根苗，從此王門絕嗣，叫我怎對得住我那九泉下丈夫。玉娥睡在床上，千愁萬緒，湧集心頭，酸辣苦甜，也不知是哪種滋味。想至焦點之處，流淚不止，直到雞聲三唱，她兀自還未把眼合上。少時天光大亮，已是次日。玉娥忙起了床，略為梳洗。直巴巴坐在房中，盼著道人把愛子救回。

天交正午，王成從外飛跑進來，邊跑邊喊道：「主母快出來看，少主人回來了！」

玉娥聽了，猶似天上掉下一顆活寶一般，忙蓮步砰砰地跑了出去，看金哥站在維揚身前，維揚正向他問話。玉娥忙過去，扯住他的小手，拉到懷內，杏眼含淚說道：「我兒你可安然回來了，把娘可真真急煞！」說著，便抬首看去，卻不見那道士，忙地問道：「我兒，救你那個恩重如山的道人呢？」維揚忙從旁插口說道：「金哥說那道爺把他送到這巷口，即轉身去了，好在這門兒距巷口沒有好兩步，方才我聽金哥說罷，急忙追去，原想把那道爺請回來。誰知我跑到巷口，在這一轉瞬之間，那道爺卻已走得沒有蹤影。我想這道爺腳下如飛，怎能追趕得上，只得作罷，便忙又轉回。」玉娥聽維揚說罷，自忖道人這的行徑，稱得是神龍見首不見尾，決非那等閒的平常道士，足證昨日維揚所說他雙手剪除惡徒之言，並非子虛。心中不但萬分感激，而且簡直把這道士看作了神人一般。

玉娥當時扯了金哥，同了師兄維揚，走進這外面客房之內，彼此落了座，這時老僕王成，同一些僕婦人等，見少主人安然回來，也齊攏上來，一時之間，房內全已站滿。玉娥便問金哥：「那道人怎的把你救回？」金哥頭搖了兩搖道：「我也不曉怎麼救的，我模糊記得昨天早晨我同來福站在門外，就看一個獨臂怪人從懷中掏出一個包兒，開啟包兒，向我吹了一口，就嗅一股異香，不由己的一陣昏迷，隨了他走去，以後卻就不曉了，到明白過來時，睜眼望去，已不見那獨臂怪人，看是一個老年道士站在我身前，拉著我手，和我說那獨臂怪人見了他已然逃去，我便央他把我送回來，他說此地離你家有百餘里，你看天黑了，今日已晚，明天把你送回家去，他把我領到一家村店中，又給我買了一些食物。今天將一亮，就離了那店，把我背負在他背後，走起來可快得很呢。」金哥口講指畫說到這裡，就看來福面上現出十分詫異的神氣，走向前問道：「我昨晨嗅了那獨臂惡人的迷藥，怎麼工夫不大就清醒過來，少主人是怎麼了呢？」維揚笑著接口說：「他那迷藥定是對準你家少主人金哥吹的，你不過在旁微嗅進鼻內一些，故此你沒一時就清醒了。」金哥又道：「那道士今日在路上曾問我，可願意學學武技？我說外祖和我娘都是好本領，我在家也真愛玩弄棍棒的。他聽我一說，又問我外祖的姓名，我告了他，他聽了，連說他跟我外祖也很所熟的。他並且又和我說，叫我回來通知娘一聲，他很愛惜我，要把我帶了去，教給我武技呢。」玉娘聽金哥這話，笑了笑，卻也並未在意。但聽金哥說這道人像同自家爹廝熟，暗想候爹爹來時，再探問這道人的姓名住址，將來決意帶了金哥，隨了自家爹爹，親自登他那觀門，拜謝人家搭救愛兒之恩。思索至此，又想愛兒被道人負在背上走這百餘里，肚內定已飢餓，便扯了金哥，到後面房中去用飯。當日命他休息了一日，次日方令他到學中去。

玉娥原在家中，給金哥請了個塾師，即是由書僮來福伴同他，金哥每晚同塾師宿在書房內，來福歇在這書房外間房中。

在金哥遇難回來的第三日清晨，教金哥的這位塾師醒來時，一睜眼看那旁床上，不見了學生，想他定是起來到後面去了，卻也未曾在意。一轉眼忽瞥見房門仍舊好好在關閉著，不覺有些詫異，心想小孩頑皮，定藏在床下。忙披衣下地，拖了鞋，傴僂身軀，俯首向床下望去，也是空洞洞的。立時慌了手腳，開開房門，看來福還在蒙頭大睡，這塾師兩步並作一步地跑到他那床前，把來福喊醒，告他房門未開，金哥又不知哪裡去了。

來福揉了揉睡眼，一聽塾師言語，兀地一怔，披了衣服，蹬上鞋，跑進裡面房中，就見少主人睡的那鋪床上枕被依然好端端放在那裡，只是少主人不曉在何時失去。來福這驚非同小可，返身走到外間，開了這外間房門，如飛跑向各處一尋，各處不見，他又奔至後宅，北邊跑著，一邊喊嚷道：「夜來不曉什麼時候，把少主人又丟失了！」

來福這一喊嚷，驚動後面房內玉娥，聽見丟失了愛子，立時驚慌失色，猶似冷水澆頭。慌忙起床跑出房去，卻也不顧許多，照直來到書房中，看那塾師拖著鞋，呆若木雞地站在那裡。此時維揚同男女僕役聽了來福一喊，全已跑到書房之內，看果然不見了金哥，不由面面相覷。這位塾師見主婦人等全已走來，連連搖頭道：「這可稀奇，房間好好的仍然關閉著，怎會就把人丟失了？吾未聞之也，吾未見也！」玉娥無暇和他作答，跑到書房裡間，四下看了一看，忽然瞥見後窗像是有些被人微微開動痕跡，玉娥看了，指了後窗哎呀了聲道：「金哥定是從這後窗丟去的。」語聲將罷，忽見僕人舉了一張字柬，慌張張走進書房內，忙不迭道地：「主母臥房窗外，一塊碎石壓了一張柬兒，主母快瞧這張柬兒吧。」玉娥接過這字柬，看上面潦草草，寫了沒有幾行字。看那字跡寫的是：「令郎天資甚佳，頗欲授以絕技。日前送回令郎時，在路中已令回府先為奉達。貧道此次帶回令郎，文武兼授，遲則五載，快則三年，定命令郎歸來，請勿懸繫。愚此舉非但為傳技，亦係為令郎防備後患。斷臂怪人未除，恐其再來陷害，今交貧道，可謂兩得其益，既避大禍，又獲承學。況劉公琪與貧道亦系至契也。」下署浮羅子留字，玉娥看罷，想起金哥那日回來時，曾說救他那道人，要帶他去傳授武技，深悔當時自己聽了，並未在意，以致愛子回來沒兩日，卻又被這道人夤夜帶了去，從此不曉把愛子帶至何處，天涯地角，何時我母子方得見面。想到此處，不由己地落下淚來。

那塾師看了主婦這模樣，忙趨前問道：「這字柬寫的究是什麼言語，我那學生定是被人夜間盜了去的吧？」紀維揚也正納罕，玉娥忙把字柬遞給了維揚，一看這字柬，忙道：「這道爺原來是浮羅子呀，一向我卻蒙在鼓裡，常聽我師父提說他的，既是金哥被浮羅子帶了去，師妹請安心吧。將來金哥的造詣，一定是不可限量。」玉娥忙道：「師兄既聽我爹爹提說過這浮羅子的來歷，居處你可曉得？」維揚忙道：「曉得是曉得的，不過是說不甚詳。」隨著維揚把浮羅子的來歷居處，就他所知，和玉娥說了一遍。玉娥聽罷，心想愛子既是浮羅子帶去，自是沒有什麼差錯，不過愛子終日守著膝前，一旦遠離，心中未免有些傷懷。其中卻把個塾師急煞，學生被人帶了去，自己飯碗已是沒了，不住地搖著頭咂著嘴著急。

紀維揚對玉娥盛誇浮羅子的武技俠風。據說這浮羅子係是羅浮山深處玉清觀主，這玉清觀坐落在羅浮山的深山之處，四面懸崖洞壑，地勢十分險峻，是個人煙罕至的所在。曾值南方流匪作亂，人民逃入山中避難，幸脫大災，便集資修了這廟，恰值浮羅子偕徒遊方至此，曾恃武功，逐走逸賊，大家公推他做了這玉清觀的觀主。帶了兩個小徒弟，在此觀中，開山為田。師徒三個一年下來，很可自給。這浮羅子嫡派當初是武當門弟子，從師髯道人苦修三十餘年，不但練了一身驚人功夫，而且又練了一絕妙的輕功，大可以說青出於藍，比他師父的功夫，似有過之。可是他一些師兄弟們，見師父對他這情形，不由百般嫉恨，時時跑到髯道人前，給他進些讒言誹語。怎奈髯道人心明似水，何曾不明白他們這伎倆，反倒把他們嚴加呵責，由此越發嫉恨他了。及至以後髯道人羽化，他一些師兄弟無所顧忌，簡直把他視成仇人一般，常故意向他責難。他因師父羽化未久，骨骸未寒，卻不願和他們計較，傷了師兄弟的和氣。誰知他這些師兄弟們不但不說加以體諒，對他倒益發變本加厲起來。最後他見師兄弟們實不能相容，便帶了他兩個小徒弟，離了本廟，到各地去雲遊去了。這年雲遊來到羅浮山，耳聞山內窩藏一夥流匪，夏來秋去，為害已非一年。浮羅子聽了，便帶了他這兩小徒弟，到羅浮山，出其不意，很容易即把那為首匪徒除掉，下餘一些匪徒都已逃去。浮羅子看自己帶了兩個小徒弟，雲遊了幾年光景，總沒有著落之處，今承當地士紳修廟挽留，便把二徒安頓在這觀內，自己仍到各處雲遊，趁機做些外功，每年總是二三月間出去，到九月間回來。

這一年冬間，積雪早滿，日間被陽光照映，積雪漸漸融化，到晚間被山間寒風一吹，卻又凍得凝結成冰，所以觀外山崖巖壁，都已成冰。此時的玉清觀，莫說外面人跡難至，就是鳥雀，也難飛入。這一日傍晚，徒弟青皓、丹林二人到觀外去拾松柴，日色早已垂西，四外暮氣蒼茫，但覺山風刺骨。青皓猛一抬首，忽瞥對面巖間光芒閃灼，忽而隱沒無所見，忽而光彩四射，晶瑩奪目，忙喊丹林道：「師弟快看對面巖間是什麼光亮，忽隱忽現，可有趣得很。」丹林一聽，忙撇了手中拾的松柴，抬頭望去，就見光芒忽又隱沒，在光芒一斂的當兒，猛然忽聽天崩地裂般轟的聲，好似滿山皆鳴，把他小師兄弟兩個震得兩耳嗡嗡作聲，當時嚇得魂飛魄散，呆立在觀外松樹之下。聲絕處，定睛望去，倏地一道光芒又從巖間進出，這次較前尤覺明澈。先還圍繞巖間那方尺之地，閃閃灼灼地發光，不移時猶似一道彗星一般。忽地飛向天空直馳下去。青皓、丹林忙隨了這道光華，向上看了去，就見光彩繚人眼目，轉瞬忽又不見。但望明月在天，四外稀落落兒點疏星，再俯首看那巖間，已毫無所見了。小師兄弟兩個觀察良久，似覺山中必有寶氣神光，便匆匆跑回觀中，把適才所見，稟知了師父。浮羅道人細聽弟子之言，覺得有些奇異，問明那光芒出沒所在，便走出觀外窺尋。月光下映，只見山澗下，奇石嵯峨，薄罩層冰，眼前景色紛呈隆冬陰森之象。看對面削壁危巖，直立半天之上。站立了一時，毫無所見，自忖徒兒絕不會在自家面前扯謊。正自怙惙，巖間忽覺一亮，定睛望去，彷彿似是一線光華，圍在巖間閃搖個不住。初望時這線光華細如遊絲，忽隱忽現，漸漸光華越來越亮，忽而上射天空，倏而杳冥不見，倏而矢矯如電。浮羅道人望了一時，記準這巖間光華出沒之處，走回觀內。到了次日，施起輕功，向昨晚光華出沒的巖間行去。

山路崖間，冰雪相凝，途徑險仄，稍一失足，就要葬身山下深壑之內。浮羅子恃一身輕功，行走這陡峭雪山路之間，很是自然。山路奇險，還得渡過一道索橋，一時來到索橋之前。

這是竹子和麻繩所造，橫跨兩山崖間，這裡終年人跡不至，所以橋板攲仄朽腐。而且上面滿結成冰。行在橋上，跛倚搖盪，低首下視，怪石槍植，奇險之狀，令人魂飛。浮羅子行過懸橋，毫不在意，提氣凝神走了一時，已到對面那巖壁之下。辨了辨方向，仰首向昨日光華出沒之處望了去。但看那巖間一塊大有二三丈見方的冰塊已然裂下，故此崖下跌碎的冰屑遍目皆是。冰裂之所，樹木叢間，隱隱似是現有一面洞穴，形態甚奇，從下向上看去，洞口約有二三尺大小，崖勢陡峻，攀登不易。況在隆冬巖冰奇滑，就是插翅恐也難飛到那面洞旁，浮羅子四下看了看，便攀藤踏幹，輕似猿猴般，轉眼到了洞旁。再看那洞口，大小卻有兩三丈見方，較巖下所望竟大好幾倍。向洞裡一看，十分黑暗，深不見底。浮羅子凝眼往內看，立時邁步直奔洞裡。曲折而入，幸值隆冬，洞中沒有瘴氣，只覺陰冷。走入沒有好遠，猛覺腳下一絆，黑暗間看不仔細，忙彎下身去，用手摸了摸，覺得光滑滑，寬徑不過五六寸，長卻有七八尺。仔細摸去，似是個木匣模樣。忙拿起走回洞外一看，果然是個木匣。開了木匣看，內中是一口綠沙皮古劍。心想看一看這口劍的鋒刃，誰知把劍將出四五寸，只見寒光襲人，隨著唰的聲，掣出劍鞘外，光芒四進，耀眼晶瑩，令人不敢直視。浮羅子料是千年之物，因在山岩的半空，故此至今方才發現。把玩多時，忽看劍上鐫了幾個古篆，月影下看不清。想昨晚巖間光華，定是此劍作祟。想至此，要試一試這劍的鋒刃。揮劍向洞外一棵一人合抱不交的松樹削了去，劍光過處，深入尺餘，果然鋒利，連削數下，這合抱松砰然折斷，堪稱是稀世奇寶。心下異常的歡喜，忙收回鞘中，仍就放到木匣以內，繫在背後，復又攀著藤幹走下這面巖壁，由來路返回觀內。白日細觀，方知劍鐫「莊礄之造劍」五個字。浮羅子自得了這口劍，方知這口劍不但切金斷玉，吹毛得過，而且遇有風雨將至，或有匪徒暗算之時，這口劍自動離鞘寸許，錚錚作響。自此雲遊各地，便把這口劍懸掛腰間，寸步不離，成了雲遊時旅中的良伴。

在浮羅子得劍的第三年他雲遊到貴州，時當盛夏，午日當空，天氣炎熱非常，浮羅子行走途中，心想尋個樹蔭之處，眠一時午覺，再行趕路。浮羅子遙望前溪，絲柳成行，便尋臨溪一棵大樹下，拂地坐下，瞑目調息。此時神明內斂，微聞遠處村童在小河內捉魚戲水。卻三分鐘熱風吹來，忽聞隔林似有哭聲。浮羅子睜開倦眼，往四面尋去，果見一些小孩也正往林後跑。林後分明出了事故。

第六章　循渡口仗劍除妖

浮羅道人無意中獲得把古劍，仗此寶劍，到處雲遊，頻誅土豪惡盜。這些日行經小溪旁，倚樹打坐，忽聞近處有了哭聲，一群村童也奔了去看。浮羅子尋聲過去，聲在林後，是些家村舍，浮羅子過去打聽。出來一個婦人，把柴扉掩上，把村童也喝跑。浮羅子一步來遲，餐了閉門羹。轉想自己是出家人，這哭聲是女子，索性白天不去打聽。找一小廟暫且休息，捱到夜間，這才略束道袍，飛身出來，直躍上村舍的短牆。

此時這村舍微透燈光，哭聲依然斷續時有，聽來是老少兩個婦人哭泣。浮羅子忙輕輕躍下平地，捱到窗前，溼破窗紙，單眼看去，果然像婆媳二人，且哭且訴。那老婆婆說道：「今天不來，明天也脫不過去。遲早你我婆媳還得要分離的。」說到這裡，又哭了起來。浮羅子聽了一時，見那婆子同那婦人一邊哭著，一邊叨叨唸唸，到底不知何故。浮羅子本想推門走進房去，問個究竟，忽又一想，在這夤夜間，人家門戶開得好好的，我忽然走進，她們這老少兩個婦人一定要疑鬼疑神的，還是不可冒昧。想至此處，忙又縱出院外，抬手把街門連叩數下，內裡立時止住了哭聲，沉了一會兒，房中那婆子聲音抖抖地向外問道：「外面什麼人叩門，可是劉三爺嗎？」浮羅子尚未待答言，那婆子已走出房外，來到院中，一時呀的聲把門開了。睜了淚眼，一望是個長髯道人，當時不由怔住。藉著月色，朝浮羅子上下打量了兩眼，啞聲問道：「這位道爺定是化緣的吧？再不就是尋錯了人家了吧？」浮羅子忙道：「貧道並非是尋錯人家，貧道今日路過貴處，忽聞哭聲悲切，故此特來問個情由。」那婆子又看了浮羅子兩眼，面上現出很不耐煩的神氣道：「道爺不用問吧，就是告訴你，也不濟事的。」浮羅子聽了她這語氣，忙又問道：「照你這話聽來，難道說是有什麼惡人欺壓你們嗎？」那婆子搖頭道：「俺們這村莫說是沒有土棍惡霸，就是有，也欺壓到不了俺們婆媳頭上呀。道爺還是不用問吧。」浮羅子聽罷，越發地摸不到頭腦，自忖她婆媳在此深夜悲哭，究竟有什麼大不得的事，忙又含笑問道：「你們婆媳究有什麼為難之事，和貧道說了，貧道雖不敢說能搭救你們婆媳，但是貧道認識的善士很多，總可代你們設法出個主意。」

那婆子道：「道爺既是定要問俺們婆媳啼哭的緣由，就是和道爺說了，卻也無關緊要。不過道爺聽了，也決無策搭救我那媳婦的。」那婆子說到這裡，掀起面前衣襟，拭了拭眼中的淚痕，這才又接著說道：「俺們這村莊因挨近臚江，常有水災，年年到了這夏日，便提心吊膽的。誰知在頭幾日，忽來了個一隻獨臂的怪人，又像頭陀，又像道門。這人便說，今年是南海龍王的生日，傳諭向本村索要四名孕婦，定期送到河岸上，如若不然，便發水淹沒你們這村莊。」浮羅子忙插口問道：「這獨臂殘廢怪人，可曉得他是從哪裡出來的，村中有人眼見嗎？」

婆子答道：「怎會沒人眼見呢？憑他口中一句空話，那怎肯相信呢。那天他說完了走去，俺們這村的劉三爺同了鄰居，把他送到江岸前，眼看他跳到江中去了。劉三爺又怕又信，回到村內，恐村人葬身魚腹，便探詢哪家有孕婦。俺們村裡除了俺那媳婦，還有村西一家少婦，聽說鄰村也是兩個，合起來共是四個孕婦。本訂今日用四乘小轎，一班鼓樂，由劉三爺同兩村首事人，把她們四個孕婦送到江岸前。今天若不是這場雨，早已送去，現又改在明日了。俺兒子在省城作商，家中只俺婆媳娘兒兩個，俺有心撇了這條老命，不允把俺媳婦送去，怎奈俺媳婦事小，全村人命事大，故此俺婆媳對坐房中啼哭，不想驚動了道爺。俺已說完，道爺也是沒法搭救俺吧。」說至此，轉身砰的把門關上，浮羅子一看，不便久停，返身又回小廟。心想那婆子所說的言語，必是妖人詭計，決意明天停留一日，倒要看個仔細。

夏日夜短晝長，一宿易過。次日浮羅子便在村近進些食物，信步向江岸前行去。逢人打聽，直到祭江的所在，岸上搭了一個小小蓆棚，並無異處，便在岸近處，尋了一片林叢蔭蔽所在，憩息一時。浮羅子坐憩林內，正賞玩四外景色，忽聽林外人聲嘈雜，轉首望去，只見七八個健漢，抬了三四乘小轎，原是奔這片林叢走來，一眼看見浮羅子，便轉身又向對面那片密林走去。浮羅子見這七八個健漢行跡有些詭異，定睛看時，已隱沒對面密林中。又沉了一時，日色西偏，猛然就看林外人影一晃，奔向岸前跑去。浮羅子尋跡望去，那人好快的身法，形影尚未看清，已沉沒岸前堤下一排楊柳叢處。暗忖這人來得蹊蹺，立時疑竇叢生，想縱到樹幹交叉處，再攀緣到樹梢盡頭，看個詳細。但此時已是酉末戌初，夏日雖晝長，可是這時黑影已籠罩下來，日沒黃昏。四顧蒼茫暮色，只聽江水奔波，在這時響得越發起勁。浮羅子又起身，仰望近旁一株垂柳，在這欲上又止的當口上，忽地微風送來鼓樂聲音，料定是村中送那四名孕婦來了。穿繞林叢，又向岸近走了兩步，尋一株高大的柳樹，箭一般迅速，躍上樹枝間，隨著攀緣到了樹最高處。

浮羅子腳踏的這根枝幹，圓徑不過才有拇指粗細，若換個本領平常的，早已枝折人墜，四五丈高矮的柳樹，雖不能跌得粉身碎骨，卻也要骨斷筋折。就見浮羅子施起輕功，偌大身軀，踏在那拇指粗細枝幹上，那枝幹毫無些微顫動，十分的穩定。浮羅子攀在樹上，看天上一輪明月已出，江濤洶洶，果甚駭人，波浪起處，猶似片片鱗甲一般，水聲怒吼盈耳。這時鼓樂之音，越來越近，回首向南望去，火把通明，漸走漸近，果然是一簇人擁了四乘花轎直向岸前行來。浮羅子目不轉瞬，望著他們這簇人，忽聽撲通一聲，急轉首望去。河中水花四濺，好似什麼笨重物件落在河裡。忽又覺得眼前一亮，猛聽林外有人嚷道：「到了，前面那不就是俺們搭的那蓆棚兒嗎？」浮羅子向林外路上急瞥過去，那群人已到林前，鼓聲停處，隱約聽得轎內嚶嚶啜泣。那群人見已到岸上，鼓樂大作起來。浮羅子暗忖這定是妖人無疑，倒要看個究竟，見他們怎樣發落這四名孕婦。

那群人直到蓆棚前，四乘花轎落平，把孕婦都安置在蓆棚裡，當把帶來的香燭燃著，那群人誠心不二，循序朝江面跪拜下去，看那種形象確是令人可恨，亦復可憐。那群人拜罷，將站起身來，倏地水聲嘩的一響，浪花起處，現出一個人來，身軀靈活非常，一個鯉魚躍龍門的勢子，早縱到了岸上，落腳處不前不後，恰是香燭之前。浮羅子看了，當時不禁也是一怔。

火光照耀下，看從河中跳躍出這人，光溜的禿頭，一身油綢短衣靠，扎束得很是俐落，卻是一隻單臂。浮羅子心中暗忖昨夜村中那婆子說的那獨臂的怪人，大約定是他了，方才撲通一聲，也定是他。只見這獨臂怪人躍到岸上，那群人慌不迭地又跪拜了下去，口稱：「信士弟子已遵法諭，給海龍王把四名孕婦貢獻來了。」那獨臂怪人聽了，向蓆棚兒裡望了一眼，便忙高聲說道：「龍王在水宮中已知曉爾等把孕婦們送來，特命我出來迎接，爾等不可在此久停，速速去吧，路上萬不可回首張望，要牢牢謹記。過一時，水勢一起，恐怕波及爾等。」那群人哪敢違拗，回轉身軀，抬了那四乘空轎去了，一路向回道行去，哪敢回頭，工夫不大，早走得不見蹤跡。浮羅子靜氣凝神，望那獨臂怪人，看他怎個舉動，如何擺布這四名孕婦。此時就見他看那群村民走遠，吹一聲呼哨，對面林內立刻有一陣步履聲響，正是那七八個健漢抬了四乘竹兜，奔向岸前。那獨臂怪人剛說了一句黑話，這七八個健漢中有一個急忙說道：

「俺們來時，那片樹林下有一個道士，不曉此時走了沒有，待俺去看一看。」這個健漢說罷，大踏步跑進浮羅子坐憩的那片林內，各處看了一遍，忙跑出說道：「那個老道走了。」浮羅子攀登的這株柳樹，枝葉下蔽，那健漢怎能看得見。

那七八個健漢來到岸上蓆棚前，放下了竹兜，獨臂怪人便命把四名孕婦裝在竹兜裡，四名孕婦早嚇得手足癱軟，任憑他等擺布，人已半死的了。那七八個健漢抬了竹兜，如飛奔岸下西南一股小道行去。獨臂怪人從岸旁一株樹，拿下一個小小包袱，就在岸前把身上溼淋淋衣褲換下。猛覺他腰間嘩喇喇一聲響亮，像是七截鞭聲音，見他換好衣服，便就岸上，把換下溼衣服擰了擰，胡亂包在空包袱裡面，圍在身上，一矮身，邁動大步猶如箭離弦般，順西南小道，向那幾個抬竹兜健漢跟蹤趕去。浮羅子早看出他等路道來，便不怠慢，一個蜻蜓點水，從樹間落下，心中說道：「這獨臂怪人好快的身法，看來他本領可也十分了得。」便也忙施起陸地輕功，追了下去，追了約有裡許，看他已趕到那八個抬竹兜的健漢近前。浮羅子相隔也就有一箭遠近，看獨臂怪人十分精細，他已覺身後有人跟蹤趕來，忙回轉身軀，從腰中嘩喇喇把七截鞭亮將出來。

此時浮羅子已到他身邊，他定睛向浮羅子看了看，一陣獰笑，拖著手中七截鞭，朝浮羅子一指道：「你這老雜毛，若是知機，休要多管閒事，趁早躲開，我絕不和你這入木半截的為難，否則你可是自捋虎鬚，莫怪灑家不仁了。」浮羅子冷笑一聲，罵道：「好個白蓮餘黨！」一回手便把寶劍掣將出來，月光照耀下，寒星四迸，閃灼晶瑩。這獨臂怪人見了浮羅子這口劍，知非凡品，自不免暗吃一驚，肚懷著先發制人的主意，一抖手中七截鞭使了個招數，奔浮羅子下三路平掃過來。滿想這一鞭，過去總把浮羅子跌個斤斗。浮羅子看他來勢甚疾，一撤右腿，劍光下映，鋒芒尋地，一個撥草尋蛇的勢子，本意是想把他七截鞭削折。這獨臂怪人手眼甚是靈巧，一看不得，恐傷了自家器刃，一翻腕子，手中那條七截鞭嘩喇喇一聲響亮，返轉過來，算是僥倖不曾碰到劍鋒之上。立時又改變了路數，轉向浮羅子上三路取來，仔細提防，處處躲避浮羅子的劍鋒。獨臂怪人這手中鞭施展得就像一條蟒，左旋右繞，毫不鬆弛。浮羅子不由暗暗驚異，二人就在路間，一來一往打了足有一二十個照面。浮羅子故意把手中劍稍一鬆懈，獨臂怪人覷出破綻，心中暗喜，自忖這雜毛可真是自尋晦氣，當時哪肯放過，使了個十足氣力，一鞭直向浮羅子耳旁打去，口中喝道：「老雜毛，莫怪灑家要下毒手了！」他滿心想著已操左券，這一鞭下去，浮羅子雖不腦漿迸裂，也得給擊倒地下。他這卻上了大當了，浮羅子看他七截鞭掃將起來，見他已著了道兒，忙一矮身躲過，他那七截鞭已從頂上空掃過去。趁了他的鞭還未撤回，劍光一閃，向獨臂怪人頭上削去。獨臂怪人喊了聲不好，急忙把頭向下一低，覺得一陣寒風從頭頂間掠過，當時嚇得魄散魂飛，面色如土，轉身撒腿便跑。妖人一跑，那八個抬竹兜的健漢看情形不妙，也不顧那四名孕婦，扔下竹兜，隨了那妖人身後，抱頭鼠竄地逃去。

浮羅子的心意，本是救脫這四名孕婦，故此任憑他等逃去，並不追趕。過去一看那四名孕婦，呆若木雞坐在竹兜上面，手腳已嚇得癱軟。看昨夜村婆的兒媳，果然也在其內。這四名孕婦驚嚇得雖一時作聲不得，心中卻都清楚，也看穿那獨臂怪人的把戲來，本早就把真魂嚇掉。又看浮羅子同那獨臂怪人廝鬥一處，劍光耀眼，鞭聲震耳，都是鄉間村婦，哪裡見過這種陣勢，越發嚇得沒了魂。浮羅子見她四個嚇得這樣，忙把劍收回鞘內，滿面笑容，向她四個孕婦安慰道：「你們莫要驚慌，貧道並非歹人，特來搭救你們的。」那四名孕婦聽了，沉了半晌，驚神方定，手腳才漸漸方能活轉，忙從竹兜上爬出，朝著浮羅子跪了下去。浮羅子忙叫她們四個站起，此處距她們的村莊沒好遠，由浮羅子把她四個送了回去，那四乘竹兜即撇在這路旁。這四名孕婦回到家中，自然對於浮羅子千恩萬謝，百般地感激。直到以後，浮羅子到太空山，看望一位釋門中老友壁如，提起搭救四名孕婦遇的那獨臂怪人，從壁如和尚口中，才知這獨臂怪人一切底蘊，果是白蓮餘孽。

又過了兩個年頭，漫遊黃山，與武林故友，盤桓了些時，便轉向江南，要去再探望一位道友。不想路過浙東，聽人傳說山內聚了一夥土豪，為害地方已非一日，最近又要強娶柳樹村聞家少女。浮羅子聽在耳內，決意為這一方除害，遂又在方近一探詢，所聽傳言並非子虛。這一日恰巧遇見紀維揚師兄弟四個，向他問去柳樹村的道路，他不由有些驚疑，故此才尋根問底地向維揚等四個盤問。若非聞家那僕人陳升喊叫著走來，幾乎維揚等一腔怒火發作起來，浮羅子又看他四個行色，也料定他等是聞家請來和匪徒廝併的。浮羅子既探明了匪徒的行為，這天便直往柳樹村外匪徒們的巢穴而去。山上那夥匪徒，除那為首的會舞幾套槍棍，其餘不過都是恃著有些蠻力，隨夥鬼混罷了。浮羅子闖入匪徒們的巢穴，那為首的匪徒，正背生惡瘡，瘡口未平，躺在床上，尚不能動轉。所以浮羅子到在他們巢穴以內，掣劍在手，趁其不備，如切瓜削菜般，毫不費手腳，即把這夥匪徒除去。有那精明的一看不妙，當時逃散。浮羅子看匪徒們亡的亡逃的逃，立時引火把匪徒巢穴焚毀，唯恐以後再窩聚匪人，不一時，火光上照，映得滿山通紅，轉眼之間，已化為一片瓦礫。

浮羅子焚了匪巢，便又回了他那道友處，盤聚了幾日，便別了道友，取道往湖北而去。在途中又被維揚瞥見兩次，浮羅子為避免糾纏，不願人曉得他的行蹤，因此維揚扯了喉嚨招喊，他只故作不曾聽見。浮羅子來到襄陽北郊，想在路旁樹叢裡少憩一時，無意中遇見男女兩個一答一和在路旁談論，這正是維揚和玉娥談說金哥被一個獨臂怪人拐去。浮羅子一聽，心下料個八九，絕想是那妖人又玩把戲。浮羅子唯恐二人輕敵，才故意縱聲一笑。及至維揚、玉娥向內望去，他早轉入林密處，忙施起輕功，奔向古廟。到了那廟方近，正趕上獨臂怪人引了金哥從那廟走出。浮羅子忙隱在一旁，定睛看去，正是那獨臂怪人，見隨了他身後又追出一個道人，不住向他喊道：

「你快把人家孩童送了回去，萬不要做這傷天害理的事。」單臂妖人面目猙獰地冷笑道：「你休管我閒事，若不看在往日師兄弟情面，我對於你早下毒手了。」帶了那孩童，頭不回地狠狠走去，卻把那追出來的道人氣了個臉白，望了他後影長嘆了一聲，踅進廟內。浮羅子看到這裡，原想追去把那孩童救回，忽又一想，恐路旁那男女二人到來錯傷無辜，這才一提氣縱到樹上。待到維揚、玉娥到了這裡，維揚要舉刀傷那道人，才忙竄到樹下，把話說明，問了問維揚、玉娥姓名住址，又說了那妖人腳程甚快，恐他等追趕不上，這才回轉身軀，代他們追去。

趕了足有七八十里路，方才追上。那單臂怪人一回首，看見浮羅子，不由大驚。哪敢再和浮羅子交手，把腋下挾的金哥急忙放下，邁步如飛地逃去。

浮羅子看他已撇下金哥，到了金哥身前，看金哥睜著二目，如呆如痴，迷藥的藥勁尚未散去。便忙把他抱到一道溪旁，手蘸溪水，在他頭頂上拍了兩下，金哥當時一個寒戰，立時甦醒過來，呆呆望了浮羅子發怔。浮羅子看金哥生得方面大耳，五官很是清秀，見他這模樣，忙向他說道：「你是被拍花惡人所拐，我特趕了來把你救下。」金哥聽了，忙朝著浮羅子跪下，拜謝搭救之恩。浮羅子看他小小年紀，居然彬彬有禮，十分喜愛，便伸手把他扯了起來。金哥依在浮羅子膝前忙說：

「道爺你老人家把我送回去吧。」浮羅子笑道：「此地距你家有上百里路，天已這般時候，今天是來不及了，明晨必把你送回。」說著，扯了金哥小手，想到方近村中尋家店房，權且歇息一宵。那金哥看浮羅子藹然可親，隨著浮羅子身旁跳跳鑽鑽地向前行去，小手不住地撫摸浮羅子腰間懸掛的那口古劍。

當晚宿在村莊一家店內，次日天明五鼓，即離了這村店，把金哥送回襄陽，路上浮羅子便問金哥可願隨他去學習武技。因浮羅子一見金哥，看他天生異稟，資質不凡，便有心把他羅致門下。這才一問金哥，就看金哥喜得手舞足蹈，便要不回家中，從此隨浮羅子走去，浮羅子把頭搖了搖道：「你得回去稟知你母，我方能把你帶去。」金哥小嘴一噘道：「我娘曉得，絕不肯放我去的。」浮羅子看他這爛漫天真樣子，笑著向他撫慰道：「你不必顧慮，你母不肯放你，你稟知你母，我自有法把你帶走。」金哥聽了，方把小心放下。當下浮羅子把金哥送回。

第三天上，夜間來到王家，留了個字柬，悄悄把金哥帶了去。

玉娥自愛子金哥被浮羅子帶去，只好等待駝叟來時，隨爹爹到川中去看愛子究竟是否在那裡，心中一塊石頭方能落平。

每日坐在家中盼望爹爹駝叟到來，直到十月初間，駝叟才從河南馬三元處來到襄陽。玉娥見了爹爹駝叟，當金哥怎樣被單臂怪人用拍花手段拐去，後來又怎樣由浮羅子救回，金哥回來沒兩三日，忽又被浮羅子夜間來此悄悄帶了去，並留有一個柬兒。一邊說著，一邊把浮羅子留的那張字柬取出，遞給了爹爹駝叟手中。駝叟一看字柬，忙道：「金哥這孩子同浮羅子也是有這段緣法，那浮羅子一身武功，已臻爐火純青的地步，性格也很古怪，從不肯輕易收徒。以往只有兩個道門中徒兒，尚未聽他收有俗門中徒弟。這總算金哥這孩子的幸遇，將來造詣定不可限量，你們不必懸繫。」

玉娥忙把自家的心意是要到羅浮山去一趟，看金哥是否確在那裡，以便把懸的這顆心放下，說與爹爹駝叟。駝叟搖了搖頭道：「既是浮羅子帶去，決無差錯的。況且浮羅子的字跡，我也認得，還有什麼可懸繫的呢。就是你此時定要前去，現下正是十月天氣，蜀山已然冰雪封塞，雀鳥難飛入；就是去，也得等來年春開，冰雪融化，方能暢行無阻。依我看金哥這孩子功夫習成，自然回來。這時你前去看他，須知他初習武功夫，一心專一，你去不是反分他的心嗎？」玉娥聽了爹爹駝叟這片話，因關懷愛子心切，哪裡肯聽從駝叟言語。駝叟見女兒玉娥舐犢情深，本來卻也難怪，她中年寡居，膝前只守此一兒，王門人口單弱，唯存此一脈。今一旦被浮羅子帶去，當然是放心不下，想到此處，不便再為攔阻。

玉娥忙又問：「爹爹何時回川，女兒也隨爹爹一同去川，俾便明春由爹爹領導到羅浮山去看望兒子金哥。」駝叟忙道：

「我一兩日便帶維揚轉回川去，在我離川的時節，七姑已定於今年秋間迎娶，但不曉此時過門也未。七姑終身這件大事，我擬早些回去，參與她這婚禮。怎奈你河南馬師伯苦留不放，所以耽延到此時，才到這裡。七姑婚期十有八九是誤了。」玉娥道：「七妹已然有了人家，我已聽維揚師兄說了，若非有金哥這事，我聽知這喜信，早入川去了。」

玉娥既決定隨她爹爹駝叟進川，當把家事料理了一遍，又吩咐老僕王成及一些男女僕傭好好照應門戶。在第三日上，一路上荒山寒寂，鳥道盤屈，曉行夜宿，非是一天，早已走入蜀境。這日轉過一個山環，眼前現出一座村莊，這座村莊四面環山圍繞，周匝古樹盤紆。維揚在前引路，一看來到了自家居住的鄉村紀家屯，忙向駝叟道：「師父，前面已是徒弟居住那村莊，同師妹請到徒弟家下吧。天已不早，索性今日就宿在徒弟舍間，明晨再行趕路吧。」駝叟一看天光已晚，意在兩可，維揚未得師父駝叟答言，便大踏步頭前向村中跑去。駝叟隨了女兒玉娥轎旁，進了村內。維揚同他老娘和他兄弟獵戶紀九，都站立在門外，等候迎接駝叟父女。維揚家中只母子三人，他母年老尚健，駝叟父女來在維揚門前，進了維揚家內。維揚母子三個，殷勤相待。那兩名轎伕由紀九他們另安頓在一間房中，駝叟向紀九問起黃堡近來可有人從此經過。紀九忙答道：「在上月初間伍家周姑爺同了四姑送七姑北上出嫁去了，從此地走過，那日恰趕小人進山打獵，在路上遇見。」談了一回閒話，立即殺雞作黍，款待佳賓。山中村戶好在獵來現成的山雞野兔，倒也不用到外面去購買。駝叟父女在此停了一宵，次晨便帶同維揚起程上路。在路上又行了幾日，便到了黃堡，主人多出門，是在火神廟救的那張氏女，同了幾個男女僕役在主家照應門戶。那張氏女看駝叟師徒同了一個素裝少婦走來，她也常聽四姑、七姑談論，即料定是玉娥無疑，忙向駝叟道：「你老人家怎的今日才回來，四小姐、七小姐眼都望穿了，若在上月這日回來，四小姐、七小姐還未起程呢。」說著，一雙杏眼呆望了玉娥，卻不便貿然去打招呼。駝叟忙給她們引見了一回，來到裡面房內。這些伍家的僕婦人等和玉娥本係素識，往昔玉娥到此，對於她們甚厚，今見玉娥到來，都現出十二分的殷勤，張羅著獻茶獻水。問起來，方知三姑因病夭逝，父女大驚，不禁落淚。駝叟父女看房中三姑那口劍好端端依然斜掛在壁上，那劍柄上繫的那嫩綠色絲線蝴蝶飄穗，還是當年玉娥給她打的，觀物思人，便向僕婦等問起三姑怎的竟一病不起。張氏女一聽問起三姑，忍不住一腔熱淚，奪眶而下，極力遏止著，當把三姑病逝情形，以及得病緣由，說了一遍。

原來三姑自那夜同七姑被那惡僧正明追趕，迴路上在張氏女家偶受寒涼，回到家中，便自病倒床上。哪知自此百藥罔效，竟自香消玉殞。張氏女細說她垂危的情形，早已哽咽不能成聲。當時除了駝叟父女，就連僕婦們，也全落下淚來，都是淚眼相向，房中布滿悲哀氣象。駝叟又坐了一時，便要走出，帶了維揚師弟兩個回返八仙觀。張氏女看駝叟站起，忙道：

「你老人家稍候一時，七小姐給你老人家留了一張字兒，命我俟你老人家回川時，呈給你老人家看。」說著，從身內掏出一張字兒，雙手呈給駝叟手中。駝叟接來一看，係是七姑請駝叟收下張氏女這個女弟子，並且說她不但聰明過人，而且現時初步功夫已稍進門徑，悟性甚佳，將來造詣定在姪女們之上。最末尚說請駝叟破例收歸門下，萬望勿卻。駝叟看罷，見張氏女秀外慧中，便也喜悅收她這個女弟子，忙向她道：「過一兩日我再來看一看七姑教你的幾手初步功夫，這字柬上的話，我已曉得了。」張氏女不由喜出望外，她聽駝叟言辭之間，十有八九已允收她這弟子，當時便要跪拜下去。駝叟忙止住她道：「此時尚不到你拜師的時候。」張氏女忙笑道：「我這並不是拜師，不過是拜謝你老人家允許之恩。」說罷，跪拜下去，駝叟看她這伶俐機警，益發歡喜。張氏女跪在地下，向駝叟叩了三個頭，站起身來，便又轉身給師姊玉娥見禮，玉娥忙向前攔阻，看她已跪拜了下去，慌忙地還禮不迭。

駝叟便又把七姑留的信柬遞給女兒觀看，轉首又向張氏女說道：「好在你師姊也留在這裡，你對於功夫如有不了悟的地方，儘管先向你師姊請教，我一兩日必來。」張氏女連忙領諾，駝叟說罷，帶同維揚回返八仙觀，從此玉娥便留在黃堡。駝叟師徒兩個回了八仙觀，看王鐵肩的功夫也較前進步得多了。

王鐵肩自師父同師兄離川，他無拘無束，每天出去盡量狂飲，但是功夫從未間斷。今見師父回來，心中甚喜。駝叟因已允許收張氏女這個女弟子，況且女兒玉娥又住那裡，便常到黃堡去看女兒，借便暫先教給張氏女些武功，看她進境如何，再為擇日令她拜師。張氏女卻也是專心，若遇駝叟不來時，便向師姊玉娥請教。玉娥看她聰慧非常，也很是喜愛她，所以毫不嫌煩地向她詳細解釋武技門中要訣，因此獲益良多，進境自然也是迅速異常。駝叟看她循序漸進，已至由階而升的境地，見她行動起來，姿態活潑，剛柔合度，毫不呆滯，並無極剛不柔之弊，所有一形一勢，均能切中要竅，於形意門中，已算稍窺門徑，心下甚喜，便擇了個日期，在黃堡令她拜師，又命她見了維揚兩個師兄。駝叟便又給她起了個名字，叫做玉英，從此她便喚張玉英了。一眨眼間，又過了幾個月，已度過了年關，四姑敏貞直到轉年三月初間，方回返黃堡家中。見玉娥在此，姊妹間多年不晤，一旦相聚，自是十分歡喜。不過想起三姑病逝，彼此間未免有些默默寡歡。

當時各道別後情況，知七姑過門後，翁姑很是喜愛，夫婦也十分和美，玉娥聽了，也著實替七姑慶幸。四姑返後，曉得張玉英已蒙駝叟允諾收羅門下，並且看玉英功夫確也進步堪驚，再有一二年工夫，武功定要趕過自己了。自忖七姑已然畢竟有些眼力，在初次教她那幾手開門功夫時，就說她的造詣將來要在我們姊妹之上，這樣看來，果然不虛。想到這裡，對玉英很是期望。

轉眼又過了半月餘，春光明媚，草木全已發動，山崖積雪，融化已盡，瞻望山光，蒼苔翠色。玉娥便舊事重提，催爹爹駝叟同她看望愛子金哥。駝叟怎肯拂她的心意，便定日同她起程。四姑和玉英便也要同去，駝叟因到羅浮山路遙遠，玉英一個女孩子家，況且她娘只她這一個女兒，唯恐她娘不放心她遠去，便先命她回去稟明她娘。她母聽她隨師父和玉娥、四姑同去，倒也很是放心。起程這日，僱了三乘山轎，玉娥、四姑恐山間難行，防有歹人出沒，便各帶了隨手器刃，玉英便也把壁上懸掛的三姑生前那口劍，帶在身旁。當日天將發曉，便從黃堡來到八仙觀。駝叟卻帶了王鐵肩，一行取道向羅浮山出發，一路上山光水色，旅途中倒不寂寞。這天到了羅浮山腳下，山勢雄秀，終年雲霧封繞，仰不見巔，日光下山色凝紅，耳聽江水聲澎湃，如萬鼓驚雷。駝叟雖與浮羅子相善，但浮羅子所居這羅浮山玉清觀尚未到過，不過聽人傳說山道險仄，僅僅能容一人。到在羅浮境北，便命玉娥、四姑、玉英把山轎打發了，一行爺兒幾個渡過江，到在山腳之下。駝叟想尋個鄉人引導，誰知到了山腳下一家野店中，一問去羅浮山玉清觀的道路，請他們導往，這店戶的人連連搖首咋舌道地：「這玉清觀聽說在羅浮山深處，山道難行，歧路百出，內中虎豹野獸成群，我們這裡村戶雖居在這山腳之下，從來未敢輕易到過這山深之處。每年春夏兩季，倒是常看有人從山中出入，但是我們這裡人，都不敢冒險到山裡去，客官們請自去吧，我們這裡是沒人敢作這嚮導的。」駝叟聽罷，諒他這話不虛，便同徒弟和玉娥姊妹三個，在店內飽餐一頓，日色過午，付過飯資，一行爺兒幾個離了山腳這家野店，朝山內行去。

山路崎嶇，山勢怪特，數人行在山腰中，山路漸仄起來，天氣忽而陰霾暗色，路間又是青蒼密布，滑足難行。駝叟忙向玉娥姊妹三個喊叫仔細些，越走越暗，定睛辨去，卻是兩邊陡壁半天的危巖，把陽光隔住，上面只餘一線天光，行在其中，忽覺晦暗。一時轉過危巖，陽光下耀，眼前景色不覺一亮，心襟豁然開朗。山上一片濃綠，日光反映，照射人面之上，都襯成綠色，卻把個王鐵肩喜得忘形起來，連喊好景色，好景色。

路轉峰迴，忽聞上下水聲震耳，低首下望，山溪橫貫山下，水聲轟訇，是一道瀑布，走沒好遠，山路忽而中斷，只有來往兩道斜坡形的繩橋，橫跨兩面崖壁間。駝叟見了，不覺發愁起來，望了玉娥等人道：「這道繩橋滑索，你等敢滑過去嗎？」四姑忙搶前說道：「這繩橋有何難渡！」說著，兩臂外伸，臂一變屈，已跨上了，足一趁勁，居高臨下，迅似閃電般，兩足懸空，直向那面滑了過去。駝叟說了聲留神謹慎些，語聲未罷，看她已滑到溜索中間。王鐵肩、玉娥低首向下面望去，萬石林立，不由有些膽寒，不一時看四姑已然到在了那面崖前，不住向這面招手作喊。都是練武功的，怎肯自餒，玉娥、王鐵肩便也先後滑了過去。玉英面有難色，但也不肯落後，也要順索滑過。駝叟恐她氣力不勝，非同玩耍，忙把她向腋下一挾，單臂跨上溜索，略一趁勁，身已淩空，展眼滑了過去。

眾人沒有嚮導，鼓勇探山，不知不覺已入山深處。玉清觀在山的西北，他們左轉右繞，已向山的正北偏東行去，早迷了方向，他們尚不知。又轉過一個山嵎，愈覺荒寂，日色西耀，巔上一股流泉，如一條銀練，山容變換，被霞光映照得成了一片紅色，一簇簇雜樹，枝葉翠綠，點綴其間。天上不斷的白雲往來飛繞，遠遮嶺腰。駝叟一行爺兒幾個，縱目流覽，不覺忘其路之遠近，越走越深，四周幽壑深林，不類凡境，心中驚疑，不曉走入何境。距玉清觀尚有好遠，也不知道，欲一借問，怎奈山深無人。正走間，王鐵肩忽一眼，瞥見林內伏著一隻猛虎，伸著前面兩只巨爪，二目眈眈，望著駝叟一行。口角流涎，蓄勢欲動。王鐵肩驚喊：「留神有虎！」有心後退，已然來不及。駝叟聽王鐵肩喊叫，卻也早已覷見那猛虎，看它半蹲半立地在林下斜坡上，前面巨爪按在地下，駝叟身後玉娥、三姑、玉英也已然瞥見，驚忙中掣劍就要向前。駝叟看山路狹仄，她三個手中雖有器刃，究是女人家，氣力柔弱，哪能和山間猛虎搏鬥，反礙手腳。便命她姊妹三個隱避起來，看身旁這邊山岩藤幹繞滿，她姊妹三個忙提手中劍，攀了藤幹，踏了上去，上面約有五六丈高矮，恰有一塊巨石突出，玉娥、四姑恐玉英跌著，不住地一手攀緊藤樹的枝幹，一手去扯玉英的衣角。到了這巨石上，姊妹三人緊扯藤幹並排而立，俯首下望。

那猛虎飢餓交迫，前爪略按一按，便直奔駝叟鐵肩撲去。

從高下望，很是得眼，看那猛皮豎著一條長尾，身上黃黑色皮毛，根根立起，越顯肥大雄壯，一種威猛神色，令人顫慄，駝叟和王鐵肩看來勢凶猛，分向兩旁閃去。那猛虎來勢甚猛，一陣腥風平空從駝叟、王鐵肩中間竄過。忽聽一聲巨響，那猛虎不提防正撞在一株二人合抱不交的樹幹上。身大力猛，樹幹動搖，震撼得那樹連枝帶葉簌簌下落。駝叟、王鐵肩抽了這個空子，各把單刀亮了出來。那猛虎不曾把人撲著，反受了巨創，吼的聲，似半天起了個霹靂，山谷皆鳴，看它咆哮性發起來，後爪略一蹲，前爪已翻轉過來，虎尾倒豎，銅鈴般兩隻虎眼怒望了駝叟、王鐵肩。這次它卻變了方式，單獨直向王鐵肩撲將來。王鐵肩不容躲閃，一刀朝猛虎頸間刺去。慌忙間，不曾刺著，刀刃從虎耳旁擦過。那猛虎前爪離地，奔王鐵肩兩肩搭下，王鐵肩哪裡躲閃得及。在這緊要關頭，王鐵肩情急智生，把心一橫，索性撒手把刀扔落，頭一低，兩手一抱，正正把猛虎脖頭抱住，頭頂恰把虎頷撐住。王鐵肩險些不曾被虎撲倒，那虎仰著頭動轉不得，虎尾把地打得巴巴山響，急待掙扎，王鐵肩下狠力抱住，哪肯放半點鬆寬。那猛虎前爪從肩上隔在後面，被王鐵肩全力抵住，也不能自由屈轉，後爪急得在地下亂刨，登時一發虎威，連人帶虎倒在地上亂滾。駝叟看長久下去，恐王鐵肩支持不住，急斜刺一刀，向虎肚間扎去。那虎再凶猛，吃這一刀致命傷，猛然一竄，跟著一聲怪吼，亂蹬亂抓，幾乎把王鐵肩震昏。駝叟急又紮下一刀，那虎又吼一陣，威勢漸不能支，倒地不動了。駝叟又在它致命處亂刺了一陣，才喊叫王鐵肩把手鬆了。王鐵肩氣喘吁吁，面貌驚慌變色，連喊好險好險，僥倖不曾葬身虎腹。猛地忽聽岩石上面四姑慌忙喊嚷道：「劉老伯、三師兄快隱藏起來吧，看那林內又來了好幾個大蟲！」駝叟、王鐵肩一聽，忙轉向林內望去，果有十幾隻猛虎從亂林中走來，風聲嘶吼，吹得林間枝葉唰唰作響，駝叟本領怎樣了得，也難和群虎相搏。忙同王鐵肩尋了一株樹木，縱了上去，將攀枝在樹上，腳下尚未踏穩，看風聲過處，那群虎已到跟前。

群虎看了倒地的那隻死虎，紛紛跑到它身旁，嗅舐個不歇。那群虎好像十分靈性，嗅舐了一時，便怒目張牙，四下尋覓傷仇人。正在這時那岩石上的玉英，小小年紀，卻不曉利害，拾起身旁一片碎的石塊，向那群猛虎打下。玉娥、四姑看了，忙去攔阻，她已然把石塊擲了下去，落在那群猛虎叢中。

那群猛虎不提防，兀地一驚，竄起丈餘高，身大力重，一陣狂嘯，自相撞撲在一處，當時齊向發石所在，昂起首來望去，已發現玉娥姊妹三個坐在上面突石上，群虎露出口中長牙，弓了後爪，虎背一拱一起的，虎尾豎起，來回擺動，望了上面咆哮起來。齊按前爪，先後向那巖上突石撲去。平空竄起兩三丈，卻把玉英嚇得先喊叫起來。群虎撲了個空，前爪不曾抓住藤幹，跌落下去，彼此相撞又滾在了一起，震得地下山響。群虎滾撞了一時，翻身爬起，越發暴怒凶狠。駝叟在那株樹上，恐玉娥三個驚慌失措，忙喊著道：「你們不要驚慌，群虎決撲不到那石上去。」駝叟這句話不要緊，群虎又聽人聲，回轉虎首，朝駝叟這株樹上望了去，立時又齊撲那株樹下，團團地圍住，仰首蓄勢朝上望著。這次卻不敢再向上撲去，便遷怒到這株樹上去，張牙揚爪，怒向樹下根幹狠勁嚙去。群虎爭前恐後，沒有好久，這株三四人合抱不交的巨幹，樹皮片片剝落，再有一時，這株樹恐就要被群虎嚙斷，駝叟在樹上覺得這株樹左右亂擺，眼看樹要連根斷去。一看陽光，將次西沉，荒山寂靜，下面群虎圍繞，愈覺眼前景色陰森可怖，危急萬分。

駝叟盤踞的那株樹眼望著就要連根斷去，三女不由嚇得魂魄驚出竅外。正在危急間，忽瞥亂林岩石處，轉出一人，面貌卻看不清晰，腳下甚快，奔向這邊走來。玉英究是個孩子家，恐走來這人葬身虎腹，她卻忘去她們自家等身處危境了，便破著喉嚨向轉出這人喊道：「快不要到這邊來，這裡有一群大蟲呢。」

看來人睬都不睬，仍舊向前走來，玉英心說這人難道是個聾子，便代他捏了一把汗。玉娥、四姑也替這人有些擔驚，暗道這人到此，定沒性命。這人越走越近，距這裡約有兩三丈遠近，玉英忍不住二次又向這人喊道：「這裡有一群老虎，快停住腳步，趕快隱藏起來吧。」這人聽了，朝上望了一眼，不作理會地仍舊向前走個不停。她姊妹三個不由心裡說道：「這人可是自己情願向虎口裡送。」心中這麼想著，看來的這人已到群虎近旁，那群虎眼望就快把駝叟攀的那株樹嚙斷，駝叟看勢不妙，早輕輕又縱到方近另一株樹幹上，那群虎卻一些也不覺得。

這時群虎正運用口內巨齒，下狠勁嚙那株樹的根幹，忽聽背後有人腳步聲響，齊翻轉身來，圍攏著奔向來的這人撲去，虎尾搖擺個不歇。駝叟、王鐵肩師徒兩個和玉娥姊妹三人，看了這情勢，都不由突口喊了聲：「這人性命休矣！」駝叟哪肯望著這人喪在群虎爪下，大喝一聲，掏出暗器抽出刀來，就要跳下去和群虎搏拚。忽見群虎撲到這人身前，就似馴羊般，齊蹲伏這人跟前，咂嘴咂舌地向這人上下嗅舐個不休，這人伸手不住撫摩群虎頭項，此時駝叟已然下樹，這人忙朝群虎把手一揮。這群虎十分通靈，站起三分鐘熱風吼，霍轉亂林岩石間跑去。

這人一轉首，看地下血泊倒了一隻虎，早已沒了氣息。這人方才不慌不忙，回首定睛，向跳下的駝叟打量了過去。駝叟也忙仔細向這人面上看了睛，瞧這人原是個青年，生得膀大腰圓，白淨淨面皮，相貌非俗，絕不似山中村民模樣，望他年紀至大不過二十上下模樣。這青年看駝叟也不像平凡之人，忙拱手賠笑道地：「適才鄙處群虎跑來，多有驚犯，對不住得很。地下倒的這隻虎，定被尊駕等所傷。」駝叟見竟有伏虎之能，心中驚駭，又看這人一團春風，十分和藹，便忙向這青年請教姓名。這時樹上的王鐵肩和巖腰中危石上的玉娥、四姑、玉英，全已走下。這青年抬眼向他們看了一過，這才向駝叟答道：

「我名叫黃士鈞，就住在前面轉角所在。」說到這裡，便又問駝叟等人姓名，到此欲往何處？駝叟等向他說了姓名，並說到此欲往羅浮山玉清觀浮羅子處，不料到此為群虎困住。黃士鈞聽了，呵呀了聲道：「玉清觀在這西北，尊駕等走迷了方向了。

依我之見，尊駕等今晚權且到舍間屈尊一夜吧。」駝叟一想，初次相晤，怎好打擾人家，既而又一想，荒山冷落，除了到這黃士鈞家中，也是別無他法。暗忖這黃士鈞居在這山深之處，方才群虎見他都如馴羊般，諒他也決非等閒之輩。想到這裡，便忙答道：「如此便要叨擾了。」黃士鈞謙遜了幾句，轉身在前引路。

穿過這片亂林，轉了一個山嵎，看是平坦坦一方廣坪，四下一株一株桃李樹，從樹隙處，見短籬參差，傍崖結了一片房屋。轉眼走到臨近，黃士鈞停住腳步，向駝叟等人道：「這是舍間，請暫在此稍候一時，待我進去稟知家父。」即推開籬門走進。駝叟等人聽了他家卻還有老父，便鵠候在籬門外。但看黃士鈞居住這所在，群峰環抱，界隔塵寰，屋後山巔一道流泉，從上轉下，水聲潺潺，圍繞而過，水石清幽，靈巖獨開。

駝叟等四外賞覽景色，就聽籬門內一個蒼老聲音道：「鈞兒快將佳賓請進來。」語聲甫罷，一陣腳步音響，黃士鈞已從內跑出，笑容滿面，閃身請駝叟等人走進。將走進籬門，看迎面走出一位六十餘歲皓髮老叟，頷下銀色長髯，微風吹得根根飄起，望去精神十分飽滿，二目神光十足，挺胸疊肚抱拳當胸道地：「適才聽犬子說，尊駕等山行迷路，誤至此處，這也是彼此有緣，恕老朽有失迎迓，請堂中坐吧。」駝叟等謙讓一陣，進房見布置精雅非凡，隨又透過姓名，方知這黃士鈞之父，名喚黃振。分賓主坐定，黃振轉首向士鈞道：「鈞兒你把明燕姊姊喊出，叫她把這三位女客迎到後面。」士鈞聽罷，忙轉身踅出，直向後面跑去。不一時一陣蓮步聲響，從遠漸近，蓮步停處，眼光一亮，走進一個廿一二歲女子，一身荊釵布裙，粉面朱唇，生得百般秀麗，見她青眸流動，向玉娥、四姑、玉英掃了過去。黃振看女兒明燕走來，忙叫她見過駝叟，便把玉娥姊妹三個給她介紹了。明燕很是親暱地含笑把她姊妹三個，扯到後面她那閨房中去了。

駝叟在這裡和黃氏父子談了一時，才曉這黃振是太極門中的人，看模樣本領已入化境。這黃振早年在雲貴一帶走鏢，他有宗絕技，喚作金沙掌，運動起來，手比鋼鐵還堅硬。兵刃休想傷他。壯年時性情暴烈非常，闖蕩了半世，遇在他手中的匪徒，從不肯輕輕放過，因此仇人遍地皆是。後來他想長此下去，難免被仇家暗算，他便收了鏢行生意，攜了一子一女，隱居在羅浮山東面迤北深山中，依山結屋，開地為田，住了下來。原來他夫人早已下世，他自隱在這深山後，便把自家這一身武功夫，傾囊傳給了他這裡女。這黃士鈞自隨父到這山內，他才十一二歲，一個小孩子家，貪玩心勝，看忽來在這荒山中，連個人煙也無，哪有半個孩子童同他玩耍，每日守在家中，抓耳搔腮的。黃振只這一子一女，百般疼愛，看了兒子這模樣，恐把他悶出疾病來，便帶了他姊弟兩個，常到山中的巖穴處，去擒乳虎回來飼養。黃士鈞覺得這卻很是好玩，便常求爹爹帶他去擒乳虎，黃振哪肯拂他心意，沒有年餘，擒了足有二三十隻乳虎，飼養不到五六年，這二三十隻乳虎全已長得雄壯非常。駝叟一行爺兒幾個所遇這些大蟲，即是他幼年飼養的乳虎，所以見他就像馴羊也似的。駝叟與黃振對坐相談，黃振想駝叟師弟兩個同玉娥姊妹三人定早已飢餓，便喊士鈞燒火備飯。喊了兩聲不見答應，忽一眼瞥見了兒子士鈞拖一隻斷氣大蟲，從門外踅進。駝叟看是他們路上傷的那隻大蟲，心中歉然，忙即道歉，黃振笑道：「不相干。」對兒子說：「鈞兒，你快燒火，給佳賓們預備飯吧。」士鈞說了聲孩兒曉得。駝叟也正感飢腸轆轆，所以也毫不客套。駝叟忙命王鐵肩出去幫同士鈞。主人還要相攔，王鐵肩早走了出去。王鐵肩走出堂外，看黃士鈞把米已泡好，正蹲在那裡剝扒那虎皮。王鐵肩忙伸手相幫，士鈞忙攔道：「王兄請堂上坐吧，哪有勞客幫同弄飯的道理？」王鐵肩哪裡肯依，便忙幫著士鈞把柴架上，燒著鍋灶，把米下好，看士鈞把虎皮早已剝下，用刀把虎肉切成一塊塊的方塊，架火燒了起來。王鐵肩哪裡嘗過虎肉，況且又是飢腸難忍，嗅到一陣一陣肉香撲鼻，不由有些饞涎欲滴。

第七章　遊南荒忽遇俠隱

一時飯好肉熟，士鈞把肉飯端在堂上，黃振坐在駝叟旁邊相陪，王鐵肩當然不能和師父同坐一處，便由士鈞陪同在他那房內。黃士鈞住的這間房中，卻也很是精雅，所有一切桌椅床榻，都是伐山間林木製成，不加雕磨，自有一種天然幽趣，覺得清雅絕倫，不類凡境。士鈞把王鐵肩陪到他這房裡，忙道：

「王兄少候，待我先給後面女客把肉飯送去。」返身走出，工夫不大，從後回來，興沖沖地又跑到廚下，托了一盤虎肉，兩大碗米飯，笑著走進。王鐵肩忙搶著迎上前接過盤碗，放在了桌上，見那大盤虎肉熱氣騰騰，此時又放了些醬油五香佐料，香氣較初燒時尤覺濃厚。但見一塊塊虎肉，五花五層，望著十分肥嫩，不過有餚無酒，卻是一件美中不足。黃士鈞又含笑道：「王兄且慢用飯，恰巧頭幾日我在山外沽了幾瓶酒，待我取來。」王鐵肩一聽，正愜心懷，這些日正感有些酒癮難熬，不由心花怒放。士鈞兩步並作一步，復又走了出去，沒多時，一手拿了酒瓶，一手又托了滿滿一大盤醃臘肉，走了進來。南方城鄉中等人戶，差不多家家入冬，都備造大宗臘肉，以為餐客之需。醃臘肉造後，便一片一片儲置房外簷下，任憑灰塵上落，望去塵垢落滿，肉色成黑灰色。若食時取下將塵垢略略滌去，便入蒸籠蒸透後，取出切成薄塊，食之肥美異常，另有一種風味。王鐵肩和士鈞兩人推杯換盞，飲了一時，士鈞忙起身到堂上去看爹爹陪了駝叟把餐用罷，忙把盤碗家具撤下，重又返回房內，二次又陪王鐵肩飲了起來。士鈞酒量甚豪，和王鐵肩左一杯右一杯，直飲到燈闌酒盡，月色已從東嶺轉過山後，二人方才罷盞，胡亂地把飯用過，王鐵肩同士鈞把殘餚剩饌收拾著撤下。見師父和黃振尚對坐堂上談論閒話，當晚駝叟和黃振宿在一處，彼此識荊，談來卻很是投契，大有想見恨晚之慨。王鐵肩自然宿在士鈞房內，他兩個也很說得來，三姊妹就在明燕房內。

一宿晚景過，到在了次日清晨，玉娥、四姑、玉英姊妹三個在明燕房中梳洗齊畢，走出堂前拜謝黃家父子三個夜來款待之情，便要同駝叟、王鐵肩起身奔往玉清觀。駝叟見愛女玉娥的神色，恨不得立時到了玉清觀，見了金哥，心下方才安定，便忙向玉娥說道：「昨夜間我聽你這位黃伯父言說，從此往玉清觀的路徑，在頭兩年有一道偏橋可通，後來這道偏橋不曉何時被人移去，從此玉清觀即算與外間隔離，就是從外面入山到那裡的，那股正路上的竹絞溜索，也被人斷了去。看來顯然是浮羅子所為，不欲外人到他那裡。可是聽說另有一股捷徑可通，浮羅子出入即是走這股捷徑，但是此處重山疊嶺，綿亙千里，山中道路密如棋盤，縱橫交叉，怎知曉哪股路是去玉清觀的捷徑。若貿然行去，再迷失了途徑，便不易尋覓人戶了。而且這山深所在猛獸窟穴處處皆是，況且你黃伯父又說，這山深處，地僻多瘴，若受了毒瘴，非同玩耍，性命相關，自然要加以謹慎，萬不可貿然起程。依你黃伯父說，莫如先命他這位令郎伴同王鐵肩探一探去玉清觀的這條捷徑，一俟探明，再為前去，豈不比較穩妥？我想也唯有這樣，如此卻偏勞你黃伯父這位令郎了。」玉娥聽爹爹駝叟說了這番言語，卻也不便再堅持己見，忙向士鈞作謝，福了兩福。士鈞也還禮不迭，這時玉英近前插口說道：「夜來我們這位明燕姊姊也是這樣說法，怎奈我玉娥姊姊懷念愛子心切，哪肯聽從，看來還是不可貿然起行的。」明燕忙走向前一扯玉娥的手笑道：「玉娥姊姊還是依了夜來小妹的言語了吧，足證小妹之言非虛。」說罷，仍把玉娥、四姑、玉英姊妹三個扯著向後面走去，邊走邊說道：「我們姊妹四個回頭吃罷早餐，到後面山上，觀望一時，趁便獵些飛禽野獸，留待晚餐享用，倒也有趣得很。」她姊妹四個一路說笑著，轉進後面房中去了。

黃士鈞、王鐵肩吃過了早飯，二人聯袂走出，去探玉清觀那股捷徑。王鐵肩同士鈞走出籬門外，見四外山間，蒼松翠柏，蔽岫連雲，房後山巔流下那道清溪，白石磷磷，落花沉澗，山鳥上下飛翔，景緻與昨晚月下所見，卻又不同。士鈞走出籬門，引了王鐵肩繞房後行去。到在他們居住的這片茅舍後面，士鈞停住了腳步，轉首向王鐵肩道：「王兄我們去探往玉清觀那股捷徑，山中道途險惡，況又不是一兩裡的路程，還是尋個代步吧。」說罷，未待王鐵肩答言，很清脆地向了後山打了一聲呼哨，迴音蕩耳，好似滿山皆鳴，王鐵肩不由怔住。黃士鈞剛剛哨罷，就聽山裡一陣狂風，一陣虎嘯，隨著從山裡雜樹怪石深處轉出二三十隻大蟲，迎面直向他兩人身前跑來，一個一個圓睜銅鈴般兩眼，都是雄壯非常。王鐵肩見了，不由心下大吃一驚，忽想起是士鈞幼時捕的乳虎飼養起來的，驚神方定。一轉眼間，群虎已到切近，搖頭擺尾，圍繞著士鈞齊蹲臥地上，仰了虎首，張望著士鈞不住地吮嘴咂舌，表示十分親熱。士鈞伸手在前面蹲臥那兩隻猛虎的額上，輕輕拍了兩下，又一揚手，朝了其餘那群虎一揮。那群虎立轉身軀，齊又轉向山裡奔去，只餘那兩只猛虎一絲不動，仍舊蹲臥在那裡，靜待士鈞分遣。

士鈞忙向王鐵肩道：「王兄你看這兩虎不是我兩人很好的代步嗎？」說罷，在兩虎背上一拍，立時兩虎站起，豎起周身斑爛色短毛，來回抖了抖，看去愈顯雄壯肥大。士鈞當時把兩虎撫摩一陣，又引王鐵肩到虎前，教虎嗅了一嗅，無形中是給人虎介紹。然後兩手一按頭前那隻虎背，翻身跨了上去。王鐵肩看了哪肯示弱，不顧許多，也翻身跨上這一隻虎的虎背上面，順了山路，飛奔下去。只覺耳畔風聲呼呼，沒多時轉下一道斜形山坡，繞過一個山口，忽聽水聲聒耳，但望這一長流橫現眼前，兩面懸崖對峙，中間江流如一線。看江心亂石槎丫，水不能經過，湧而立，搏面拂，盤洄而破碎，波浪相激，猶如驚雷。人行此處，對面語聲不聞。

士鈞、王鐵肩跨的那兩虎，到在江邊，便直向江中渡了下去。卻把王鐵肩嚇得驚慌失色，再看士鈞跨的那隻虎，早跳下江去，那虎卻也靈便非常，爪尋江中亂石，三竄兩竄，沒有多時，早到在了那旁。王鐵肩跨的這隻虎隨在了士鈞那虎後，也撲下江去，到在江中一拱一伏，把個王鐵肩顛簸得搖搖欲墜，嚇得他心膽俱碎，兩腿緊緊夾住虎腹，兩手緊扯住虎項上的短毛，哪敢放半點鬆。好容易到在江的那旁，方把心中懸的那塊石頭放下。只看路徑越來越陰，那兩隻虎負了士鈞、王鐵肩兩個穿山越洞，行了好久，一路上幽壑深林，山勢愈來愈深，山光被日色映得一片赤色，望去山紅草綠，碧樹丹崖，爛若繪絢，奇險幽秀，可稱是二者兼備。

王鐵肩跨在虎背上，忽然失驚向黃士鈞喊著說道：「黃兄我們跨著虎，像這樣瞎貓撞鼠地向前胡亂地飛奔，哪就恰巧被我們尋到去玉清觀那股捷徑了呢？」士鈞一聽，忙地跳下虎背，笑道：「我們去玉清觀的方向不曾弄錯，王兄你辨一辨日影，你看方向不錯的吧，我們這不是直向北行著了嗎？」王鐵肩這時也從虎背跳下忙道：「我們都是不曾到過玉清觀，黃兄你看這山裡去西北的歧路四下交叉，方向雖不錯，可是準曉得我們走的這路也是不錯的嗎？」士鈞聽了王鐵肩這話，覺得也甚是有理，一看前邊一座山峰高出半天，便忙道：「王兄我們到山巔張望張望，恰巧或者也許能望見那玉清觀。」說著，便即步行奔向前面那高峰跑去，那兩隻虎便也隨在他倆身後。

山徑雖是奇險，所幸尚不覺十分難行，一時到在峰上最高之處。只看四外都是層峰疊巒，髻簇拳立，棕櫚松菁，夾巖森列，峰巒中腰，白雲相隔，哪裡張看得清。白雲忽開處，一看下為大壑，哪有半個玉清觀的影子，至是士鈞卻也兩眉緊皺起來，方知去玉清觀那股捷徑，絕不似心中所想的那樣易尋，十有八九今天恐難以尋到。士鈞肚內這樣暗思，便和王鐵肩彼此一商量，反正已到在此處，索性發一狠，仍到峰下，還本著那條方向走，給他個要錯就錯到底。即使尋找不著玉清觀，好在我們有這兩個代步，就是天晚也無甚緊要。兩人便走下這座高峰，跨上了虎，直向西北那股山道飛馳而去。經過兩三個山峰忽瞥眼前竹林密菁，隱約約聽竹叢裡面，有人說笑聲音。從叢隙之處，定睛向林密間看去，見有兩個盤髻道童，坐在林內一方石上，相對談笑。士鈞、王鐵肩見了，心中不覺大喜，暗想在這深山所在，別無觀院，這兩道童，定是玉清觀浮羅子門下的，今天總算不虛此行。想到這裡，不由大喜過望，忙不迭地從虎背跳下來，兩步並作一步，朝竹林內那兩道童所坐之處走去。那兩個道童正坐在那裡閒嗑牙，一轉首忽看士鈞、王鐵肩兩人一前一後走來，身後還跟隨了兩只斑斕猛虎，立時兩個道童把話鋒停住，心中驚疑，呆呆向士鈞、王鐵肩兩人打量過去。

王鐵肩急忙搶向前開口問道：「兩位道兄，是玉清觀浮羅子那裡的吧？」那兩個道童聽王鐵肩這樣向他問著，卻不回答王鐵肩這話，反向他兩個問道：「你們兩位是從哪裡來的？」黃士鈞接口答道：「我們是從流青谷而來。」原來士鈞所居之處，地名喚作流青谷。那兩個道童聽士鈞說罷，便忙說道：「你們是流青谷金沙掌黃老英雄那裡的吧？」王鐵肩在旁聽了，自忖這金沙掌三字名色，定是士鈞之父黃老者的外號，當時便忙地答道：「我們正是黃老英雄那裡來的，但不知兩位小道兄是否玉清觀浮羅子的門下？」那兩個道童，中有一個年紀稍小的，將要答言，那個年紀大些的道童，忙朝他一使眼色，回轉首來問王鐵肩兩個道：「你們先莫要問我倆是不是玉清觀的，我先向你們從流青谷到此何事。」王鐵肩答道：「我們到此要往玉清觀，看看浮羅道人最近收的一個弟子，不用說兩位小兄必是那裡的。」那一個年紀稍大的道童聽王鐵肩說罷，兩眼向上轉了兩轉，便直認不諱地說道：

「我倆正是玉清觀浮羅子門下的，我叫丹林，他叫青皓，二位不是要去我們玉清觀嗎，請暫在此少待一時。」說到這裡，抬手向竹林外一個山環指去。接續前言道：「我們師兄弟兩個今日出觀來，系是砍取些枯樹枝，回去燒水煮飯，我們已砍下來兩大束枯樹枝，現放在山環那旁，待我們取來，引你們二位一同到我們觀裡去。」便同了青皓，師兄弟兩個，離了這片竹叢，一溜煙向竹林外那山環跑了去。

士鈞、王鐵肩只好在他師兄弟兩個坐的這面石上坐了下去，敬候他倆轉來，好叫他倆引路到玉清觀去。士鈞、王鐵肩心下很是歡喜，暗忖今天誤打誤撞，居然遇見浮羅子這倆徒兒，總算還是不虛此行。這時那兩隻虎看他倆坐下，便也臥在了一旁。士鈞、王鐵肩看那丹林、青皓早已轉了山環那旁，心想沒一時，他師兄弟兩個便要走了來的。不料等了好久，也不見他師兄弟兩個走來。士鈞、王鐵肩不由有些心疑起來，想他倆都是十五六的孩童，定是貪玩心勝，或者許是在山環那旁玩耍起來了。士鈞、王鐵肩想到此處，便忙站起，想到竹叢外山環旁，去尋他師兄弟兩個，誰知過去一望，但見有許多股交叉山路，看這許多股山路，盡皆鳥徑崎嶇，竹林夾道，望去陰暗異常，內中不見一絲日光，不曉那丹林他師兄弟兩個轉入哪股路中去了。在這山間，地下皆石，又毫無些微足跡可尋，士鈞、王鐵肩至此，方知受他師兄弟兩個的騙了。深悔信了他倆言語，不曾跟定他們身後，以致功虧一簣，白白跑出來一日，怎好回去覆命。依了王鐵肩便要給他個誤打誤撞，向正中一股路中尋去。士鈞忙攔道：「王兄你看，日色早已偏西，這裡山路錯綜，哪就恰巧被我們尋著他們玉清觀的路徑，莫若記定此處，明日我們天一明即起身到此，再為探尋。反正料定此處，距他們玉清觀必已不遠。」

王鐵肩哪肯甘心地就這樣返去，聽士鈞說罷，便道：「我們管他對與不對，就循這股路再尋一時，我們再轉向回道。」

士鈞只得依從了他，兩人便忙又跨上了虎背，那兩隻虎邁動爪，如飛朝正中一股道中奔去。道旁夾滿了的竹林，遮蔽天日，越走越黑暗，好容易轉出這竹叢夾滿的山路，當前一峰直立雲巖，一道澗水環繞於其下，水色澄清見底。士鈞、王鐵肩跨的兩虎連跑帶竄的已大半日，早已口中乾燥起來，便直奔澗旁飲了一氣澗水，馱著士鈞、王鐵肩兩個，又順山路向前跑去。峰迴峽錯，眼前又有四五股交叉道路，一看斜陽西去，林鳥催歸。

士鈞道：「王兄我們還是明天再來吧。」王鐵肩看這情勢，今天是不易尋到，只可把頭點了點，兩人當時便走向回道。他們不知不覺間已走出百餘里，及至回到了流青谷天色早已大黑。駝叟父女等人，滿心希冀著他兩人去了一日，準可探明去玉清觀那股捷徑。誰知他兩個回來，說了往尋的情形，駝叟父女等人，都不由得面現難色，也很是追悔他倆不隨後跟定浮羅子那兩個徒兒，致失之交臂，尤其是玉娥看他倆空去了一日，口裡說不出，心中卻暗自焦急。士鈞、王鐵肩跨在虎背，往返跑了二百上下裡的路程，肚中已早飢餓，士鈞看駝叟等人同爹爹早已把飯用過，他倆忙胡亂地吃罷了飯，便去安歇。

當晚無話，次日天將一發曉，他倆裹了些乾糧，仍舊跨了虎，順了昨日道路，又往尋玉清觀去了。王鐵肩原想今日定可把玉清觀尋著，誰知到了那個山環之處，左轉右繞，岔路似較昨日尤多，指不勝屈。黃士鈞、王鐵肩卻又空空跑了一整日。

其實在昨日遇見丹林、青皓坐的那片竹林所在，正當玉清觀的山後，不過尚隔一道偏橋，山路各處交叉，他倆哪裡尋找得到。這日整整走了一天冤枉路，雖有兩虎代步，可是顛簸得卻也很是疲乏了。好在他倆都是練武功的，若是換個平凡的人，恐早就骨軟筋酥得難以支撐。

兩人很不高興，返回流青谷，斜月西偏，已是更鼓三漏。

二人回到了家下，姊姊明燕迎面黃士鈞道：「你可曾遇見劉伯父和爹爹了嗎？」士鈞突聞此言，忙問道：「伯父和爹爹哪裡去了，這時怎麼還未回來，我們哪裡遇見了呢？」明燕道：「他們老哥倆兒吃罷早餐，說是遊山去，直去了這時，還不見轉來。」

士鈞聽了，不由得詫異起來，雖曉得爹爹和駝叟都是本領非常，在山中若遇上猛獸，卻也足以應付得了，心中雖作是想，但是終覺難以放懷。王鐵肩一旁聽了，也是和士鈞一樣甚是放心不下。王鐵肩當時忙把仍未尋著玉清觀向師妹玉娥說知，擬定明日再三次前往探尋。便隨了士鈞跑到廚下，尋了些食物，胡亂吃下，也忘了疲乏，匆忙忙隨同士鈞走出，借了月色，轉向山中尋駝叟去了。

王鐵肩隨士鈞走出來，便跟在士鈞身後，轉入門外那座山中，看山容色暗，峭壁排天，縱躍攀緣，山路陡峻難行，況且又在這月色之下。走到山的險處，俯首下望，深壑萬仞，不覺股慄，耳旁又時時聽到虎嘯猿啼之聲，士鈞、王鐵肩兩個足音交應，愈顯景色淒涼可怖，山岩間的樹木也籠罩了一層濃黑顏色。兩人行到山最高處，看月色朦朧眾嶺間，蟒石皆云，景象卻又與山下迥不相同。士鈞、王鐵肩轉過兩三座山頭，哪裡看見駝叟、黃振一些蹤影，兩人見無法尋找，便要趄轉，忽地就聽山間一簇樹林裡，一聲長鳴，聲音十分尖銳刺耳，隨著上面三分鐘熱風聲，起自那簇林木間，枝葉紛紛下落。士鈞、王鐵肩仰首定睛望去，見是一頭丈餘長巨鳥飛向半天，兩翅把下面遮蔽著，一陣昏暗，那巨鳥兩爪大小，猶虎爪也似，形貌十分凶殘，展動兩翅來回飛繞，引頸下視，像是尋攫食物。若在往日，黃士鈞早和這頭巨大怪鳥廝鬥起來，就是王鐵肩也是不能把它白白放過。但是今天他兩個日間尋了一日的玉清觀，未得歇息，卻又跑到這山中來，體質就是再健壯，功夫就是再有根底，卻也覺得十分疲乏。當時忽瞥見這頭巨鳥，都抱定多事不如少事的心意，士鈞一扯王鐵肩忙說道：「王兄你我趕緊尋個隱避的地方，權且閃躲一時，不要被這怪東西覷見。」說著看近前有塊岩石，形狀上凸下凹，底面恰好能容兩人，士鈞、王鐵肩兩個忙大踏步，跑到這岩石下，悄悄向天空望去。就看那巨鳥，只是圍了這山近來回飛繞，仔細望去，看這巨鳥首大似鬥，隱約約見周身濃黑色羽毛，形狀像是鳥生著翅的猛虎一般。這巨鳥一邊飛著，一邊啼叫，猛然這巨鳥燈也似一隻鳥目，朝了士鈞、王鐵肩躲閃的這岩石下掃射過來。士鈞急忙說道：「仔細些，我們大約被這怪東西看見了。」話未說罷，看這巨鳥一斂雙翅從上向下，疾似閃電望了岩石下面撲來，士鈞、王鐵肩抽出隨身器刃，準備和這巨鳥搏鬥。這巨鳥已然撲下來，士鈞、王鐵肩將要縱了出去，見這巨鳥撲向這岩石另一旁，方曉這巨鳥目標卻不在此。這巨鳥將撲下，忽聽下面吱吱亂叫，緊跟著地下一種微細沙沙聲音，士鈞、王鐵肩悄悄探首，向了這巨鳥撲落之處觀望了去，不由立時大吃一驚，見是一條油光亮亮烏鱗大蟒，足有缸口粗細，一半盤在這巖旁一株樹幹根下，露出這一半，望去就有丈餘長。料這條巨蟒全身足有兩三丈長短，吞吐著口中紅信，身依樹幹，同這巨鳥拼鬥起來。

這巨鳥伸長鳥頭，左右旋繞，朝這條大蟒喙去，這條大蟒紅信一吞一吐，嘴裡不住吱吱怪嘯，也一伸一縮去咬那巨鳥，各不相讓地惡鬥起來。鳥喙住蟒，叫聲吱吱不歇，蟒咬住鳥，羽毛紛紛下落。鬥了好久，巨鳥大蟒都負了重創，牠們仍不肯鬆放。最後這巨鳥見操勝券，便發出凶威，一聲怪鳴，直朝蟒首啄了下去，那蟒此時也是凶焰外露，這巨鳥將將撲到蟒首跟前，只聽這巨鳥又怪叫了聲，迴旋雙翅，到天空去了。這巨鳥一個猛勁撲向那蟒首，本想這一次把那蟒啄斃，哪知這蟒也凶殘異常，伸長脖頭，迎了上去。兩下勢子均是甚疾，在牠倆互相一撞之間，這巨鳥未曾啄著那蟒，卻被那蟒一口把這巨鳥的一翅咬傷。這巨鳥一聲怪叫，不敢再為戀戰，強張雙翅，飛逃去了，一眨眼，已不見蹤影。那大蟒看勁敵飛去，仰頸上望，口中紅信吐個不住，嘴角毒涎下流，望著越顯凶殘可怖。士鈞、王鐵肩正張望這一條大蟒，忽覺又是一陣微細沙沙的聲音，起自身後，士鈞、王鐵肩一回首，忽見又有一條大蟒，潛伏在他倆身背後，不曉何時從這岩石下穴中鑽出來的。看這條蟒和石旁樹幹根下盤踞的那條蟒不相上下，一伸一屈的，蠕蠕向前行著，距了士鈞、王鐵肩不過四五尺遠近，這蟒好似也覷見了他兩個了，停住了身軀，張著盆碗似的大口，對了他倆不住地把紅信一吞一吐。

黃士鈞、王鐵肩一看毒物當前遮後，哪敢再在此停留，忙從岩石下縱了出去。樹幹根下那條大蟒，一眼也看見了他倆，回過身軀，離了這個樹幹，身子平鋪山間的草上，向了士鈞、王鐵肩身前而來。這時岩石下潛伏的那條蟒也已然鑽了出來。

士鈞久居此處，曉得這山中毒蟒的厲害，莫說是被蟒咬著，就是嗅了這毒蟒口噴的毒涎氣味，周身就要腫疼。士鈞手扯了王鐵肩，急忙道：「王兄趕快走，毒物不可力敵。」左右盤旋著，向了回道跑去，不敢走垂直的道路，恐為那兩條毒蟒追上，蟒行草上，系是一條曲線。士鈞、王鐵肩一口氣跑過了一兩個山頭，方不見身後那兩條毒蟒追上，可是他兩個早已汗流浹背了。士鈞、王鐵肩看沒了毒蟒的蹤影，這才緩了一口氣，腳步稍稍慢了些。士鈞向王鐵肩說了這毒蟒的厲害，王鐵肩不由咋舌地連說好險。及至他兩個回到流青谷，天光已要發曉了，駝叟、黃振仍未返來，明燕和玉娥等人都覺有些蹊蹺。那明燕姊弟心想自從隱居這山裡，十餘年來，爹爹從未在外留過一夜，況且這方近連一家住戶也無，日間他老哥倆遊山是遊到哪裡去了呢？想到這裡，心下十分焦急，眼看著天光已然大亮了，他們幾人仍坐候房中，眼巴巴盼望駝叟、黃振返來。黃士鈞忽向他姊姊明燕問道：「劉伯父和爹爹遊山去的時候，是步行去的，還是跨虎去的？」明燕搖著頭道：「這卻不曉得的。」士鈞一聽，忙道：「待我到後山去看一看我們那幾十隻虎，就曉得了。」起身走出，奔向後山跑去，晨光熹微中，山光樹色，曉霞一片，看巖谷間野草幽花，含苞吐豔，一陣陣香味襲鼻，胸襟頓覺爽然。士鈞來到後山，一聲呼哨，巖洞中的群虎齊奔了來，士鈞一看，一個卻不短少，忙又回返家中。

將轉出這面後山，見王鐵肩飛也似迎面跑了來，看了士鈞，停住腳步，忙大聲說道：「他兩位老人家回轉來了。」士鈞聽了，心下方才安然許多，自忖他兩位老人家怎的遊山遊了一夜，邊走邊想，確是有些心疑莫解。走回家中，看駝叟、黃振對坐堂中，正和玉娥等姊妹幾個談話。望見士鈞走來，停住了話鋒，駝叟轉過首來，向了士鈞、王鐵肩說道：「昨日你兩個又空跑了一日，仍是未曾尋見玉清觀吧？」士鈞忙道：「我倆今日還要去尋的。」黃振忙接著向士鈞說道：「你兩個今日不必往尋了，我同你劉伯父，剛從玉清觀轉來。」士鉤忙問道：「你老人家同劉伯父不是遊山去了嗎，怎麼居然會尋到了玉清觀了呢？」黃振道：「在昨日吃過早飯，原本想陪同你伯父到附近山中賞玩一時，哪知剛走出沒好遠，忽看迎面走來一個道童，到了近前，他雖和我不相識，他卻認識你劉伯父……」

黃士鈞聽爹說到這裡，忙一轉首，問道：「這道童定是咱頭天逢著的那兩個，不是那個丹林，便是那個青皓。」王鐵肩尚未答言，黃振便又繼續地說道：「你料得一些也不錯，來的這道童正是浮羅子的徒兒，名叫青皓。他說昨日遇見了你兩個，回去稟知了他師父浮羅子聽了，即料他新收的那金哥家中有人來了，可是他絕沒想及你劉伯父也來此處。浮羅子命他這徒兒來此探望一回，恰巧遇上我同你劉伯父，當時便隨了他往玉清觀去。那青皓莫看他小小年紀，陸地上的功夫，卻也很是了得，行走起來，很是穩快。我同你劉伯父跟定了他，上百里的路程，不消一個多時辰，便已到了。我們本想多在那裡盤桓一日，因去時未容返家說知，唯恐你等放心不下，所以我們天將明，便辭了浮羅子返了回來。」

王鐵肩這時又進前向師父駝叟問道：「你老人家既曉得了往玉清觀那股捷徑，我們明天就要從此起身前去吧？」駝叟道：

「我已和你師妹說了，金哥確在那裡，勿須再為前去，但浮羅子可以把他領來一見。因為從此到彼，中隔了一道偏橋，他們隨時移動，就是去，此時那橋已然移開，怎能通過。」駝叟說至此處，便又轉首向愛女玉娥說道：「浮羅子曾說再過年餘，候金哥功夫稍有根底，必命他返家探望一次，你這還有什麼不放懷的嗎？」看玉娥躊躇滿懷，心想爹爹既見金哥確在玉清觀浮羅子門下，倒也沒有什麼不放懷的。不過須得年餘，母子方能想見，終覺難以釋念，但是隻有依了爹爹之言。果到明日，由丹林領來金哥，母子想見，悲喜交集，別來不久，金哥已似成童了。他居然安慰他母，盤桓終日，拜別慈母歸山。

駝叟一行爺兒幾個，因金哥母子已然相會，此行不虛，便與黃振及明燕姊弟告別，出山返回黃堡去。玉娥、四姑、玉英和明燕相處得十分火熱，忽然別去，哪裡肯捨，便又強為挽留的住幾日。這日拜別了他們，彼此間均有些戀戀難捨，臨行之際，明燕向玉娥說道：「姊姊妹妹們明歲春間千萬要來敝處再盤聚幾日，小妹本應俟等些時出山，到府去望看姊姊妹妹們，因外面仇家眾多，甚是不便，還望姊姊妹妹們到在山外，萬勿提及我們一字，請要牢記。」父子也向了駝叟師徒言說：「到外面請不要露我們一字，恐為一些仇家知曉。」彼此方才作別，黃振因山中歧路繁多，恐他們幾個迷了來時之路，便命士鈞隨同送到山外。

這次士鈞引了駝叟爺兒幾個，抄走近徑，不消大半日，已來到山外。士鈞停住腳步，與駝叟等人話別，心下都是未免依依。駝叟一行爺兒幾個來到山外，當日在店中住了一宿，便在那店內僱了三乘長程小轎，分給玉娥姊妹三個乘坐，朝發夕止，按了站口取路，向回道行去。非是一天，這日行到了一個所在，地勢險僻，沿途山路，不見人煙。正行間忽看當前一峰突起，天色陰暗，雲封其上，仰首不見峰巔，就看兩壁山崖，並無寸草，輿夫們說道：「這裡連一個人也無，我們緊趕幾步吧，天氣不好，看要有山雨的。」又有一個輿夫說道：「沒有好遠，前面即是連山關了。」輿夫們一搭一和且走且談，忽地一陣風起。這三乘小轎的前面轎簾，立時都被狂風掀起，眼看山雨欲來。正在這時，就聽後面一陣馬蹄聲響，轉眼間斜刺裡從這三乘轎旁馳過去了三騎駿馬，上乘三個短衣漢子，每人身後斜背了一口單刀，柄上繫了方尺餘長紅綢子，一被風吹得搖擺作響。這三個漢子馳到轎前，一勒韁繩，那馬便緩行起來，不住地回首向玉娥等三乘轎內張望。玉娥等三個的轎簾剛才被那陣風掀起，尚未放下，玉娥本坐在頭前那乘轎裡，看這三個乘馬漢子，凶眉惡目，不住地轉首向了轎裡探望，玉娥看三個絕非善輩，便忙探首出去，招喊王鐵肩把轎簾放下。王鐵肩此時也看出那三人醜態來，一腔怒火極力按捺著，若非隨在師父駝叟跟前，早張口向他三人喝罵起來。

那三個漢子看了，說了聲：「這口美肉我們還怕她飛到天上嗎？」當時放馬疾馳下去，不一時轉過一個山彎，已不見蹤跡。駝叟師徒兩人及玉娥姊妹三個都看出那三個漢子不是好路道，可是那三個漢子臨馳去時說的那句言語，他們卻未聽清，所以看他三個馳去，也未在意。所幸此時山雨只落了幾點雨點，並沒下起來，又向前行了三四里路，已到連山關。

這連山關地雖險要，人戶倒還稠密。天光已晚，便在這裡尋了店房停下，準備明晨再行趕路。在一進這家店內，忽瞥見裡面廄下拴著三騎空馬，仔細瞧去，正是路間所見那三個漢子乘的那三騎馬，想那三個漢子定也宿在這家店裡。駝叟一行爺兒幾個宿的這房屋是這店的一個旁院，共是三間房，兩明間一暗間，玉娥姊妹三個便是宿在這暗間中，駝叟、王鐵肩師徒兩個即宿在外間房內。店小二忙張羅著送來面水茶水，跟著要了飯菜。飯罷，店小二撤下家具，隨又把茶水泡上，駝叟向是盤膝而臥，王鐵肩行了一整日的道路，頭一挨枕，便呼呼睡去。

暗間中玉娥姊妹三個一倒身便也睡熟。天也就將有三鼓，駝叟盤膝坐在床上，忽然嗅到股異香傳入鼻孔。駝叟忙睜開了二目，房中煙氣已滿，略辨氣味，已知是黑道上人所用的薰香。駝叟急抬首望，有一點火亮從窗洞處放進。駝叟輕輕塞鼻走下地來，看桌上放有半杯冷茶，便手蘸冷茶，悄悄過去把那薰香的火頭悄悄弄滅，窗外燃燃放薰香的那人，尚兀地一些不知。

又沉了一時，就聽窗外有人悄聲說道：「這間房裡宿的那病容滿面的老頭兒和那一個粗壯漢子，此刻想已夠勁，只餘下這裡間那三個女的了，我們還不趕快進去，把那三個女的跨在馬上帶了走。」又一個人道：「這三個女的正好我們每人弄一個，我們就不必再去南江擄那店中雛兒了。」

駝叟聽到這裡，忙掣刀在手，從後窗縱出，轉到前面，天光十分黑暗，只看三條黑影都是手擎了明亮亮器刃，正在那裡撬那暗間的前窗。駝叟擺刀竄了過去，那三個聽腦後有人，忙回轉身軀，各亮手中刀，並不搭腔，和駝叟交起手來。他三個本領都是平庸，哪裡是駝叟的對手。王鐵肩這時也驚醒，聽師父在房外和人廝打起來，連忙提刀跳出。那三個正戰駝叟不過，見又走出一個來，哪敢久戀，就見內中有一個虛晃了一刀，跳出圈外，口中喊道：「三弟、四弟，我去拉了坐騎，頭前等候你倆。」說著跑出這座旁院去了，駝叟、王鐵肩聽了這人口吻，方明白這三人正是日間所遇那三個騎馬漢子。王鐵肩忙要向說話的那漢子追去，怎奈這店旁院甚是窄狹，駝叟和那兩個漢子正堵在這旁院角門內交手，無法走過。王鐵肩身體笨重，竄越的功夫又不甚精巧，眼巴巴望了那漢子，拉了那三騎馬，開了店門走出去了。和駝叟廝鬥的那兩個漢子，聽他們同伴那人已拉馬走出店外，便也虛晃一刀，轉身跑向店外逃去，駝叟望著他倆後影笑了笑，停了腳步，看他兩個逃去。王鐵肩忙道：「你老人家怎的放這三惡徒逃去，怎不追趕呢？」駝叟笑道：「你想我當真和他三個交手嗎？我要當真和他三膿包交手，一個也叫他們逃不脫，如果我們在此若把他三個結果了，驚動官府，不是給店家尋了麻煩嗎？若是生捉住他三個，又怎樣發落呢？莫若放了他，況且我又不便追，怕中了賊人調虎離山之計。」說著，回到房內，暗向玉娥姊妹三個喊了兩聲，不見答應。駝叟怕她三個受了薰香，便推門走進，掌燈一看，空洞洞哪有一個人影，駝叟不由大驚。駝叟忙喊叫王鐵肩道：「怎麼房中空洞洞的，你師妹她們姊妹三個哪裡去了呢！」王鐵肩一聽，當時也驚慌起來。駝叟向這房裡四下望了望，見後窗開了，忙向王鐵肩道：「待我去看一看她們是哪裡去了。」王鐵肩便從窗縱了出去。

猛聽有人喊道：「師父老人家不要去尋了，我那兩位師姊追了那三個賊人去了。遲一時，就要回來的。」

駝叟聽是玉英的聲音，一回首看玉英立在後窗外一片空地中間，靜悄悄在那裡等候玉娥、四姑返來。駝叟想此處路徑生疏，哪裡放心得下，忙向玉英道：「你回房裡去吧，待我去尋她姊妹兩個。」將說到這裡，一眼瞥見兩條黑影由外竄來。玉英手一指道：「這不是我兩位師姊回來了嗎？」轉眼間那兩條黑影已到近前，駝叟一看，果然是玉娥、四姑姊妹兩個返了回來。

四人走回房中，王鐵肩看了她姊妹兩個回來，也才把心放下。駝叟回了房裡，燈光下看玉娥、四姑手中的劍，劍光成紅。忙問道：「那三個賊人被你兩個結果了吧。」玉娥尚未開言，四姑忙答道：「我們聽你老人家和那三個賊人交手，便都醒了，後來又聽有個賊人說去牽馬去，我們便從這後窗跳出，想警誡警誡這三個惡賊。他們這三個惡賊，我姊妹倆卻不曾把他們結果，不過把他們三個的左耳削了下來，以示薄懲罷了。」

天已微明，聽店中尚無一些聲息，若在每日店家早已起來，不過他們店家和各房旅客們聽夜來駝叟和那三個惡賊廝打聲音，都嚇得屁滾尿流，一顆頭縮到腔子裡，蒙了被子，哪敢出一些聲息。直待駝叟命王鐵肩喊叫店家算付店帳，並催促輿夫起來上路，他們一些人等，方才大了膽子從被子裡鑽出，穿好衣服，開了房門，走了出來。店家明知夜來那三位乘馬客人走去，在夜間哪敢出去向他三個索要店飯帳，他便裝糊塗，不聞不問。駝叟等人稍為梳洗，付過店飯帳，便忙起身趕路。

向前行了一站，到了個所在，是個小城鎮，地名倉集，依山傍水，形勢尚佳。便想在此地尋個店口，用了午餐，再為起行。隨即進了這店，但看冷鍋清灶，店裡小二無精打采坐在櫃房一條板凳上打盹。這店小二忽聽有人走進，便忙睜開睡眼，向了駝叟、王鐵肩望了望，又看門外停有三乘小轎，知道是客來此打飯尖的，忙站起強笑地說道：「客官們請到別家去吧，我們這裡沒有心思再做下去了，一兩天便要關閉的。」王鐵肩忙問道：「你們開設的好好店房，怎的要關閉了呢？莫非你們虧累了嗎？」店小二頭搖了搖道：「虧累卻不曾虧累，客官們若在前幾天來，我們這店還火熾熾在開設著呢。」駝叟、王鐵肩聽這店小二半吞吐地說到這裡，忙問何故。店小二忙答道：

「客官們不必問了，我們店掌櫃出了意想不到的禍事，此刻我們店掌櫃已進城報官去了。」

駝叟師徒兩個尋根問底向他探問，他也並不隱瞞，當即答道：「我們這店掌櫃的名叫劉五掌櫃，年已五十餘，跟前只有一個女兒，老伴卻早已下世。我們這劉掌櫃的父女兩個，在此開設這爿店房，已有五六年了。我們劉掌櫃的女兒別看是店家之女，生得卻也有幾分姿色，年已十七歲。客官請想我們幹的這營生，來往人色甚雜，不曉何時我們這劉掌櫃的女兒，被歹人覷見了。忽在前日夜間四更多時，來了三個騎高馬的賊徒，拍打店門，說是過客到此宿店的。我持了燈籠忙去開了店門，看那三個都是滿面血跡，確實嚇煞人。他三個手擎著明晃晃器刃，見我開了店門，一抬腿把我持的燈籠踢滅，闖進了店內，照直奔到我們劉掌櫃的那女兒房中。我們劉掌櫃的女兒從睡夢中，便被這三個賊徒擄去。我們的劉掌櫃只這一個女兒，平素愛如掌上明珠般，今忽被賊徒擄了去，早已急煞，哪還有心思再開設這店，所以天將微明，便進城報知官府去了。」

駝叟聽店小二說了這片言語，便料個八九，想定是在連山關店裡放去的那三個惡徒幹的勾當，自己不欲多事，哪知縱容了惡人，生此惡果！便又問道：「平素你們這方近山裡可有歹人盤踞？」店小二道：「我們這方近並無歹人。」問道：「連山關地方可有歹人嗎？」店小二頭一搖說道：「這裡距連山關幾十里路，那兒我卻不曉了。」說至此，店小二向門外一張望，忙又道：「客官們請到別家去吧，看那不是我們店掌櫃的報官已回來了嗎？」駝叟、王鐵肩轉首看去，見走來一個五十多歲的老漢，面色蒼白，滿臉的淚痕，暗忖這定是店小二口中說的他們店掌櫃的劉五了。不便在此久停，當時只好走出，另尋別店。

當駝叟、王鐵肩師徒兩個和店小二問話時，轎中的玉娥姊妹三個，也全已聽清。駝叟、王鐵肩離了劉五店房，輿夫們抬著三乘小轎向前行去。走了沒幾步，瞥見路迤北又有一家客店，門上懸的匾額，上寫「連升店」三個大字。駝叟、王鐵肩等人照直走進這家連升店內。輿夫們把轎放平，玉娥、四姑、玉英走下轎來。這店的小二看生意上門，忙笑嘻嘻迎將上來，當把駝叟一行引到北房裡。這北房一連三間，系是兩暗一明，房內倒還潔淨。駝叟把玉娥姊妹三個安置在西間房中，自家同了王鐵肩兩個便到東間房裡。店小二忙去把臉水打了來，隨又把茶泡上，站在那兒，笑嘻嘻問道：「客官們要什麼飯菜，請吩咐下來，我去先知會灶上。」駝叟便叫隨便弄些飯菜，店小二答應著轉身走出。

這裡四姑忙從西間走出，向了駝叟道：「我們今天在此權且停留一日吧，明日再起身上路，你老人家看怎樣？」駝叟聽四姑的語氣，早明白她的心意，故作不知，忙笑著說道：「天才剛剛到午刻，時光尚早，吃罷飯休息一時，怎麼也得再走一站，哪能這老早即在這裡停歇下來呢？」剛說到這裡，張玉英也一步從西間跑出來道：「方才那一家店裡的小二所說的言語，我們姊妹三個全已聽清，我玉娥姊姊和四姊姊都說，我既然知道那劉五的女兒被匪徒擄去，不能不管，我等素來抱定俠義兩個字，怎樣也要把劉五的女兒從匪巢裡給救了回來，我們再行上路。」駝叟笑道：「我不過同你四姊姊說戲語，那匪徒擄去劉五女兒，我們不知曉便罷，既是知曉，哪能袖手旁觀呢。聽那店小二說那匪徒形狀，定是昨日在連山關那三個惡徒無疑，看來他們的巢穴，也必在那連山關附近山內。我看在此用罷了飯，再尋回連山關，你們看怎樣？」玉娥聽到這裡，走出來忙道：「你老人家所說甚是，惡徒一定是窩聚在連山關附近地方。」

說話之間，店小二已把飯菜端了上來，幾個人不一時飯罷。駝叟命王鐵肩去知會輿夫們，說是仍要折回連山關，王鐵肩走出告知了輿夫。輿夫們聽了，心下很是納罕，忙問道：

「怎麼又折回去呢，莫不是在那連山關店中遺下什麼物件了嗎？」王鐵肩佯言道：「並非是在連山關店中遺下什麼物件，只因那裡山間有我們多年一位老友，來到此忽記憶起來，我們好在才走出一站路，故此再返回，順便探望探望我們那位老友。」

輿夫們聽了王鐵肩這片證言，信以為實，忙問道：「客官們既是折返那裡探望老友，可是客官們這位老友的居處，客官們可曾到過？」王鐵肩頭搖了搖道：「我們卻不曾到過。」輿夫們忙道：「客官還是不去的吧，那連山關方近山中，除了我們來時走的那股正路，其餘的山路四下交連，山路複雜極了，就是那裡的老住戶也摸不清那方近山的道路。況且那山谷叫做盤山谷，山勢又險，谷中時有歹人出沒。昨夜在連山關店中，所恃是客官們本領高強，同匪徒廝併了大半夜，把匪徒們驚走，若不然的話，那可就難以設想了。適才那家店小二不是說他們店掌櫃劉五女兒被人搶走了嗎?客官們雖是一身本領，不怕歹人。但是行路在外，也得求個順利的。就拿昨夜在連山關店裡來說吧，客官們同那匪徒們相拚的當兒，我們嚇得險忽兒不曾弄了一褲兜子的屎屎。直到後來，聽匪徒牽了馬逃去，我們幾個才稍稍把心放下些。依我們說，客官們還是趕我們的路吧。就是折返連山關，恐也未必尋找得到客官們這位老友的居處。」王鐵肩道:「你們莫管我們是否尋找得到，到在那裡，我們步行前往，又不要你們抬了轎引路，多賞你們幾串酒錢就是。」那輿夫聽多賞他們幾串酒錢，自是歡喜，不再多語。

王鐵肩走回房去，把輿夫們口中說的山路交雜情形，說知了師父駝叟等人。彼此一商議，只可到在那兒再探尋惡徒等的巢穴，不便再在此久停，喊過了店小二，付清了飯菜等帳。玉娥姊妹三個坐上轎內，輿夫們抬起了小轎，隨了駝叟師徒兩個，離了這家店，又向來道行去。好在相距只是三四十里路，不到一兩個時辰，又已回到了連山關。依了駝叟，擬命王鐵肩同玉英在店裡守候，自己和玉娥、四姑前去探尋匪巢。玉英知曉師父不令她去的心意，恐遇上了惡徒，自家的武功根底甚淺，難是人家對手。但是她心中雖這麼想著，可是她究是個孩子家，喜動惡靜，又願得機稍試武功，聽師父不令她隨同前去，粉面低垂，兩手去撫弄衣角，不聲不語。四姑一旁，看出她的心意來，忙代她說情道:「我們莫如都一同前去，也無甚緊要，那惡徒們都是平庸之輩，有我們這爺兒幾個，彼此都可照顧得來，難道還能叫惡徒們同玉英妹妹交手嗎?」駝叟一想，所說卻也甚是，當把首點了點道:「一同去就一同去吧。」玉英聽師父允許她隨同前往，心下自是甚喜。大家束扎俐落，各帶了隨身器刃，把店內房門鎖上，佯言進山訪友，吩咐店小二仔細照看門戶，一行爺兒幾個離了店中，向山間行去。

來到山內，繞過幾個山角，環視其中，道路交叉錯綜，果然難走難尋。王鐵肩看了，以為這山的道路，較在羅浮山同黃士鈞尋玉清觀所見的歧路，相差不多，越往前進，山勢越險，四外巖崖間，異葩怪卉，層出雜見。一行爺兒幾個因不識這山中道路，直奔這山中間一股正路行了下去，左轉右繞，不敢誤入別股岔路，唯恐迷失途徑。沒多時，繞過了一座山峰，瞥見一水奔流而來，一巨石突然砥柱中流，下匯成兩道小溪，溪上架了一面板橋。渡過這面板橋，恰從這瀑布裡面穿過，行在這股瀑流中間，仰首上視，陽光射耀，這道瀑布，望去猶如雨後長虹也似，洵屬奇觀。穿過這道瀑布，又轉了一個小山嘴，看是一面廣坪，秧畦壟菜，另有一種境地。從雜樹叢隙處望去，露出兩三戶山家來，林木掩映，籬門半閉。駝叟見了，忙道：

「這裡山戶定曉惡徒門的巢穴，待我們去探問探問。」來到一家山戶籬門前，門內一陣犬吠，隨著看從籬門裡走出一個老婆子。這婆子走出一看，向了駝叟等人打量一匝，這才問道：「你們是尋找哪一家的？」駝叟不便開口就問她惡徒們的巢穴，恐她俱於匪勢，不敢說出，便側鼓旁擊地問道：「我們並不是到這裡來尋找人家，我們是來此遊山的，因不明路徑，特來借問一聲。」

這婆子聽了，露出很驚異的神色，又望了眾人一眼，忙道：「你們不是這近處的人吧？」駝叟把頭點了點，這婆子又接著說道：「這卻難怪的了，我們這地方名叫盤山谷，在頭些年來此遊山還可以，不過須有我們這本處人引導，若不然走錯了路徑，休想走出，活活就得給困在山裡。我們這裡除了我那兒子熟識這盤山穀道路，只因他爹爹在世時，常帶他去各處樵柴。在這谷深處，有一座廟宇，喚作盤谷祠，近年那裡窩聚了一夥歹人，常常出來，幹那搶奪的勾當，你們去不得的。你們所幸到在這裡，便來探問，若再走一時，就是走不迷道路，也要遇上歹人的，那如何了得？」

駝叟得知惡徒巢穴暗喜，忙道：「我們並不懼怕歹人。你那兒子現在哪裡，就煩請給我們引導道路，我們多給酒錢。」

這婆子看駝叟一行人等都帶著器刃，暗忖他們卻都是練武功的，便忙答道：「你們既要前去，怎奈我那兒子不在家中。」玉娥近前接著問道：「你那兒子現在何處？」這婆子忙答道：「我那兒子係在鎮內連升店給人家當傭工。」駝叟聽她兒子不在家，忙又問道：「你可曉得這惡徒們窩聚的盤谷祠是在這盤山谷哪股路中？」這婆子把頭搖了兩搖道：「去盤谷祠的路徑，我卻不曉，不過聽我那兒子說過，這盤谷祠距此只有三四里路，別看這三四里路，途中卻曲折得很。」四姑一旁聽罷，忙說道：「這三四里路就是再曲折，好在並不甚遠，怎麼也能尋到了的。」

當時駝叟等人道了聲謝，別了這婆子，走過這片廣坪，轉入眼前一座山中。

此時日色西偏，山勢高峻，鳥道奇仄，不住的一縷一縷的白雲，從山岩間噴出。人行到山腰處，仰見天角，雲漏日光，乍明乍暗。轉眼走上這座山的頂巔，向四下望了去，心想這山峰在此處為最高，在此總可隱約望見惡徒們的巢穴了。駝叟縱目望去，山峰起伏，山態難窮，空看了一時。駝叟道：「莫如我們再走下山去，以便慢慢尋覓盤谷祠的路徑。」王鐵肩和玉娥姊妹三個一想，也只好如此。便又齊向山下行來，看兩旁都是岔路，弄得駝叟等人停了腳步，呆望著兩旁岔路，卻不知走入哪股岔路為對了。呆望了一時，最後還是玉娥說道：「我們爺兒幾個抽成兩下尋覓，總可尋找得到的。」駝叟忙道：「這裡路徑紛雜，那如何能成，不要迷了路途，困在山裡，荒山僻處，蛇虺甚多。聚在一處，比較穩當，孤行遇險，卻不是耍的。」四姑忙笑道：「方才那婆子不是說祠距她那裡不過三四里，這裡離那婆子居處總有一二裡路，照那婆子話看來，這裡距盤谷祠至多也不過還有一二裡，我們爺兒幾個抽成兩下裡尋覓，並不深入，分順岔路走個一二裡路，如覺不對，再行轉出，這樣決迷失不了路徑。」駝叟聽了，一想四姑所說卻也有幾分見地，不便反駁，只好依了她的主張，爺兒幾個一商酌，駝叟同四姑為一起，玉娥、玉英同了王鐵肩為一起，分途尋找盤谷祠惡徒們的巢穴。駝叟又向玉娥等人囑咐道：「你們如尋不到時，仍回此處會齊；若尋到時，也要回到此處，以便一同前往，萬不可輕入匪穴，要緊要緊。」玉娥等三人連說：「你老人家不要多囑，我等曉得。」玉娥等把話說罷，轉進右面一股岔路中走了去。

這邊玉娥、玉英、王鐵肩三個走進這股岔路，看山間巖下，一簇簇野卉，含苞吐豔，徐風過處，一陣一陣花香襲鼻。

所行路徑雖曲折，倒還平坦，且行且尋，走了約有裡許，見前面是個山坡，一眼瞥見坡上林樹叢後，一人探頭縮腦地向了玉娥等三個張望。玉娥等三人早已覷見，暗忖這人賊頭賊腦，定是惡徒們放出的探子，看來誤打誤撞，這前面是惡徒們的巢穴盤谷祠了。心下這樣想著，三個人一使眼色，故作不曾看見，仍舊照直向前行了去。走了沒有好遠，距那人也就有兩三丈遠近，那人抽身就要跑去。王鐵肩一眼覷見，哪能叫他跑脫，忙趕到那人身前，提小雞般把那人捉住。那人看王鐵肩、玉娥、玉英各把器刃亮出，嚇得爬在地下叩頭如搗蒜，滿口地央求道：「姑祖宗和爺爺饒命吧！」王鐵肩把手中刀在他面門上晃了兩晃，一聲斷喝道：「我且問你，你這廝可是盤谷祠惡徒的黨羽？說了實話，饒了你的狗命！」那人便也直認不諱，連忙說道：「小人不過是那裡一名小嘍囉，實因無法謀生，才投在他們那兒。」

王鐵肩等人聽罷，忙道：「你要叫我們饒恕了你的狗命，快起來把我們帶領到你們的巢穴。」王鐵肩等的心意，是叫這小嘍囉把他們帶到盤谷祠，再一刀把他結果了。這小嘍囉聽了，忙站起來道：「小人情願給姑祖宗及爺爺帶路。」立即轉身在前相引，過了這個山坡，路忽奇仄，僅容一人，蛇徑鳥道，曲折難行，左右轉繞，走的都是曲折途徑。王鐵肩、玉娥、玉英三人緊緊隨了那個小嘍囉。走了一時，過了數處曲折路徑，眼前是一道深澗，夾澗古松老杉，大有十圍，高不知有幾百尺，修柯戛雲，如張傘蓋。面前群山，環擁林立，煙雲相連，景色卻又不同。王鐵肩等三個自忖好個清幽之處，不想被這夥惡徒盤踞在此。想到這裡，便忙向這小嘍囉問道：「這裡相隔你們那盤谷祠巢穴不遠吧？」那小嘍囉忙抬手向了前面一簇雜樹指去，說道：「過了跟前這簇樹木，便望見了。」

第八章　蹈陷坑英雄落網

沒多時，穿過了這簇雜樹，看是畝許一段平坡，生滿花草，綠葉紅花，景物愈覺清妙，但定睛看去，內中花草卻有不少已經枯萎。仔細一看，這些花草像是從別處移植此間的，卻也未曾在意。看這小嘍囉忽停住腳步道：「穿過了這道花徑，即看見盤谷祠的殿角了。」王鐵肩、玉娥、玉英忙走向前，順了中間一道花徑，朝那旁走去。忽覺腳下一沉，說了聲：「不好！」轟的一聲，三個人早墜入十餘丈深一道陷坑下面。陷坑下面鋪了約有尺餘厚一層沙土，王鐵肩三人倒不曾跌傷，四面石壁削平如鏡，哪裡攀爬得上來，武功就是再好，竄越的功夫就是再精，下面是一層厚沙土，也是無法趁勁縱出。但見下面黑魆魆伸手不見掌，王鐵肩忙啊呀了聲說道：「不想我們師兄妹受了這個匪徒的暗算！」這時就聽上面那個小嘍囉一聲冷笑道：「你們三個這可是自投羅網，我們頭目們還欠二位壓寨夫人，這可是恰好自廂情願給我們頭目們送來了。」

王鐵肩三人在下面聽了這話，氣了個臉白，無法縱出，卻也奈何他不得。那小嘍囉說罷，大踏步地去了。王鐵肩師兄妹三人困在這陷坑，一時難以脫身，心中異常焦急，不想中了個無名小輩詭計，總怨自家等人一時大意，致身陷此處，但已至此，只有坐以待斃。

待了好久，聽上面步履聲雜，緊跟著聽有人說道：「到了，到了，仔細提防些，這男女三個手下可都帶有刃器。」王鐵肩師兄妹三個耳聽匪徒走來，有心把器刃亮出，怎奈黑暗間，恐碰傷了自家人。不一時師兄妹三個齊被人家用鉤桿網套，搭了上去。沒出坑口，人家彎了身軀，即把他師兄妹三個捆上。只因王鐵肩師兄妹三個兩臂叫人家用鉤桿子緊緊鉤住，哪能掙扎，所以服帖帖即被人家捆上。王鐵肩師兄妹三個被人家捆出坑口外，此時巖下雜樹影子都已照在地下，月光已然升上來，不知不覺天色已是黃昏。一看身前站了十餘個高大的匪徒，一個個都是短小服裝，青布包頭。王鐵肩師兄妹三個認清賊人面目，立即閉目不語，任憑匪徒們發落。

這十餘個匪徒一聲呼喊，用了鉤桿，兩個人抬了一個，把王鐵肩師兄妹抬起，轉繞過陷坑上這片花叢。三人至此方悟這片花叢是他們埋伏下的陷坑。匪徒們抬了他師兄妹三個，繞過花叢，轉了一個山環，月光下見眼前隱隱露出一座廟宇。周圍樹木掩映，四面豁敞，廟址卻甚寬大，這即是匪徒們的巢穴祠堂。匪徒們抬了他們師兄妹三個走進祠內。頭層院中，兩旁有三四株古松，枝幹槎丫，形狀偃蹇，如龍爪擎空，突兀天表。

到在中層殿中，棟宇宏偉，但已敗壞，殿裡燈燭輝煌，正中間坐了四五名惡徒，正在那裡談話，嘍囉們走進殿內，把王鐵肩師兄妹三個放下，王鐵肩等向上面坐的那四五個匪首望去，內中三個正是在連山關放去的那三個乘馬惡徒。見他三人的左耳，果然用布纏紮著，布外尚有血痕。這三個惡徒，一名喚作孟桓，外號小孟嘗；一名叫鄧小山，因這鄧小山會舞幾手花刀，他排行在七，都稱他喊作寶刀鄧七；那一名叫吳良，三人中屬他最小，所以都稱他作三太保。他們不過都是略會幾套花拳繡腿，以外並會舞弄一兩手刀槍，便聚了幾十個閒漢，把這盤谷祠的道人逐去，便盤踞在這裡，專幹打劫勾當。最初不過只是孟、吳兩個為首，鄧小山卻是以後來此入夥的。他三個都是色中的惡鬼，不但幹這打劫勾當，而且還搶擄人家的婦女，不從的都一刀了帳。他等盤踞這盤谷祠不過一兩個年頭，平素所做的罪惡纍纍，真是指不勝屈。三賊當下一看王鐵肩師兄妹三人，他認出是連山關所遇的那行人等，想起割耳之仇，不由沖沖大怒。便怒容滿面，向王鐵肩等喝道：「你們一行還少兩個，那老奴才同那個妞兒，怎的沒同你等一起呢？」王鐵肩冷笑了聲道：「他老人家跟我們那位俠女，過一時便來取你等的狗命。」

孟桓三賊聽了，怒不可遏，把桌案拍得山響，吩咐快把他三人給我開膛取心，留作下酒。一些嘍囉忙走過，就要剝他三人衣服。就見座上那個叫鄧小山的忙攔止說道：「且慢動手，先把這漢子禁在前面空房裡。」說到這裡，手指了玉娥、玉英道：「這個婦人和這個小姐兒倒有些姿色，快把她兩個送到後面，留待我等受用，千萬別殺。」玉娥、玉英聽罷，氣了個臉白，千刀殺萬刀剮的破口把匪徒罵個不歇。三個惡徒故作不曾聽見，這些嘍囉們已把王鐵肩抬出殿外去了，返回來便又把玉娥、玉英抬進後面一層殿裡。燈光下看，裡面已有一個女子捆綁在那裡，滿臉的淚痕。這女子身邊還站了一個花枝招展的妖冶婦人，以外還站著兩三個婆子，正巧語花言勸解這女子。一眼瞥見嘍囉們抬了玉娥、玉英走進來，便撇了那個女子，轉向玉娥、玉英看來。嘍囉們向那婦人說了聲：「這是我們從埋伏的陷坑裡捉來的。」把玉娥姊妹放在這殿裡，轉身走了出去。

這妖冶婦人看了玉娥、玉英的裝束，又見二人短衣裝鐵尖鞋，春風滿面，喲了一聲道：「看不出你兩個倒是個武家子，怎麼誤跌陷坑裡面了呢。看來也是天緣湊巧，同了我們領袖有這段姻緣，你們兩個把心眼放活動著些。」說至此處，向了那個捆綁著的女子一指，又接著道：「你兩個可別同她這樣固執，依了我們領袖們，不是就成了這裡壓寨夫人了嗎？一生享受不盡了。」玉娥、玉英聽了，氣得柳眉倒豎，杏眼圓睜；若不是四肢被人家緊緊捆綁著，早掣劍把這妖冶婦人了卻了。玉娥、玉英暗咬銀牙，恨不得一口把她活活吞下，心中後悔不聽師父之言，致遭此辱。當時一口惡涎呸地朝那妖冶婦人啐了去。那妖冶婦人不曾提防，正正弄了一臉唾涎，立時面色一放，氣狠狠掏出帕子，把臉上垂涎拭去，嘴裡哼了聲道：「你等既被捉來，還能跑得出我們掌心裡去嗎？」說罷，便要帶了那幾個婆子走去，忙又走返了來，向幾個婆子道：「我們走出，別教三個替換著把綁扣解開。」便分派那幾個婆子把玉娥、玉英移遠些。當時那幾個婆子走過來，七手八腳把玉娥、玉英和那一個女子，移到三下裡，相離約有三餘丈遠近，又用了根粗繩把她三個，緊緊捆在殿內的楹柱上，防她三個悄悄滾到一處。那妖冶婦人仍有些不放心，便又叫婆子們，把玉娥姊妹兩個身上的暗器兵刃移去，把殿中燈熄滅，這才帶了婆子們走出殿去，當的聲把殿門從外鎖上，履步聲碎地去了。

玉娥、玉英身入牢籠，自想萬無生理，玉娥心想爹爹同四姑此時若不見我們師兄妹返回，轉進哪股岔路，不曉要焦急成何模樣了。況且這盤谷衕路程曲折，恐一時難以尋到，看來我們師兄妹三個是難有生望了。想到此間，心一橫，把存亡置之度外。這時外面月色從殿的窗格映進，愈覺殿內清虛，寒氣迫人，看來若是在盛夏，恐暑氣亦是難到，黑森森微覺幾絲寒意。此時那旁捆綁著的那女子尚在那裡抽抽噎噎地暗泣，玉娥、玉英看了她這模樣，一問她的姓名，正是她們所要搭救的那劉五的女兒。此時外面靜悄悄的，毫無些許聲息，待了足有頓飯之時，忽聽殿外一陣人聲，玉娥姊妹同那劉姑娘不覺都是一驚。聽殿外有兩個人說話聲音，從遠漸近，隱約約聽有一個人說道：「今日三位領袖都喝得酩酊大醉，沉睡在中層殿內，你我趁了這個空兒，到後面尋幾個夥伴，推他幾場牌九。」那個說道：「我這兩天手也癢癢，也正想耍一耍。」一路說笑著，足音漸遠，從這殿外走過去了，轉眼不聞一些聲息。

玉娥等人聽了個逼真，從這兩人口中，得知那三個惡徒已吃醉睡去，而且那兩個並非奔此處來，心下才稍稍放下了些。

玉娥三女被捆縛在殿內，一夜的光景，直到天明，也未見半個匪徒影子，就是那個妖冶婦人也未走來。轉眼天光忽忽至午，忽聽殿外又是一陣步履聲音，一時來到切近，嘩喇喇一聲把門鎖取下，呀的一聲把殿門從外推開，看是昨夜見的那個妖冶婦人走了進來。見她好似忘了昨夜玉娥啐了一口唾涎，怒火全消，滿臉堆歡道地：「夜來要不是三位領袖們飲醉了酒，還要養傷，哪能叫你們姐兒三個住在此處受了一夜的清風呢。真是屈尊你們姐兒三個了。」玉娥姊妹兩個同了那劉姑娘粉面變了顏色，將要開口向她喝罵，猛然就聽前面那中層殿院內，一陣大亂，緊跟看見一些嘍囉奔繞這層殿外朝後面跑去，一面跑著，一面嚷道：「我們快也逃跑吧，不曉得從哪裡來了一個老頭兒，同了一個姑娘，可厲害得很啊。我們三位領袖連交手都不曾，即被人家一刀殺了。」那妖冶婦人聽了，立時嚇得改變了顏色，慌張張轉身跑出殿去。

那妖冶婦人跑出沒有多時，眼前人影一晃，定睛看去，卻是四姑從外邊進這殿來，玉娥、玉英見了，不由大喜。四姑忙過去把玉娥、玉英和那劉姑娘三個縛的繩扣用劍削斷，慌忙向玉娥問道：「玉娥姊，王師兄呢？」玉娥忙道：「夜間王師兄被惡徒們捆綁著禁在前面。」四姑聽罷，先把她二人的兵刃尋到，交給二人，向玉娥、玉英說了聲：「待我到前面把王師兄救出。」立即匆忙地走出，又奔向前面跑去。玉娥等看四姑去後，她三人繩扣已然鬆解，但覺四肢麻木，待了好一時，渾身筋脈方才舒開。

玉娥便同了玉英、劉姑娘三個走出這殿外，心想覓著那妖冶婦人。轉過這殿，看左側有個月亮門，內中一併排有三間北房，進了這月亮門，對著這北房是一片亂石堆砌的假山。玉娥等三個便直向這北房走出，來到這並排三間北房內，房裡空洞洞，連個人影也無。進了東暗間，見桌上放了一些脂粉之類，靠了牆壁，放了一張木床。玉娥、玉英料這房間定是那妖冶婦人所在，想她定是逃去，暗忖此刻必逃不遠。玉娥掣出雙劍，兩口劍放在一隻手裡，那隻手一扯劉姑娘的衣角，口裡忙說道：「走，我們尋那個淫蕩婦人去，怎能把她輕輕放過！」扯了劉姑娘，同了玉英，便要走出這房去。玉英這時也提著自家的劍，劉姑娘見她姊妹兩個拿著三口劍，寒星亂迸，面橫殺氣，一個店家的女兒，哪裡見過這個陣勢，早已心驚了。正在這時，只聽房外一陣腳步聲，隨著聽有人說道：「玉娥姊，他們大約是走到這院房中來了。」一抬首看駝叟、四姑各執器刃走來，王鐵肩也掣了兵刃隨在後面，走進這房內。駝叟見玉娥、玉英師兄妹雖在匪窟困了一夜，所幸均各無恙，才把懸心放下。四姑手指了劉姑娘，向了玉娥、玉英問道：「這位可是劉五的女兒？」玉娥忙道：「這正是劉姑娘。」那劉姑娘在旁，看四姑指了自家這樣問著，心中不勝詫異，暗想自己姓氏，她怎的曉得。心裡這樣想著，不由呆呆向四姑望著，暗暗納罕。玉娥看了，便把怎樣由她們店中小二口裡，得知她被惡徒擄去，我等爺兒幾個特來救你的，以及昨日分道尋覓這盤谷祠，不想我師兄妹三人受了匪徒詭計，墮身陷坑，致被惡徒們拿住，種種前情向劉姑娘說了一遍。劉姑娘方才如夢初醒，人家卻為了自家，險些也喪身這裡，心裡愈發地感激，便向駝叟爺兒幾個跪拜下去。駝叟便命玉英把她扯住。

正在這時，四姑一回首瞥見房門外那片假山石後，有人探首張望，一晃間又急忙地縮了回去。四姑反握著手中劍，轉身走出，直奔那片假山石後跑了去。沒一時，四姑從山石後扯了個婦人出來，隨後跟著幾個婆子。玉娥看去，正是所要尋的那妖冶婦人，一腔怒火，哪裡按捺得下，舉劍過去，便欲把她了卻。四姑忙攔說：「玉娥姊且慢動手。我看她卻有些面熟，待我想她是哪個？」那妖冶婦人聽四姑這話，慌忙仰著面向四姑仔細看去，忙喲的聲說：「這不是四小姐嗎？」便向四姑跪下，滿心想著性命總可保住了。四姑忽地想起她來，這妖冶婦人非是別個，系是她周姊夫家的隨了僕人王福潛逃的那個丫鬟春梅。四姑兩道蛾眉一緊，冷笑了兩聲道：「你這下賤貨，當初趁了我周姊夫解京吃冤在官司，我大姊又在我們黃堡未回，你便同了那王福，拐了些細軟，雙雙攜手逃去。今日撞上了我，豈能把你輕輕放過？」四姑剛剛說到這裡，玉娥過去惡狠狠就是一劍，紅光冒處，屍身倒在就地。這盤谷祠惡徒孟桓，系是那王福的一個遠門的表親，那丫鬟自隨王福潛逃後，沒有多久，即把偷拐主人那些細軟隨手用盡。到了後來，王福聞知他這表叔孟桓占山為賊首，便帶了丫鬟投在這裡。那孟桓看丫鬟春梅很有幾分姿色，到此沒有幾時，派了幾個嘍囉，故意說是帶王福去遊山，來到山險之處，那嘍囉把王福推到山澗下，跌了個肉糊如泥。從此孟桓便把春梅霸歸己有。那春梅貪淫畏死，哪有拒絕的道理，今日喪在玉娥的劍下，也是她淫蕩的結果。那幾個婆子都嚇得臉色改變，齊跪在地平，口中連連地討饒。駝叟看她們都是四五十歲的婆子，一問她們，都是方近山間貧婦，被惡徒們誆僱了來的，充作傭工，平素給惡徒們洗做衣服。駝叟不忍傷害她們，一揮手叫她們各自散去。那幾個婆子又叩了一陣子的頭，站起走去。駝叟便又把她們喊回，叫她們把這匪窟的衣物，盡自己的力氣，隨意拿去。那幾個婆子連向駝叟爺兒幾個沒口子地稱謝，分向各房奔去，不一時每人都是弄一大包袱的衣物錢財，復又走來，謝了駝叟，才聯袂地出了盤谷祠匪窟。

原來駝叟和四姑自從看了玉娥、玉英、王鐵肩師兄妹三個轉入那岔路去後，便也轉進近旁另一股岔路，行了下去，路徑甚是難行，途間亂石，劍戟巖立，石旁野草沒膝。走了不到半里，又向另一股岔路走進，一路蜿蜒行去，見青苔綠草，封滿山岩，蒼翠欲滴。走出兩三里路，哪見有盤谷祠一些蹤影，日光西去，遠近山容化碧，閃成紫色，駝叟見天已向晚，忙向四姑道：「這路恐也是不對的，我們轉回去吧，恐怕你玉娥姊她們已返出那股岔路，在那裡望眼欲穿地等候我們爺兒兩個了！」

說著，便同四姑轉身奔向迴路，及至出了這一股岔路，明月飄穿，已然暮靄蒼茫，看玉娥他們師兄妹仍尚未回轉，未免心中有些驚疑起來。駝叟同四姑便尋了一面山石，坐歇下來，原想等候一時，他師兄妹三個定要轉來的，坐候了足有一兩個時辰，仰看月色已午，他們還連半個影子也無。至此莫說四姑驚慌起來，就連駝叟也是焦急難忍，爺兒兩個忙站起，便從玉娥他們轉進那股路中尋了下去。走沒好遠，徑忽曲折，左右又現出幾條羊腸小徑，此時夜色茫然，明月被雲封住，望了這幾條小徑，險暗非常。想前道定是異常危峻，怎敢輕易涉險，恐入雲路中，迷了途徑。想了想，爺兒兩個忙停住了腳步，呆立了一時，月影西斜，四姑心下還存了個萬一之想，諒玉娥等定被前面白雲迷了歸路，便破著喉嚨玉娥姊玉娥姊地連喊了十數聲。在這山岩中，迴音蕩耳，聽去卻一個回聲都無。駝叟到此想他三個定凶多吉少，必是陷身匪窟無疑，駝叟便忙道：「你玉娥姊他們定身入匪窟，被惡徒困住，路徑曲折，難以看到，我們趕緊走回，去尋來時我們問路的那婆子，向她問明她兒子的姓名，我連夜趕到連升店中，把她兒子尋來，請他引導我們到盤谷祠匪窟中去救你玉娥姊等三人。事不宜遲，我趕緊找那婆子去。」

四姑聽罷，也別無他策，爺兒兩個心急如火，出了連岔路，施起陸地功夫，飛轉迴路奔去。路過那山戶門前，四姑進前輕輕把籬門叩了兩下，那婆子已然睡下，忙披衣走出，隨了犬吠聲音，呀的聲開了籬門，駝叟、四姑向她一問她兒子姓名，先時不肯說出，四姑一看，忙從懷中掏出一錠銀子來，遞給了那婆子手裡。那婆子接過，月光下看了這銀子，白花花晶瑩耀目，這才滿面笑紋地說了。這婆子系是姓薛，她兒子名叫三兒。駝叟、四姑忙別了這婆子，駝叟送四姑回到連山關店裡，便連夜趕向連升店裡，尋著了薛三兒。店裡卻早安歇，薛三兒睡夢中，聽有人尋他，忙穿衣起來，見了駝叟，不由呆呆望著，忙問何事，駝叟不便向他說知緣故，恐他不肯前往，當時只得扯了個謊，向他說你老娘特煩我來叫你趕快回去。三兒驟然聽了，不曉家中有何緊要事，忙向了同店夥伴說了一聲，明晨代他在店掌櫃前告兩日假，急忙忙同了駝叟出了這連升店，邁步如飛向連山關行去。

這薛三兒一心懷念著家中不知有何緊要事故，卻也不曾請問駝叟姓名，直至快到了連山關，駝叟方向他說了實言。那薛三兒聽了，嚇得腿肚朝前，連忙道地：「叫小人引路到盤谷祠去，這個小人卻不敢應命，那兒的強人可手辣得很，小人怕沒有性命。」駝叟忙道：「並不叫你隨了我們一同到匪窟裡去，不過煩你引了我們到附近，要我們望見那盤谷祠，你便轉去。我鬥破了匪窟，把人救出後，匪徒們的馬匹財物，都給你的。」

薛三兒一聽，肚內暗暗尋思，心想：他們又不要我隨同到匪窟去，不過把他們引到盤谷祠方近，我便轉去，即或他們破不了強人，與我也無干係，強人也絕不知是我給他們引的路。若是他們真把強人殺了，那可是我的運氣來了，弄些馬匹財物，幹個營生，不比當這店小二勝強百倍嗎？肚裡這樣盤算著，因有利可圖，卻不似乍聽駝叟說時那樣驚慌失色了，連忙說道：「小人姑且引路前往。」

且走且談，不知不覺已來到關前。天光已然微明。走進店中，看四姑坐在房內，眼巴巴盼著駝叟返來，四姑因懷念玉娥等人，一夜卻也未曾安眠。四姑看駝叟已把薛三兒尋了來，暗忖這一夜光景，玉娥姊等三個若沒有喪生賊手，今日總可把他等三個救出。駝叟到在店裡，便命薛三兒吃了一頓，駝叟同四姑因惦念玉娥等，哪裡用得下一些食物。店小二把飯菜端來，他爺兒兩個略略沾唇，便叫店小二撤了去，不便在店中久停，便由薛三兒在前引路，向盤山谷行去。到在薛三兒門前，那薛三兒卻連家也未進，直引駝叟爺兒兩個朝前行了去。果然引著他進昨日玉娥等走入的那股路去，走了沒半里，進了一旁一條窄徑，兩壁牆立，青蒼萬仞。好容易穿過這條窄路，眼前秀木參天，危巖蔽日，薛三兒引了駝叟、四姑踏石級，分花梢，直向峰上奔去。到在峰巔，古木雜樹，千姿萬態，幽秀非常。這時朝墩初上，峰下影物清楚楚紛現眼簾，並無一些雲霧遮蔽。

薛三兒手向了西南一指道：「那不就是盤谷祠嗎？」駝叟、四姑順了薛三兒手指望去，見峰下樹梢盡處，微微露出兩三層殿角，金碧掩映。駝叟等人登的這峰，正是在盤谷祠後面，薛三兒不敢走盤谷祠正面的路，恐匪徒覷見了他。故此才引駝叟、四姑繞到這盤谷祠後。駝叟、四姑看這盤谷祠距離這峰，至遠不過半里多路，薛三兒指明了盤谷祠，忙又道：「小人要轉返家中去了，破了匪窟，你老人家莫要忘了小人。」駝叟把頭點了點，薛三兒下峰自返家中去了。

駝叟、四姑仔細看明了去盤谷祠的山徑，也走下了這峰，循路奔向盤谷祠。一時到在盤谷祠前，看奇峰迴互，茂樹環擁，將步上門外石階，一眼瞥見門內坐了兩名小嘍囉，在那兒打盹。四姑掣出劍來，那兩名小嘍囉糊裡糊塗的即被四姑結果在那兒。駝叟、四姑各拿兵刃，闖了進去。迎頭又撞上一個小嘍囉，駝叟未容他跑脫，便把他抓住，口中喝道：「你們匪首現在哪裡？」那小嘍囉嚇得連忙道：「我們領袖們吃醉了酒，現都在中層殿裡，尚未起來。」駝叟聽罷，一刀把這嘍囉了卻，同了四姑照直向中層殿轉了去。駝叟、四姑來到中層殿，不顧許多，直闖入殿內。看那三個惡徒高臥這殿裡，睡夢正酣，鼾聲如雷，所以不費一些兒手腳，駝叟、四姑的刀劍閃處，那三賊連哼都未哼，睡夢中即奔向鬼門關算帳去了。在這當兒，殿外有那嘍囉覷見他們三個頭目都被人家殺卻，便一喊嚷。一些嘍囉們聽了，都不免大吃一驚，有那看勢不妙，悄悄奔了這盤谷祠後門，向亂山岩處逃去。有那年紀稍輕一些的，自恃有些蠻力，抄起刀槍，迎頭跑向中層殿來。駝叟、四姑看把惡徒已然結果，趄出這殿外，便要去尋玉娥師兄妹三個，一眼瞥見從一旁角門裡撞出一二十個嘍囉，各執長槍短刀，嘴裡喊喝著齊圍上來。四姑見這些嘍囉無非都是些笨漢，心想劉老伯一個足可對付他們了。因急於要尋玉娥師兄妹三個，便忙向駝叟說了一聲：「待我去尋玉娥、玉英她們去。」說罷，提劍朝這殿後跑去。原想捉住個嘍囉，先問個仔細，恰巧居然誤打誤撞，在後屋殿內尋著。四姑心才放平，見玉娥、玉英以外，還有一個女子，當時不便細問，忙把三個繩扣用劍斷去。慌忙間又一問王鐵肩說在前面，四姑忙又趄出去尋救王鐵肩。來到中層殿院內，見同駝叟交手的那些嘍囉，不似先前氣勢了，東倒西歪，器刃扔了一地，一個個一軲轆爬起，飛逃祠外。駝叟看他們都是無知莽漢，才盲從的混身匪類，這些漢子此後若能改惡向善，仍不失為良民，所以不曾傷他們一個。駝叟眼望了這些嘍囉逃去，抬首看四姑從後邊匆忙忙又趄返了來，便忙問可曾尋見他師兄妹三個！四姑忙告知駝叟，已尋著玉娥、玉英姊妹兩個，可是不曾尋見王鐵肩，據玉娥姊姊說王鐵肩被匪徒捆綁在前面房內。駝叟聽了，便忙同四姑踅回前層殿院中，果在一間空房裡尋到了王鐵肩，忙給他斷去繩扣，王鐵肩尋著了自己器刃，這才隨定駝叟到後面來尋玉娥、玉英。

駝叟爺兒幾個當下打發這匪窟中那些僕婆去後，駝叟自家等人均各無恙，不但搭救了劉五女兒，而且又給這一方除了巨害，心下很是告慰。不便在這房裡久停，想再到各處搜尋一遍。駝叟爺兒幾個同了那劉姑娘走出這旁院房外，將將出了那月亮門，抬頭瞥見迎面飛來一人，玉娥、王鐵肩一看，料是這裡的嘍囉，各掣刀劍，便向來的這人奔去。駝叟、四姑一看來的這人非是別介，系是薛三兒，薛三兒見玉娥各亮刀劍奔來，嚇得變了顏色，駝叟、四姑忙攔住了他師兄妹，說明來的是薛三兒。玉娥方知錯認了，忙把刀劍收回鞘內，薛三兒目瞪口呆默立著說道：「回到家去，吃了些食物，又跑了出來，便隱在這祠近山後樹叢處，暗暗觀望動靜。小人張望了一時，見這裡匪徒，都是滿面驚慌地跑出祠外，各處亂逃，後又看這裡僕婆也各提包裹走出。小人看情勢，即料定你老人家和這位小姐已然得手，定是已把他們賊首結果了。故此小人壯了一壯膽子，便直奔進這祠內。」駝叟聽罷這片話，說道：「這裡還有什麼物品，你自管盡量拿去，匪徒們這裡不是還有馬匹嗎？你也牽了去。」薛三兒一聽，喜得他兩眼笑得成了一條直線，忙不迭地向駝叟等人請下安去，轉身就和餓鷹撲食般，奔進各殿蒐羅財物去了。駝叟爺兒幾個看薛三兒走向各殿去，且不去管他。當在這祠前後搜尋了一回，見偌大座祠宇，一霎時匪徒逃的逃亡的亡，連一個人影也無。

這祠的各院都植有花樹數品，花紅葉綠，千姿萬態，香氣極清，望去似百年前物，前後各殿倒也並不甚荒蕪，暗嘆好個清幽所在，卻變成了匪徒們的巢穴。爺兒幾個前後觀看了一遭，四姑便向駝叟道：「這裡惡徒亡的亡，逃的逃，我們卻怎樣發落，我看莫若給它付之一炬，免得以後再有匪徒窩聚此處。」駝叟把頭點了點，此時玉娥師兄妹三個同劉姑娘，因在這匪窟中連一些食物未進，飢腸早覺難忍，王鐵肩忍不住忙開口說道：「我們尋些食物，吃罷再為走去吧。」駝叟爺兒幾個同姑娘已走進後層殿裡，王鐵肩大踏步跑到匪徒的廚下，搜了許多醃肉乾菜等物。見廚下灶火均各現成，想去尋薛三兒來幫同弄飯。來到前面旁院馬棚下，看薛三兒弄了許多包裹物件，正在向那四五騎馬匹的身上系，王鐵肩看了，招手把他喊出，引他來到廚下，請他幫同淘米弄飯。王鐵肩忙去把醃肉等蒸上，一轉眼看爐灶旁放有一個酒罈，平正正放在那裡。王鐵肩見了，哪肯放過，開啟酒罈，看裡面還有大半罈酒，酒香撲鼻，便抱起酒罈，咕嘟咕嘟地飲了一氣。覺得這酒甘洌異常。唯恐師父駝叟知曉，不敢多吃。這時飯菜均已熟透，王鐵肩和薛三兒把飯菜一齊搬到後屋殿裡，彼此飽餐了一頓。爺兒幾個同劉姑娘便走出這盤谷祠，其中卻把那薛三兒喜得手舞足蹈。牽了那四五匹騎馬，滿載著包裹什物。駝叟看均已走出祠外，便命王鐵肩去引火把這座祠燃著。

薛三兒忙道：「你老人家千萬不要火燒了這盤谷祠，這裡道士都還存在著，現在連山關他們下院中，小人知會他們自然還要轉來的。」駝叟聽了，想這座祠宇規模宏大，真若焚燃，卻也未免有些可惜。薛三兒道：「這惡徒們屍身倒容易發落，祠後有的深澗大壑，俟道士們返來時，他們自會把屍身扔到山澗下去。」駝叟聽薛三兒這麼說話，卻也不去管他，一行人等便趕返回道。四姑見劉姑娘一個平常柔弱女子，而且腿下一隻窄小蓮鉤，恐她不慣行走這山路，便叫薛三兒餘出一騎馬給劉姑娘乘坐。沒多時來到薛三兒籬門前，看那薛老婆子倚門兒站在那裡，看兒子牽了好幾騎肥壯大馬，同駝叟等人一起飽載返來，一張布滿皺紋的臉，笑得嘴都合不上攏來。忙向駝叟等含笑問道：「你老人家快同這幾位女俠士請房裡歇息一時吧。我初見你老人家和三位女俠士等人時，就看出不是平凡的人。」

說著，向駝叟爺兒幾個深深地福了下去，駝叟等人不便和她囉唆，便叫薛三兒趁快把那幾騎滿載包裹什物的馬牽進院內，叫他招呼著劉姑娘乘的那騎馬，給送到店中。

薛三兒忙向駝叟道：「這裡四五騎馬匹足夠你老人家等人分乘的了，你老人家到舍間稍坐一時，俟小人把馬上包裹什物卸下。」駝叟忙道：「我們都不慣乘馬的，你快些把這幾騎馬匹牽進院內去。」薛三兒尚未答言，薛老婆子笑瞇瞇地望了駝叟等人，嘴裡幹吧嗒了兩下。忙進前從兒子薛三兒手中把那幾騎馬匹韁繩接過，口中呼喝著，牽進籬門裡面去了。薛三兒看她把那幾騎滿載什物包裹的馬匹，牽進籬門去，忙轉身軀招呼著劉姑娘乘的這騎馬，離了他家這籬門前，同了駝叟爺兒幾個奔往連山關行去，一時到了關店中，薛三兒又向駝叟等人稱謝了一陣，歡天喜地地牽了劉姑娘乘來的那騎馬自去。

駝叟等人到在店中，看天色尚早，稍歇息了一會兒，便在這店裡又僱了一乘小轎，給劉姑娘乘坐，連玉娥姊妹三個原乘來那小轎，合起來共足四乘小轎，他們一行人等把劉姑娘送了回去。那劉五自女兒被惡徒擄去，雖說是報告了官府，卻連一些消息都無。急得他一兩天一些飯米未曾入口。偌大年紀，女兒再有兩天不回來，恐怕就要急煞，今看女兒安然回來，不啻天上落下一粒明珠。向女兒一問緣由，劉五慌忙朝了駝叟爺兒幾個跪下去，口中連連說道：「我女兒若非恩人搭救，我父女兩個恐都要同歸於盡的了。」一面說一面叩下頭去。駝叟忙把他扶起，當日駝叟爺兒幾個即被劉五父女留宿在他店中。劉五父女自然是以誠意懇摯殷勤相待。駝叟等原擬停留一宵，次晨趕路回返黃堡。次日晨起，玉娥姊妹三個梳洗已畢，便要去到駝叟、王鐵肩宿的房去，好叫王鐵肩去知會車伕們起行上路。

就看劉姑娘忙道：「恩人們乘來的小轎在昨晚間即被我爹爹都打發走了，恩人們不嫌我們這店裡簡陋，請在此多盤聚幾日，我爹爹唯恐怕恩人們不肯在此久停的，所以昨晚不曾和恩人們說知，即私作主張，把那幾乘小轎打發去了。」玉娥、四姑一聽，忙去說知駝叟，駝叟聽罷，不便拂他父女這一片誠意，心想在他們這裡多停留幾日，卻也無關緊要。

這時劉姑娘也隨了玉娥姊妹三個來在駝叟房內，忙又開口向駝叟等道：「我爹爹在天將微明便出門去了，回來時尚有事要懇求恩人們的。臨去時曾囑我好好招呼恩人們。」四姑聽她說到這裡，忙問何事值得相求，劉姑娘含笑答道：「遲避一時我爹爹返來時，恩人們自然知曉。」駝叟等人不便再問，直到吃罷午飯，方見到劉五同了一個和他年歲不相上下的老漢子，走了進來，見了駝叟等人，劉五和那年老漢子，雙雙跪在地上。劉五手指了他一旁的那年老漢子說道：「這是我女兒她的母舅叫陸道才，這二三年來被他們那方的一個有名的惡霸，欺壓得一些活路沒有，說要懇求恩人們搭救。」駝叟忙地叫他倆站起說話。那劉五和陸道才站起，說出一片言語來，尚未曾說罷，卻把個玉娥姊妹們氣得蛾眉倒豎，杏眼圓睜，嘴裡不住連喊清平世界，卻有這等事，真沒王法了。

第九章　抱不平駝叟鬥牛

原來劉姑娘這母舅陸道才，居住在這北村，名叫做小柳場，這小柳場係坐落在山坳中間，村前是一道蜿蜒的山水，橫馳山中，圍村四外遍植垂柳，每當春夏之交，綠蔭蔭垂絲萬條，籠罩全村，地勢卻也很是清幽。這小柳場也算是一個大村落，這陸道才在這小柳場已居住好幾世，世代都是務農，擁有一兩頃山田果樹，在這小柳場也算是個中等殷富之戶。陸道才老夫婦倆也和劉五一樣，膝下也是隻有一女，他這女兒乳名叫大紅，別看大紅生於山戶人家，姿色秀麗，豔絕塵世，從不肯出門外一步。一年二月間，他們這鄰村牛家莊演唱酬神戲，一個山裡的僻村，終年價當然沒有什麼熱鬧場所，忽這牛家莊演酬神大戲，傳喊了出去，這方近山中村戶的年輕婦女，少不了是日都是濃妝豔抹地前往觀戲。陸老的女兒大紅，當然也不能例外，是日修飾了一番也隨鄰姐兒去了。

不想來到戲棚前被牛家莊一個久負威名的惡霸牛大有看見，這牛大有是個武舉，年紀不過三十八九歲模樣，膀大腰圓，面皮黑黝，所以都稱他叫黑莽牛。這黑莽牛平素結交官府，自恃大小也是個武舉，便欺男霸女的無惡不為，自以為人家奈何他不得，因此外人又給他起了個外號，把他喚作牛頭精。這黑莽牛無意中在戲棚下看見了大紅，見大紅頭兒腳兒無一處不楚楚動人，便向他的爪牙黨羽探明了大紅的姓名，都未等到三天酬神戲演罷，便央人到小柳場陸家來提親，黑莽牛的惡名早傳遍方近，陸道才是個清白人家，怎肯同他結親，況且又知他家中尚有妻妾四五個，哪肯眼睜睜把自家女兒去許給他作姬妾，立時把派來的人罵了出去。牛頭精見陸道才不允，不由大怒，怎肯甘心。沒過兩三日，便又派人把彩禮硬生生給送來，並說不幾日便來迎娶。陸道才聽了險些氣昏，有心到城中縣衙去控告，怎奈他和那縣太爺很是結好，當然是難以生效。

有心破了性命尋他廝併，一想他爪牙甚多，而且又是個武舉出身，怎是他的敵手，反倒白送了性命。望了他送來的彩禮，弄得一籌莫展，便和老伴同女兒，爺兒三個抱頭痛哭起來。大紅也性格兒很是剛烈，在這當日曉間，趁人睡熟時，便悄悄投河自盡了。第二天陸道才夫婦發現了，哭了個死去活來，不住地咬牙暗罵牛頭精強來討娶女兒，才逼得女兒尋了短見。那牛頭精聞知大紅投河消息，冷笑了笑，帶了一些爪牙到在陸家，一口咬定說萬餘兩彩金，你快點送出來，其實他先硬生生送來那彩禮，不過是些簪環頭面，哪有一些銀兩。陸道才見他反倒尋上門來訛詐，當時氣了個發昏。因懼於勢焰，卻又不敢問罪他，忙指著他那彩禮說，這不是好端端放在這裡了嗎，萬餘兩彩金，卻不曾看見。

牛大有面色一放，冷笑了兩聲道：「我明明送來萬餘兩彩金，怎的說不見，快些給我退送出來，萬事皆休！」陸道才聽他說罷，氣得哪裡還說得出話來。從此牛頭精作怪，把陸家這一兩頃山田果樹借了索還彩金為由，便硬霸占了過來。陸氏夫婦連氣帶急，又傷懷愛女，幾下夾攻，便雙雙病倒床上。不料想陸道才的老伴由此竟自一病不起，陸道才卻也險一忽兒不曾把命喪掉，大病好幾月，方才告痊，已弄得家敗人亡。陸道才眼巴巴見自己妻女皆亡，山田果樹又被他人霸占了去，一些也奈何他不得，一向便隱忍在肚內，一策皆無。所以劉五一見駝叟等人把女兒從匪窟救出，又聽女兒說匪徒都被駝叟等人殺卻，看駝叟等人都是俠腸義膽，便想起他妻弟陸道才這樁冤屈事來，故此在天一破曉，便跑到小柳場，把陸道才尋來，跪在那裡求駝叟爺兒幾個搭救。

玉娥、四姑等聽說了原因，氣得忍不住地連連說道：「世上居然有這樣萬惡的惡霸，真正沒有王法了。」四姑等人便要各取兵刃，立時去找那惡霸，駝叟忙攔道：「我們且不可魯莽從事，照他們話口聽出，這牛大有，也是個硬手，萬不可輕視。我們若這樣公然前去，卻有許多不便。莫如我和王鐵肩裝作行路模樣，暗藏了器刃，先到他那牛家莊探望一遭，再見機行事。」劉五在旁忙插口說道：「恩人所說甚是，聽說那惡霸本領卻也不弱，並且他那家中還養著幾十名莊丁呢，恩人們還是加以仔細為對的。」駝叟便問明了去牛家莊的路徑，帶了王鐵肩師徒兩個暗藏器刃，走出劉五店中，循路朝牛家莊行去。陸道才在駝叟師徒兩人將要走去的當兒，滿面現出萬分感激神色，又向駝叟跪拜了下去。駝叟留下玉娥姊妹三個在此等候，便同王鐵肩走出劉五店中。那劉五、陸道才兩人忙站起直送出店外。陸道才不住地連連向駝叟師徒兩個說：「恩人們到在那牛家莊，卻要加以十二分仔細，那惡霸可毒辣得很。」陸道才說罷這話，駝叟王鐵肩已走去好遠。一轉首看，恰有一個獐頭鼠目的漢子，打從這店外走過，陸道才看了，立時嚇得面色如土，忙一縮身。陸道才和劉五退回店內。走過來的這獐頭鼠目漢子，正是那牛大有的爪牙，叫猴頭毛四，方才陸道才說的那幾句話，被毛四聽了個逼真。猴頭毛四便忙一溜煙，跑回牛家莊報告去了。

駝叟王鐵肩循了陸道才所說的路徑朝前行了去，一路間陽影交加，濃林青茂，加之所行都是山徑，兩崖對峙，中蝕一縷小道，人行其間，走至濃蔭之處，但覺白晝似宵，驕陽疑月。

走至豁敞處，不斷地見山澗之水，四面奔流，望去猶如草中蛇，四下飛馳。走了約有二三裡路之遙，轉過一座山嶺，眼前卻又現出一座高嶺來。駝叟師徒兩個仰了首看眼前這座嶺，左右還有兩座稍低山峰相連，形勢就如川字形筆架也似，自忖劉五、陸道才所說的路徑，過了這座筆架山，便是牛家莊了。駝叟一邊想一邊走，轉進這座筆架山內，山中怪石林立，半壁飛泉灑金袂，時當新暑，淒然如秋。一時走出這山，覺眼前一亮，現出座大山村來。這村外引山澗的水，圍了一道村濠。這山村便是那牛家莊了，遙望這牛家村房宇櫛比，烏壓壓足有一二百戶人家。渡過村濠上一面板橋，來到村內，望村中間一所房宇，起造得十分氣派，周圍用山石堆砌的虎皮院牆，門外左右列著兩塊上馬石，兩扇大門開敞著，瞥門洞裡懸掛著兩三塊金色輝煌的匾額。駝叟、王鐵肩停了腳步，定睛看了看匾額上的字跡，方知此處正是那惡霸的莊院。

駝叟、王鐵肩正向門內看望去，裡面一陣腳步聲響，看走出一個濃眉惡目的人來。這人體質很是魁梧，一張面皮就像黑鍋底也似。這出來的人即是那牛頭精牛大有。原來這時那猴頭毛四早抄走捷徑跑回，把無意中聽來的話，報告他了。駝叟、王鐵肩卻哪裡曉得。當時駝叟一看出來這人形象，即料定是那惡霸。就看牛大有走出，恰趕上駝叟、王鐵肩站在那兒朝裡面探望，便一雙惡目向駝叟、王鐵肩掃了去。駝叟故意做出很疲乏的樣子，向了牛大有一拱拳道：「我爺兒兩個路行此處，走得勞累非常，尊駕行些方便，容我爺兒倆權且在貴府門外這兩塊上馬石上，歇息一忽兒、再行趕路。」牛大有兩眼向上轉了兩轉，扯著笑臉道：「你等既是路過來此處，到我牛家門首，快請舍間待茶吧。哪能叫過客坐在門外石上的道理？」說罷，閃身讓駝叟、王鐵肩走入，駝叟、王鐵肩提步走入，肚內反倒怙惙起來。暗忖這牛大有相貌雖凶殘，但話卻很和藹，看來並不似惡霸模樣，難道那陸道才的話有些不實嗎？可是看那陸道才言之鑿鑿，絕不能扯謊。心下這樣思索著，已來在牛大有院內一個旁院裡面。

猛地看牛頭精回轉身來，面色一放，一聲喊喝，早撞出幾個莊漢，把這旁院門兒關上。駝叟、王鐵肩一看，方曉他已覷破自家形跡。就見牛大有望了駝叟、王鐵肩一陣狂笑道：「你等是小柳場那陸老狗煩請來的吧？我已早曉得了，這可是你等自向虎口裡來送，休要怨我狠毒。」駝叟、王鐵肩看他既然識破來意，駝叟哪裡把這牛頭精放在心下。這時王鐵肩早把身上藏的兵刃亮將出來。那牛頭精未待王鐵肩近前，抬起右手，一插下嘴唇，就聽十分清脆一聲呼哨，看猛然從那旁一個門兒，竄出足有百十條肥壯大狗。當時狺狺的聲浪，充滿耳鼓，這百十條肥壯大狗，一窩蜂也似跑出來，看駝叟、王鐵肩兩個生人，張牙豎尾齊撲了上來，望著很是凶威猛惡。若換兩個平常的人，體力就是再健壯些，也要被這百十條肥壯大狗，撲咬得倒在地平。當時駝叟微微一笑，刀拳齊下，王鐵肩手中刀左右前後亂閃，沒有多時，這百十條肥壯大狗，已被他師徒兩個了卻多一半。其餘那些條，一夾尾巴跑了去了。牛大有一旁看了，氣得哇呀怪叫，忙從一個莊漢子手中，接過他使的那對斧子交起手來。

這牛頭精果然驍勇，他手中這對斧子，使得風聲亂吼。駝叟看他武功倒很了得，心中稱奇。這牛大有本領雖不弱，可是他娶三四房姬妾，平素把身子淘勞得早虧累不堪。他和駝叟交手，沒有二十餘回照面，嘴裡便忽作起喘來，手中那斧子也漸漸鬆懈，眼看著就要有些不支了。牛大有眼望著就要走下風，便虛晃了一斧，跳出了圈外，把那對斧子齊放到一雙手內，騰出了右手，忙從懷裡，取出他的暗器，毒藥餵的梅花針，向了駝叟師徒兩個，亂施了來。駝叟看了，把手中刀舞得成了一團白氣，遮住了身軀。牛大有施來的梅花針，被駝叟這口刀，紛紛給打落地下，哪裡傷著了駝叟一些肉皮。王鐵肩手中那口刀，也是左遮右攔，弄得王鐵肩手忙腳亂，猛覺左腿一陣麻疼，已中了一根梅花針，腿一軟，咕咚栽倒地上。那旁立的那些莊漢一看，各舉刀槍，齊向王鐵肩圍攏了上來，駝叟見王鐵肩已中了牛大有的梅花針，恐被那些莊漢所傷，便忙把手中刀反轉到背後，施了個魔爪撲食的招式，繞到牛大有身近，一手把牛大有憑空抓起。一聲斷喝，朝向圍攏王鐵肩那些名莊漢搶了去。牛大有手中那對斧早撒了手，嗆啷嗆啷扔到就地。那些名莊漢見駝叟單手把他們主人抓起，奔向他們等人扔來，一個個嚇得瞠目結舌倒退出好遠。駝叟抓起牛大有，就和舞器刃也似，那牛大有但覺頭腦發昏，嘴裡殺豬般喊叫起來，不像先那凶狠模樣的了。

駝叟見莊漢們退去，低首一看王鐵肩，看他面色如紙，牙關緊閉，倒在那裡，已昏迷了過去。方知這牛大有施的是毒藥梅花針。駝叟大吃一驚，曉得受了這毒藥梅花針，若無解藥，一時便會喪命。忙下狠勁，把牛大有向地上一擲，咕咚一聲，把那牛大有跌了個發昏。駝叟喝道：「你這惡霸快拿出解藥來，若不然休要想活命。」說著，刀光在他面門上，閃了兩閃。牛大有那張黑臉，向腔子裡一縮，連連說道：「你老人家手下留情，有解藥的，有解藥，待我取來。」說到這裡，咬牙忍痛爬起，就要走去取解藥，駝叟哪能放他走去，一把手扯住了他，牛大有嚇得早矮了半截。駝叟命他叫那些莊漢們去取，牛大有忙吩咐個莊漢取來。這時莊漢們全都遠遠站在那裡，呆呆望著，哪敢近前一步。一聽說叫去取解藥，哪敢怠慢，那個莊漢扔下手中的器刃，轉身開了這旁院的門，飛跑去了。

一時那莊漢把解藥取來，那莊漢忙又取了一碗白水，把藥化開，蹲在王鐵肩身旁，解開王鐵肩腿下系的帶子，拔去那根毒藥梅花針，創口已成黑紫色。那莊漢忙給他塗上一些解藥，還餘下的有大半碗，便撬開王鐵肩的牙關，一股腦兒，給他灌下肚去。就看王鐵肩創口上塗的解藥，立時順了創口，流了約有大半茶杯紫色血水。隨著肚內咕嚕嚕一陣聲叫，王鐵肩啊呀了一聲，一張嘴，哇的又吐出一口綠水，已甦醒過來。一睜眼看，自家的刀扔在一旁，那牛大有筆直般立在駝叟面前，王鐵肩方才受了他們的毒藥梅花針，這時醒轉，怎肯把他饒過，一翻身站起，拾起刀來，向牛大有直撲了去。卻把一旁那個莊漢嚇得顏色改變。駝叟忙止住鐵肩，那牛大有不住地向了駝叟乞饒。駝叟且不去理論，看王鐵肩中的那毒藥梅花針解救過來，已然無妨，便抬首向這旁院四下裡望去。忽瞥見那旁放了一塊桌面大小的磐石，駝叟手中刀收了鞘內，忙跑去把那塊磐石舉起，一運氣功，看這尺餘厚的磐石，一聲巨響，駝叟順口喝了聲開，早分裂兩下。

牛大有和莊漢們看了，伸了舌頭，半晌縮不回去。這塊磐石說分量足有六七百斤，駝叟拿在手內就和裂薄竹片也似。駝叟拋了那塊碎裂磐石，望了牛大有道：「你自忖你的頭顱可比得上這塊磐石?從此改悔前非，我便饒恕你的性命！」那牛大有便起誓發願道地：「從此小人決改悔就是，如不改悔，上有青天，叫我不得善終。」駝叟又道：「你霸占那小柳場陸道才的山田果樹，趕快交還了他，你占了這一二年光景，把這一二年出產，都要賠還了他。以後若再倚勢欺壓，絕不能把你這廝放過。」牛大有聽一句搭一句，哪敢說出一個不字。駝叟又命他親筆給陸道才立了個永不再擾的字據。牛大有自不敢違拗，駝叟這才忙吩咐王鐵肩去劉五店中，把陸道才喚了來，當日眼看著牛大有把陸道才的山田果樹點交了出來，以外由駝叟主張，又令拿出二百兩銀子，算作折價賠還這一二年山田果樹的出產。陸道才對於駝叟等人，自然是感激到百分，駝叟也自以為這樁事辦得十分妥當，但是這牛大有自此雖不敢再欺壓陸道才，誰知以後駝叟的性命險一忽喪在他手裡。玉娥姊妹三個忙道：「這樣惡霸哪能把他留在世上，這豈不便宜那廝?」駝叟笑道：「這惡霸行為雖可誅，大小也是個武舉身位，怎能貿然把他結果，再者說真要把他一刀了帳，不但陸道才的那山田果樹無法索還，而且那陸道才還難脫干係，那不是反害了他嗎？」玉娥等人聽了，想畢竟是年長的，較青年人心思周密。

駝叟爺兒幾個在劉五這店裡又住了兩日，便要起程返黃堡村去。劉五父女見苦留不住，另給僱了三乘小轎，劉五父女倆送別駝叟一行人等，心中自是未免有些依戀。駝叟人等行了不到三兩日，已回到了黃堡。玉娥到黃堡沒有半月，便別了四姑，由駝叟相送回返了故鄉家中。

浮羅子自把金哥帶回玉清觀中，初時不過給他講解些經書，叫他摹寫些仿字，每日傍晚還令他隨丹林、青皓到觀左近山裡去拾松柴，從沒提過武功夫一字。莫看金哥人兒雖小，聰慧非常，自到觀中，浮羅子雖不提武功夫一字，他倒也毫不急躁的，所以也倒安之若素。若遇浮羅子不在觀中時，他也是埋首在書本上用功，也是孜孜不倦。在駝叟和那黃振去玉清觀那時，浮羅子尚未傳授金哥一些武功。

流光匆匆，金哥來觀已有年餘。這一年春間，浮羅子將要出山去雲遊，便把金哥喚到跟前道：「你隨我在這裡，已有一個多年頭，我尚未傳你一些武功。不過你的體力甚弱，非把體力鍛鍊好了，方能起始傳授你的武功。從即日起，每天晨起，在這觀後那座山上，攀登著往返一次。這不過是所為活動活動你的腿腳，卻不可深入，若迷了途徑，遇著野獸，不是耍的，你要牢牢記住。我此次雲遊返來，便起始傳給你武功。」金哥規規矩矩立在那裡，唯唯領諾，聽浮羅子已吐出口，雲遊轉來，即起始傳授他武功夫，小心眼裡自是愉快。浮羅子說罷那片話，又向丹林、青皓兩個交派了幾句，離了觀中，雲遊去了。

金哥自此遵了浮羅子言語，每晨起便到觀後，攀登那高山，往返一次，頭一日覺得兩腿痠疼徹腑。只以觀後那座高山雖不陡峭，卻也很是崎嶇難行。金哥每晨一上一下，沒有三四日，兩腿已覺粗腫起來，腳下磨了兩腳白泡。金哥咬牙忍疼，仍是不肯間斷，沒有月餘，金哥已毫不覺吃力，往返那座高山，已是健步如飛了。這天晨間，照例奔往觀後上山。健步行了去。這時晨光熹微，那輪日光被遠山隔住，山容色淡，清露未晞，四下籠罩了一層曉霧，景色忽濃忽淡。轉眼紅日漸高，眼前山處，雲霧盡開，微微晨風吹過，一陣一陣花草香氣襲鼻。金哥來到了山的頂巔，風送花香，目覽四下景緻，頓覺心懷曠朗。便尋了個山石，坐了下去，臨這山那旁有一座峰巒，異常怪偉。正瞰望間，猛瞥那峰巒上叢樹間，隱約約好似有些人影閃動。金哥一看，心中暗想那峰之處，莫非有人戶居住，一時便動了好奇之心，要到那面峰巒覘望個究竟，立時把浮羅子囑他不可深入的言語，早忘在了脖後，從石上站起。奔向山那面那座峰巒行了去。

走下了這山，循路步上那座峰巒，只見徑間叢林，翠光浮映，衣袂都襯成了碧色，是個人煙不至所在。金哥看出路徑荒僻，怎奈為好奇心所驅使，不肯走回，勇往直前地行了去。看這道陽光不到之處，獨有古柏青青，龍蟠虯舞，此時初夏，這裡卻似初秋。轉到這峰巒上面，豁然開朗，野草平鋪，山花照人，叢樹葉色凝成一片濃綠，一時之間，氣候兩易。金哥一心尋覓適才見的樹隙間人跡，這峰巒景緻，卻也無心觀賞，見空山寂寂，哪有半個人影。正自詫異間，猛然瞥見身前樹內忽地影子又是一晃，金哥仔細定睛看了去，哪裡是人影，卻是十幾個猿猴，跳跳竄竄在那樹叢下跑來跑去。金哥一個孩子家，覺得甚是好玩，便站在那裡，直巴巴望著這十幾個猿猴。這些猿猴好似湊在一起彼此作耍的模樣。金哥站立著覩望了一時，不由突喊喝了一聲，料這些猿猴一聞人聲，定要四散驚逃。哪知這些猿猴驀地聽有人喊喝，忙停住了身軀，齊睜了一雙紅眼，循了聲音，朝四下裡望了去。一眼望見了金哥，這些猿猴，不但並未驚逃，反倒齊向金哥奔撲了過來。金哥看這些猿猴在樹叢裡望著，好似十餘個，哪知一跑出樹叢外面，實有五六十個，金哥看這些猿猴撲了來，雖有些吃驚，當時膽量壯了壯，便緊攢了兩個小拳頭，蓄勢準備和這些猿猴廝併。這些猿猴圍攏到金哥身旁，金哥將要揮拳打去，就見這些猿猴齊向金哥吮舐著啼叫個不歇。金哥看這些猿猴不似懷有惡意，方把心放了下來，忙舒開了兩拳，向這些猿猴撫摸過去。這些猿猴望了金哥越發表現出十分親暱神色，一個個都是像靈性非常，和金哥親熱了一陣。在金哥頭前那幾個猿猴，前爪緊扯住金哥衣角，一雙紅眼望了地下，朝了金哥亂啼，看那意思是叫金哥坐下。

金哥天資絕好，悟性過人，哪有不明白的道理。便在綠草上面坐了下去，這些猿猴看了，一齊翻轉過身軀，又向方才轉出那雜樹叢裡飛跑了去。一時之間，隱沒在雜樹叢後，一些蹤影全然無有。

金哥至此，心下卻有些驚奇得不曉這些猿猴既扯自家坐下，怎又忽然齊跑了去。坐在那裡，正自心下怙惙，瞥見那些猿猴從雜樹叢裡，又轉了出來，一個一個前爪裡好像托著一宗物件，相距約有一二十丈遠近，卻也看不甚清。轉眼到了切近，見這些猿猴，每個託了一個碗大的桃，以餽贈佳賓模樣，一齊堆到了面前，足有五六十個鮮桃，桃紅欲綻，真是異常肥大。金哥晨起即從玉清觀走出，又值跑了這些山路，此刻已到巳末午初時光，不知不覺已出了兩三個時辰，正值口渴思飲。

見這些猿猴誠意一片，特去摘來這些個鮮紅大桃，忙隨手拿起了一個來，看清香襲鼻，氣味甘冽，便送到嘴邊咬了一口，漿汁香甜如蜜。不到兩三口，便把這個桃子吃到肚內。沒有多時吃了足有十幾個，就看漿汁順了嘴角直流。這些猿猴見金哥拿桃子吃，表示十分歡悅神色，不住地依在金哥身前。金哥心想雜樹那旁定有桃樹，忙站起身來，提步向雜樹那旁行了去。這些猿猴看了，前竄後跳地隨定了他身旁，穿過了雜樹那面，轉到峰下，遙望谷壑間，桃樹分羅，不下數百株，滿結著鮮紅大桃，上下垂懸，株間都已結滿，把枝杈壓得像是堪堪欲折。

金哥望了，不由心花怒放，心說：「不想這裡有這些桃樹，我每天定到此叫這些猿猴給我摘些吃的。」金哥小心眼裡這樣想著，便又同了這些猿猴，轉回峰巒上面。玩了一會兒見方才吃餘的那些桃子，好端端放在綠草之上，暗想兜回觀去，分給丹林、青皓兩個師兄。金哥便掀起襟前衣角，把這吃餘下的那些桃子齊兜起來。做出很頑皮的神氣，望了這些猿猴們，把頭點了點道：「諸位猿兄，小弟卻要告辭了。」這些猿猴卻很通靈，聽了金哥說罷，像是知道他將要別去，便又齊圍了上來，頭前幾個猿猴前爪又緊扯了金哥衣服襟角，睜了紅眼，不轉睛地望著金哥面上，後面那些也是看著金哥嘴裡亂啼，那模樣是不忍金哥別去，像是依依難捨。金哥見被這些猿猴纏住，不得脫身，便笑嘻嘻道：「猿兄們請放開我吧，小弟明日還要來的。」卻也奇怪，這些猿猴真像懂得人語，立時把前爪鬆開了，齊望著金哥叫了兩聲，跳跳竄竄，奔向雜樹叢裡跑去。

金哥覺得這卻好玩得很，不想今日在此結識了這一群猴友。一邊想一邊走，轉向迴路。幸所入尚不深，路程卻還記得，兜了那一些個桃子，上下山路，覺得很是吃力。及至回到了觀中，氣喘吁吁已是滿頭大汗。丹林、青皓見他這般晚才回，又見他兜了這些桃子返來，便向他問了究竟，不過恐他走入山深迷了途徑。金哥細說遇猿獻果之事，二友也嘖嘖稱奇。

到了次晨金哥便扯了兩師兄，要他們同去尋那些猿猴玩耍，二徒因觀中無人，況且浮羅子雲遊去的當兒，又交派他倆，無故不許離開觀裡，二徒自然不便隨同前去，便叫金哥返來時，不要忘記給他倆再帶些桃子回來。金哥只得仍是一個人獨自前往，來到那峰巒上面，昨日見的一些猿猴，仍在那裡，這些猿猴見金哥走來，形象較昨日越發斯熟，便忙撲奔過來，又跑去給金哥摘了些桃子，當時金哥同這些猿猴鬼混了大半日，才行回轉，又給他兩師兄帶回了些桃子。從此金哥便風雨無阻地去尋這些猿猴，沒有兩三個月，早和這些猿猴相處得十分火熱。

這一天金哥湊在這些猿猴群裡玩耍，正在起興中間，一些猿猴忽停住了身軀，齊睜大了那雙紅眼，向了對面一個山坡望了去。金哥便也定睛望去，見那山坡又轉出了一群猿猴，看著足有三四十隻，連跳帶竄地向這座峰巒走來，這些猿猴怒目齜牙地望著跑來那群猿猴，前爪不住地在山石地上亂抓，嘴裡卻啼叫個不歇，那模樣是在準備廝併，其中卻把個金哥弄得呆呆站在那兒望著。沒有多大工夫，山坡上轉出那群猿猴，已到臨近，這裡這群猿猴啼叫著迎上前去，和來的那群拼鬥起來。本山猿猴數少，忙發嘯呼援，又來了一夥，共湊了五十多個，比來的猴多了。金哥望它們這兩群猿猴數雖相懸，各不肯相讓，好一場惡爭，便不轉眼地望著，見它們一來一往地爭持好久，金哥不由若有所悟。把這兩群猿猴相拚怎樣姿勢，都默默記在了心中。鬥過多時，來的那群猿猴因數少負了傷，奔轉回道那山坡逃去，兩群各有負傷。金哥本來自見了這兩群猿猴拼鬥後，雖尚未入步習武，可是也稍領略箇中訣要了。由此金哥每晨便來和這些猿猴互作相拚地玩。此時他的膂力，日漸增長，初時金哥每每被這些猿猴所困。不到兩月光景，金哥卻把這些猿猴弄得東倒西歪，往往這些猿猴尚沒到身近，金哥一矮身，一個旋子腳下去，這些猿猴便前俯後仰地齊跌倒草上。

又過了些日，浮羅子已雲遊返回，見金哥體質不但健壯了許多，而且行動起立，都似武功很有根底模樣，心裡很是驚詫，便問了問金哥每天往返觀後那高山可曾間斷。金哥把從未間斷的話稟知了浮羅子，卻把結識了這些猿猴瞞過，不曾說了出來。到在次晨，金哥稟明浮羅子，照例健步似飛向觀後那高山行去，到在那旁峰巒上，又和那群猿猴混在一起。正玩耍得興高采烈的當兒，忽聽身後一聲咳嗽，金哥忙停身回首望去，這一驚非同小可，見是浮羅子跟蹤隨了來，便忙撇了這些猿猴，跑在浮羅子身前，雙膝點地，跪在那裡，口中連連說道：「老人家念在弟子年幼無知，來和這些猿猴作耍，望你老人家恕弟子則個，下一遭再不敢跑來貪耍了。」浮羅子見他這驚慌顏色，便笑道：「你快些起來，我哪有責你的道理，你同這些猿猴混得廝熟，這正是你意外的功果。我現雖未傳授你一些武功，可是你的下功，已算是稍有根底，這不能不說是歸功於這些猿猴。我昨日返來時，看你行動起立，頗近猴相，暗覺詫異，所以今晨我便跟蹤隨了你來，欲覘望個究竟。」金哥看浮羅子不曾責他，反倒說他武功已稍有根底，心下自是甚喜。忙立起隨在浮羅子身後，回返玉清觀去。

當日浮羅子在觀內設了香案，金哥重新給浮羅子行了跪拜大禮，由此即算浮羅子正式及門弟子了。浮羅子自有一番訓語誡言，金哥從此刻苦用功地隨浮羅子習練武功，但是遇有餘暇時，仍抽空到觀後，去尋高峰上那群猿猴廝耍。金哥資質超凡，異稟天生，而且又悟性過人，不到兩年光景，他的武藝，雖然未曾到了大成地步，可也算是升堂入室了。十八般器刃，不敢說是件件精通，卻也都舞了個爛熟。此時的金哥，發育的體質雄健，力大驚人，不似先前那瘦弱書生形象了。這一年四月間，浮羅子又離觀出去雲遊，一天晨間，金哥跑去尋那群猿猴，轉到那峰巒上面，空寂寂連半個猿猴影子都無。金哥呆站在那裡，心下暗覺詫異，肚內自忖，每晨一群猿猴都在這裡活潑潑地往來跳耍，今日怎的蹤影沒有呢？莫非都跑到峰下桃林去了嗎？這樣尋思著，提步便要往尋，剛剛穿進眼前那簇雜樹，忽聽身後有人喊嚷，金哥停了腿步，轉首望去見走來一個大漢，約有四十上下年紀，頭紮青巾，一身短小服裝，也都是青色，面貌凶殘，濃眉弩目，體材高大，望去就像半截黑塔也似。

那青衣大漢一時來到金哥身近，扯了瘖啞的聲音，向金哥道：「那孩子稍站住一時，我來問你，有一家喚作金沙掌黃振，可是居住在這附近？」金哥聽那青衣大漢把自家喊作孩子，既向自家探問人戶，卻一些和藹神色都沒有，心裡老大的不悅，當時板起面孔，淡淡答道：「這裡山勢綿亙，哪裡有人戶居住，你另向別處探問去吧，我是不知曉的。」那青衣大漢猙獰的面色，一陣笑道：「這裡既沒人戶，你這孩子是從哪裡跑來的？」

金哥見他張口孩子、閉口孩子的稱叫，不由得心下有些火起，有心搶白他幾句，一想他不過是個粗野莽漢，怎能和他一般見地。便又極力把一腔怒火按捺下去，向他冷笑了聲道：「你這人好沒來由，我從哪裡跑來的，與你什麼相干？」金哥大怒，一擺左腕，那青衣大漢，不由他不把手鬆開，反而欠了欠身子，心說看不出這孩子倒有一把子蠻力。他仍喝道：「小孩子，我問你，你快說！」金哥怒容滿面道地：「你定要問你家小爺是從哪兒來的，你站穩了，待你家小爺告訴你，你家小爺是玉清觀浮羅子那兒的。」青衣大漢聽罷，忽地露出驚慌的顏色。

正在這當兒，眼前人影一晃，從那旁岩石後面轉出一個半老醜陋婦人來。那醜婦扯了喉嚨，向這青衣大漢喊道：「俺們走吧，再轉到別處去尋，還怕尋不到那黃老狗父子的居處嗎？」

那青衣大漢把頭點了點，撇了金哥，走到那醜婦身前道：「我以為孩子是黃家的呢，想問明了，先摘下他的瓢兒。真不巧，卻不是的。」金哥哪裡懂得他們這道兒上黑語，聽那青衣大漢和那醜婦這麼說著，他便定睛向轉出那醜婦看去。相隔不過十幾丈遠，望了個逼清。看那醜婦生得兩道濃眉，一雙三角眼，蒜頭鼻子，翻著鼻孔，鼻下襯了一張血盆般大口，滿嘴黃牙齜出唇外，穿一身紫色衣服，腰繫淡藍色帶子，甩襠褲，齊腳頸紮了一道黑帶，頭上藍帕包頭，背後交叉地插著一對短兵刃，手裡還拿著一對護手刀。那醜婦看那青衣大漢來到近前，把那對護手刀交給了青衣大漢，一前一後，走向峰下去了。轉眼隱沒峰腰樹木叢間，不見蹤跡。金哥惡狠狠啐了一口唾涎，喊了一聲晦氣，轉身仍要往尋那群猿猴，剛轉進那簇雜樹叢裡，一眼瞥見五六個猿猴，橫三豎四，倒臥血泊中。過去一看，早沒了氣息，顯係被人器刃傷害。

金哥看到這裡，暗想必是那一雙狗男女幹的把戲，他們未免太殘忍了，怪不得今晨來時，不見那群猿猴半個影子。立時一腔怒火，再也按捺不下，便要去追那男女兩個。忽想起自家赤手空拳，怎是人家對手，忙轉身一溜煙，跑下山峰，直回到觀內，隨手抄起一把單刀，返身直出觀去。丹林、青皓看他神色不正，剛轉來急忙忙復又走去，忙追出想問個究竟，哪知追到觀門外，看他早走去好遠了。

金哥走出觀外兩步並作一步向前飛奔，恨不得背生雙翅飛趕的了去，把那雙狗男女捉住，給猴償命，方才心快。

一時來到那峰巒下，估量著適才那青衣大漢和那醜婦走去的路徑，追趕了去。趕過山峰，不見人影，金哥猜想方向，也不管對與不對，但順了山峰下一條仄徑趕去，連轉越過幾處空谷懸崖，也未見那男女兩個的影子。覺得有些口渴，附近又無溪泉，正自四下尋覓，忽聽前面隱有泉聲韻耳，金哥提步尋去，走了半天，山岩徑下，盡是些參天松檜，哪有涓涓泉水，至此方曉所聞並非泉聲，係是松濤之音。越走越覺口乾得起火，此時一心尋找溪澗泉瀑，卻把追趕那男女兩個人的事，齊丟掉到脖兒後面了。峰迴路轉，一抬首瞥見眼前那座山岩樹簇處，瀑流無數，長則十數丈，短則數丈，其實這無數股瀑流之聲，金哥早已聽見，他又疑是空山松濤，所以未曾留意。這時他見了這無數瀑流，心下大喜，看瀑流下，匯成六七道小溪，急忙奔到一道溪旁，望溪水淙淙，水色澄清見底。金哥口中乾燥，忙用手捧起溪水，一連氣飲了數口，解過了口渴，便又想起追趕那男女兩個人來，重又提起精神，朝前趕去。

走沒好遠，忽聞四面山尖白雲封頂，微雨欲來。金哥看這情勢，心想行在這山深之內，真若落下雨來，卻連避雨的地方都無有。暗自怙惙，便要回尋歸路，哪知轉繞一個山嵎，另是一個地方，金哥在這不知不覺間，看陽光西斜，天色已是不早。想定是追趕錯了道路，那男女兩個必是轉入別途了。不便再向前追趕，決意翻轉身軀，折返回途。正在這停身轉向的當兒，忽見對面山坡下樹林中，似有三四個人影晃動。仔細望去竟有數人在那裡出死力相拚。因相距約有裡許，所以看不十分清楚。

金哥看了，立時不想回去，便健步如飛，奔對面山坡那排樹林跑了去。轉眼到了切近，一看正是他所要尋的那青衣大漢和那個醜婦，在那裡同一個老頭兒，還有兩個青年男女，奮勇廝併，金哥認得那老頭兒不是別個，正是那流青谷的金沙掌黃振，因當初黃振陪駝叟到過玉清觀，金哥謁母，也曾與黃士鈞、明燕姊弟想見，所以此時見了，尚還記得。就看黃振手中一柄虎頭刀，使得上下翻飛，敵住那青衣大漢的護手雙刀，士鈞姊弟兩個各舉刀劍，雙雙迎著那醜婦交手。一場惡鬥，十分凶殘，青衣大漢那對護手刀使動起來，十分精熟，這對刀刃上有鉤，可劈可刺，可勾可挑。金哥卻哪裡曉得那青衣大漢的厲害，初生犢子不怕虎，一聲喊道：「黃老英雄且請退後，何用你老人家動手，待我來結果這廝！」

黃振等人正鬥得起興中間，猛聽金哥這一聲喊叫，彼此都是一怔。在這一怔之間，金哥已然擺刀加入了戰團。那青衣大漢手中雙刀稍稍一鬆，轉動二目，向金哥掃去，大怒喝道：「你這孩子不耐煩活著了吧，趕快躲開，饒掉你的性命！」金哥一聽，怒火高起三丈，霍的一刀，劈頭向那青衣大漢砍去。那青衣大漢一側身讓過，金哥見頭一出式，即砍了個空，忙撤回刀來，隨著又是一個撥草尋蛇的勢子，疾似風雨般，朝那青衣大漢腿下平削了去。那青衣大漢見來勢凶猛，一個旱地拔蔥，平空縱起，又讓過了這一刀，便忙撇了黃振，把牙一咬，圓睜二目，怒沖沖斷喝了聲道：「你這孩子當真不想活著了，來，來，來，你家爺爺就成全了你，把你斷送這裡！」話聲未罷，一起右手，一刀向了金哥上面捲進。金哥一橫刀，把他的刀隔住。他左手刀就像閃電般，跟著又奔向金哥頭頂劈了去。金哥卻險一些不曾躲過。趕忙一低頭，但覺一陣冷風從頭上掠過，頭上那條髮辮被削落。那青衣大漢看兩刀下去，沒有傷著敵人，他這次不容那金哥還手，一分雙刀，認定金哥兩肩刺去。

金哥這次係第一遭臨敵，不想即遇著了勁敵，嚇得面色如土，忙把身子朝後一退。那青衣大漢哪肯放半點鬆，惡狠狠直逼了過去，揚手中刀，便要取金哥性命。在這性命關頭，存亡繫於一髮，那青衣大漢猛聽脖後一股風聲，忙一旋身，看是黃振虎頭刀從後砍來，那青衣大漢不顧地去取金哥性命，轉過了身軀，一分雙刀，又和黃振戰在了一處。這時看那醜婦和士鈞姊弟兩個，也正鬥得難解難分。

那醜婦別看是個女流，和他姊弟兩個交手，一對鞭舞了個風雨不透，嗖嗖嗖鞭花亂閃，他姊弟倆堪堪就要不敵。士鈞虛晃了一刀，跳出圈子外，急忙間向了那旁山岩打了一聲呼哨，隨了山岩叢處，聽三分鐘熱風聲嘶吼，忽轉出一群五色斑爛猛虎來，望去把那山徑都已擠滿。這群猛虎也看不出是有多少，那青衣大漢和那醜婦都已看見，心中震駭，知道難敵，他倆都各跳出圈外，心一狠，想趁了這群猛虎尚未竄到的當兒，給他個先下手為強。他倆便忙把懷中藏的毒藥袖弩取出，是一個連有十餘個四五寸長的細竹筒。那青衣大漢和那醜婦對準黃振等人聯珠般施放了去。黃振曉得他們這毒弩是厲害無比，忙喊了聲仔細提防些，忙用手中虎頭刀把身子護住，那士鈞姊弟也不敢怠慢，各舞動刀劍，護住了身軀。金哥只顧呆看奔來那群猛虎，所以不留意，心中只盼虎來吃人，把這一對男女撲倒，方才出氣，稍一失神，敵人暗器已到，左臂早著了人家一毒弩，只覺一陣麻酥酥的，兩眼一黑，將要說聲不好，尚沒有說出口來，咕咚倒在了就地，已是人事不知，昏迷過去。

經過了不曉多時，金哥耳畔聽有人喊叫聲音，忙睜眼一看，見自己舒適適躺臥在一間茅舍竹榻上面。看面前站定黃振和適才見的那兩個青年男女。就聽那兩個青年男女向黃振說道：「爹爹，你老人家看，不要緊了，人已甦醒過來。」金哥聽那兩個青年男女的口吻，知是黃振的一子一女。尚記得自己是方才受了毒弩，必是黃家父子，把自己救了回來。想到這裡，便要跳下竹榻，向黃家父子作謝。黃振忙伸手把他按住說道：「你剛剛醒過來，創口上又給你才敷上了藥，萬不可輕動，你暫且先定一定神，待我取些解毒表內的藥，與你吃了，再說話吧。」金哥聽罷，看自己受傷的那隻左臂在赤著，創口上果然敷著些紅色藥粉，提出不少黑紫色血水。可見這毒弩的毒，是如何厲害的了。

黃振便忙吩咐士鈞把藥取來，士鈞忙轉身走出，不一會兒把藥取了來。黃振忙命他把藥放在碗內，用溫水化開，這才端在金哥頭前，叫他一氣喝下肚去。又命他安心睡一會兒，不可急躁。金哥自然聽從囑咐，不敢多言，閉目躺在竹榻上。睡了約頓飯之時，肚裡覺得一陣作怪，悄悄出去，尋了個僻處，走動了一回，見天光早已向暮，黑影不知何時已籠罩下來，四處山岩，都成了一片暗色，金哥慢慢又走了回去，看黃振父子正站在那兒等候自己。那黃振見金哥模樣，知道他是將去走動回來，便笑道：「這卻不妨了，毒氣全已攻下，想已飢餓了吧，快些先吃些食物。」命士鈞去把給他預備下的食物端來。士鈞忙即走去，一會兒端來鹹菜。金哥本來從晨間出來，整整一天光景，連一粒米都未入口，先還不覺怎樣，及至方才大解後，肚裡已漸覺有些飢餓難忍。這時見了飯食，忙先向黃振父子謝過搭救之恩，便毫不客氣端起飯碗，兩大碗粥，都被他吃下肚去。黃振見金哥把飯吃罷，這才對坐燈下，問他怎的會從玉清觀到了此處。金哥把追趕那青衣大漢和那醜婦的事，說了一遍。黃振聽了，把首點了點，隨又把那青衣大漢和那醜婦的來歷，向金哥說了。金哥聽了，連說：「今天不想遇見這兩個硬手，還算好，我若真要在觀後嶺上和他兩個交起手來，說不定我命即要休矣。」嘴裡這麼說著，回思日間追趕他兩個的事，尚自有些心驚，不住地連聲道險。

原來那青衣大漢喚作馬敦年，河南商丘縣人氏，在北方幾省綠林道上，很有威名。他使的那袖弩暗器，乃是馬家世傳絕技，從來不空發，喪在他們這袖弩下的好漢，真是不曉有多少了。同他一起的那個醜婦，係是他嫂嫂母鬼閻王娘，莫看她面貌醜陋，一身軟硬功夫，卻也很是了得。若是本領稍遜的男子，還真不是她的對手。馬敦年的長兄叫做馬敦壽，名頭較他遠大，在十年前因搶奪黃振的鏢銀，受了黃振一金沙掌，馬敦壽自知性命難保，當時把腳狠勁一跺，向黃振說了聲：「不想俺馬某闖蕩半生，從未遇過敵手，今日卻喪在你這老狗手下，你就提防些，此仇遲早是有人替俺報復的。」說罷，恨恨去了，即連夜的起程返回商丘家中，到家不到幾日，便一命嗚呼了。

那時馬敦年正值不在家內，也恰趕到北省去作那沒本錢的勾當。馬敦壽垂危時，手握著他妻子母鬼閻王娘道：「真不料到我馬某半世英名，竟喪在那黃老狗手中，俟等二弟回來，你們給我報仇。」話未說完，已沒了氣息。他亡後，沒有多久，馬敦年即返家來，聽嫂嫂一說，同胞手足，哪有不動心的，咬牙切齒地說道：「黃老狗居然下毒手傷害了我的胞兄，此仇不報，誓不為人。」理完喪事，即同他嫂嫂起身，去尋黃振，哪知卻撲個空，黃振已收了鏢局生理，帶了一子一女隱居他處去了。

只得傒訪明黃振居處，再為去代胞兄報仇，也不算遲。從此便各處探尋，怎奈如石沉大海，卻連一些消息沒有。

直到過了這十幾年，才風聞黃振隱居在羅浮山之內，便告知了嫂嫂母鬼閻氏，嫂弟兩個便日夜趕程地向羅浮山出發。到了羅浮山，見山勢深邃，哪可輕易尋到黃振住的所在，直在這羅浮山裡轉了有十來天。好在他嫂弟兩個都裹帶著有乾糧，走飢了便吃些乾糧，晚了便尋個乾燥巖洞權且宿個一宵。他嫂弟兩個這日晨誤走誤撞的，來在玉清觀後面那峰巒上，一看有群猿猴在那裡往來蹄跳，他嫂弟轉了兩日，本想尋個人問一問路徑，怎奈連半個人影都沒看見，正自有些不耐煩，忽看這些猿猴，便刀鞭齊下，立時結果了五六個。餘下那些猿猴分向四下裡山岩叢處逃了去，所以金哥這晨來那峰巒上不見那猿猴蹤跡。那馬敦年已和母鬼閻氏，拿群猿猴出了一陣子氣，他嫂弟轉身走向峰下，猛聽身後有腳步聲響，回首看去，這才遇見了金哥，先以為是黃振的什麼人，後來一問金哥，聽說是玉清觀浮羅子那兒的，浮羅子的名頭，他如何不曉得呢，不便再和金哥糾纏，忙轉身，嫂弟兩個離了這座峰巒，信步循了山徑行了去。

他倆腳力都十分健快，不消多時，已走出幾十里路出去，這次卻被他嫂弟兩個誤打誤撞，居然走入流青谷正路。這日黃振爺兒三個正在方近山中獵取飛禽野獸，恰趕巧冤家逢到一處，那馬敦年當年也曾會過黃振，見瞭如何不認識，仇人見面分外眼紅，向母鬼閻氏說了句：「嫂嫂，俺們今日可尋著仇人了。」二人各舞刀鞭，和黃振父子三個戰在一處。正廝併得各不相干中間，金哥卻趕了來，也加入了一處。後來那黃士鈞看他嫂弟兩個的是驍勇，才一聲呼哨，把那群虎招了來。馬敦年和母鬼一看，便把他們馬家絕技袖弩暗器，亂朝黃振等人施了去。黃振爺兒三個各拿刀護住身軀，算是不曾著傷，不想金哥不提防左臂著了一毒弩昏迷了過去。士鈞忙過去把他背起，飛跑地先送回了自己家中。

那馬敦年看此時那群猛虎已將到身近，看情勢自知難是敵手，轉身便要逃走。黃振已看出他們心意來，哪能容他們逃走。心一發狠，冷笑聲道：「你等既尋上門來，怎麼放過你等，休怨我要下狠手了！」一個箭步，縱到他倆身前，馬敦年將轉身要揚雙刀迎去，黃振手下十分迅快，早一金沙掌，擊在馬敦年後心上。也是致命之處，一個前栽，爬到地平，哇的吐出一口鮮血，當時氣絕。那母鬼閻氏見了不由有些著慌，可憐手中鞭尚未舉起，那群猛虎一撲地過去，把她咬殺，豎著虎尾，又奔返山岩間去了。黃振同女兒忙回家中。看士鈞已把金哥放在房內竹榻上，他家中早藏有配就各種解毒的敷藥吃藥，忙招呼著才把金哥救轉過來。

那黃振把馬敦年和母鬼閻氏的來頭向金哥說了。金哥暗想前事，尚覺吃驚，想晨間在觀後峰上，僥倖不曾和他兩個翻臉，若真翻起臉來，說不定焉有我的命在。當晚金哥即留宿在流青谷這裡，次日謝別了黃氏父子，由士鈞把他送到昨日他們相拚惡鬥的那裡。金哥便循了原路，走回觀中。那丹林、青皓師兄弟兩個見他一夜未歸，正自焦急，在附近山內尋覓，看他安然而來，方把心中一塊石頭落下，忙問他怎的一夜未歸。金哥一說情由，他師兄弟兩人聽罷，一咋舌連說好險。此時金哥左臂的創口雖已不怎樣緊要，但仍有些許隱疼。

眨眼過了兩三個月，夏去秋來，浮羅子雲遊回觀，把金哥學業考驗一遍，加緊傳授起來。經過足足一年，這天把金哥喚到跟前道：「我把你自帶回觀來，已是三個年頭，你的功夫雖未到了爐火純青，可是也已算是入了我們武當門的門徑了，現時你正好出去做些外功，借便回家探望探望你母，想這時你母盼你已將眼望穿了。」金哥聽了師父這話，想忽要遽別，心下很是依戀，二目不覺落下淚來。浮羅子看他這模樣，微微笑道：「人生聚散，都有一個數字，你須要看徹了聚散兩字。明透此理，何必傷心？你知道你母如何想念你麼？」金哥聽罷，似有所悟，叩首含淚道：「弟子不曉幾時才能返回侍候你老人家。」浮羅子把手一揮，金哥不敢多言，忙站起身來，回到房去，帶了隨手器刃。收拾了一番，二次又去給浮羅子叩了三個頭，又向兩個師兄作別，漉淚離了玉清觀，走沒好遠，忽想起觀後峰巒上那群猿猴來，暗思帶兩個猿猴行路，卻也有趣得很，便轉向觀後峰巒上走去，哪知那群猿猴前撲後擁，卻全不肯離開金哥。金哥不便和一群猿猴久纏，過去把身前兩個稍小的猿猴抱起，把其餘那群猿猴逐到雜樹叢去，忙大踏步下了這峰巒。直過兩三座山頭，方把抱起的那個小猴放下，那兩個猿猴隨了金哥身後，跳跳竄竄地行了下去。直到傍晚，方才走出這羅浮山，轉入來往大路。

金哥帶了那兩個猿猴，又走了一時，便要尋店歇下。忽看從路旁樹林裡轉出個剪徑黑漢來，那黑漢看金哥模樣，料想金哥定是個走江湖耍猴子的，便跳出樹林，橫身把他攔住。手裡執了一柄牛耳尖刀，一聲斷喝道：「呔，快留下過路錢來，放你過去，如若說出一個不字來，你爺爺便把你斷送在這裡。」

金哥聽罷大怒，一抬腳早把那黑漢手裡的尖刀踢飛，那尖刀就和斷了線的風箏也似，嗆啷啷落在了多遠。金哥一回手從背後把刀亮將出來，那黑漢因在黑影裡，卻沒有看出金哥是帶著兵刃，及至金哥把刀給他踢飛，他已慌了手腳，又看掣出刀來，寒光逼人，他早一個羊羔吃乳地跪在地上。金哥大喝道：「膽大的賊徒，真是老鷹把你這廝的眼給啄瞎了，竟敢滾出剪你家小爺！」刀便分心向那黑漢子刺去。那黑漢叩頭如搗蒜地沒口地乞饒道：「小爺爺饒了我的性命吧，小人再也不敢幹這勾當了，這不過是初次在這裡剪徑。」金哥聽他這樣說著，本也不願把他結果了，忙把刀停住，向他道：「似你這廝正在年富力強，不說幹個正當營生，卻在這裡剪徑，從此再不許幹這勾當，下次再撞在你家小爺手裡，莫想逃卻性命。」剛說到這裡，猛然聽嘩喇喇一聲響亮，從那黑漢腰中忽落下一包沉甸甸物件來。那黑漢爬在地下，慌張張伸手將要拾起，金哥一彎身把那包物件已抓了起來，開啟包兒一看，卻是白花花足有百餘兩紋銀。

原來這黑漢也是自觸霉頭，他剛劫了一個單行客商，弄了這百餘兩銀子，不曾離了去，他卻覷出便宜來，心想還許有單行人走過，不想撞上了金哥。那黑漢看銀包被金哥抓起，忙不迭地連連叩頭道地：「小爺爺賞還了小人吧，小人家中有八旬老娘。」金哥見他懷中有這些銀兩，也料他是剛乾的勾當，不曉哪個背運的人遇上了他，立時大怒，便要舉刀把他了卻。一聽他家尚有八旬老娘，不由又心軟下來，他這種不義之財，當然是取之非道，怎能全數璧還了他。便從銀包裡檢出有幾塊散碎的出來，看了約有一二十兩，擲給了那黑漢面前。那黑漢看金哥扔給他這幾塊散碎銀兩，餘下那些，無形即算入了他的腰包，心中老大的不樂意，嘴裡哪敢說出來。

金哥把這二十兩散碎銀子擲給了他，說道：「這些銀子足夠你幹個小本營生，養你老娘了，快些滾去吧。」那漢子怎敢多語，爬起來，也不顧地去尋他那牛耳尖刀，踉踉蹌蹌地去了。金哥看那黑漢去後，把刀收回了鞘內，帶了那兩個猿猴，慢慢向前行去。

這時天上月光蕩漾如雪，眼前景物異常陰森，走了沒有半里路，頭前忽又現出一座山峰。轉過這峰，見依山近空，結有一間茅草房屋，從外圍了一段短籬牆，房內燈光閃閃。金哥心想到這家探問探問前面可有村鎮，以便覓家店房歇息一宵，心下這樣想著，已來到了這家籬門前。將要去叩那籬門，忽聽這間房裡一人粗聲粗氣道地：「老子終年價打雁，今日卻被夜鷹啄了。總是老子的晦氣，老子未劫成那青年崽子，反倒將劫的那包銀兩被他弄去了一大半。」金哥聽房裡說話這人語氣，正是方才那剪徑的黑漢，忙把手停住，側耳仔細聽去。又有個年輕的婦人的聲音，隨著哼了聲道：「總是怪你貪心太甚，若是碰紅了一號買賣，就轉了回來，絕不至於把到了手的銀子被人家硬給弄去一大半。像你這樣笨貨，卻把老娘氣煞了，老娘也是瞎了眼了，嫁了你這個笨貨，老娘早晚是要另尋漢子的。」

金哥聽到這裡，才知他卻沒有什麼八旬老娘，心中不由大怒，一縱身躍到籬門內。那兩個猿猴一看，也連攀連登地竄到裡面。金哥一掣刀，過去一腳把房門端開，邁步走進，看房燃著一盞油燈，那黑漢同了一個抹了一臉脂粉的婦人對坐在那裡，他倆一抬首見闖進來一人，那黑漢看是金哥，嚇得三魂去二，七魄少三。那婦人也粉面改色喊叫起來。

金哥怒向那黑漢喝道：「你這廝不是說家有老娘嗎，你的老娘在哪裡？」那黑漢忙隨口扯了個謊道：「小人的老娘住娘家去了，沒有在家中。」金哥明知他是謊話，不由氣向上一撞，刀光一閃，那黑漢栽倒在地。那婦人見丈夫被金哥結果在那裡，紅光冒處，屍身倒在地下，險些嚇昏，忙屈雙膝跪了下去，連連乞饒道地：「小祖宗饒了小婦人這條性命吧。」那婦人剛說到此處，猛覺一陣軟綿綿東西，挨近臉上，她以為是金哥手摸她的面頰，心想這位小祖宗定是看我生得美貌，看中了我了。這樣想著，膽量一壯，喲了聲道：「小祖宗你想教小奴家嗎？」說到這裡，一抬首看哪裡是金哥，卻是兩個毛烘烘的猿猴，伸著前爪，在她頭上亂抓，她這一嚇，立刻又哆嗦得成了一個團。金哥聽這婦人滿口猥褻言語，哪裡見過這醜怪模樣，心中大怒，一刀過去，也把這婦人結果。一眼看那二三十兩散碎銀子，好端端放在那面桌上，過去拿起，收在懷裡，想設若遇著那被劫的人，便再原封璧還人家，肚裡這樣盤算著，一轉首瞥見那爐灶上放著一個蒸籠，忙過去揭起一看，見是熱騰騰一籠的饅頭，正覺飢腸轆轆，便同那兩個猿猴吃了個飽，引起火來要把這間房燃著，剛剛在房內把火燃起，忽聽籬門外輕輕拍了兩下，隨著就聽有人低聲說道：「二嫂子，你那烏龜可在家裡，你小哥來了！」金哥聽這人語氣，又是愕然，看房內火熊熊將要燒起來，便提步同兩個猿猴走出。

這時籬門那人尚一些不知，聽有腳步聲響，還以為那婦人走出來了哩，忙又嬉皮涎臉道地：「人兒你可出來了！」話尚未說完，猛見金哥從籬牆裡跳出，這人不覺一怔。金哥在月光下看這人，是個瘦長漢子，擺刀便奔了過去。那瘦長漢子身邊居然也帶有器刃，也急把刀掣出，就在這籬門外，交起手來。打了沒有幾個照面，那瘦長漢子的本領稀鬆平常，漸漸有些不是對手，不敢久戀，覷了個破綻，虛晃一刀，轉身撒腿便跑。這當兒草房火勢已然著起，金哥見那瘦長漢子跑去，哪裡肯捨，帶了那兩個猿猴追了下去。繞過一個山彎，頭前是一簇叢密樹林，那瘦長漢子直奔林內跑了去。及至金哥趕到樹林近前，那瘦長漢子已是蹤跡全無。金哥說了聲便宜了這廝，不便再趕，只可任其逃去。金哥估量時光已是不早，明月已微微有些西偏，帶了那兩個猿猴，轉繞過樹叢，跑過一個小石橋。

在這橋南，卻有一座規模宏大的巨廈，從牆裡面微微露出些亭臺樓閣的屋角，以及槎丫的果木，禿枝的老樹，像是個宦戶人家模樣。想不到此處竟有這等宅院，正好前去借宿一宵，明晨再行趕路。繞到前面，見朱門緊閉，靜悄悄沒有一些聲息，門前槐樹，夾著階石，氣勢十足。金哥過去，在門環上，輕輕叩了兩下，聽裡面的人好像是已然安歇。好一時，方聽門內有個蒼老聲音道：「這早晚外面什麼人叩門？莫非是五爺回來了？」工夫沒多大，門裡一陣腳步聲音，呀的把門開啟，金哥看走出兩個人來，一個是五十多歲的老漢，一個是壯年漢子。他倆走出看了金哥帶了兩個猿猴不由很驚詫地注視著。金哥便開口說道：「我是錯過了宿頭，趕不到村莊店口，敢向尊處商量，暫宿一宵。就煩二位進去稟知你等家主，俟我明天走時，多多答謝你等。」

那老年老漢子聽了金哥說罷，面上現了不耐煩的顏色，搖著頭答道：「尊駕來得不巧，我家主人不在這宅院裡，還是請你另尋別處去吧。」那老漢說完，轉身便要走進，金哥忙含笑道：「別處又無村莊，這早晚哪裡去尋？你們家主既不在此處，你們二位行個方便，我在此留宿一宵，我想你等決能作這主張的，明晨行時絕不虧你。」那老漢聽了，向著那壯漢微笑道：「你看人家都躲避開去，他倒要送上前來了。」說罷，抽身又要開門走人，向了金哥睬都不睬。

金哥見這老漢這種冷淡情形，不由勃然大怒，心說這老漢好沒有道理。那壯漢忙把那老漢攔住，不曾叫他把門閉上，卻帶笑地向金哥道：「我們這位老夥計話總是這樣不爽快的，尊駕不要見怪，我來老實告訴尊駕吧。這宅院裡不淨，主人們都避開了。」金哥聽壯漢這話，好生不解，便又尋根到底地問道：

「你們這宅院怎的不淨，我卻不解。」那壯漢低聲說道：「我們這宅院鬧鬼，夜間鬧得很凶，我家主人因此避開，只留我等爺兒兩個在此看守這座空宅院。」金哥一聽怎能相信，想定是這男僕在自己面前耍花腔，天底下哪有這等怪事，便微笑答道：

「什麼有鬼沒鬼，我是不懼怕鬼的。你家主在宅院中也罷，不在宅院也罷，你等不要推託，容我在此留宿一宵，與人方便，自己方便。你等答應了我，話已說出，絕不能虧你等的。」取出那一把散碎銀子，又向了他兩個道：「明晨我自有銀子謝你等。」那老僕斜瞅著金哥手中銀兩，立時又改換了一種顏色，不似先前神氣了，面上露出笑容來，忙道：「尊駕既是定在此借宿，我只得背了我主人應允了。不過方才我們夥計說宅院鬧鬼，這並非是虛語，尊駕若是嚇著了，別怨我們。話是要講在頭前，還請尊駕自己酌量。」金哥笑道：「我不是說不怕鬼的嗎？有什麼舛錯，決怪不上你等來。」那老少二僕當時向旁一閃，說道：「尊駕請進裡面吧。」金哥帶了那兩個猿猴提步走進，那壯僕把門關好，轉身同了那老僕在前引路。

金哥來到裡面，見庭院軒敞，花木深幽，畢竟是個大宅院，與平常人家不同。老僕姓張，把金哥引到院內，便回首說道：「還有件事沒曾和尊駕說明，只因院內一切房屋，我等家主走時，都已鎖閉，恰好左右旁院有三間房，不曾加鎖，內中有現成的木床，就請尊駕自己去吧。」金哥笑著把首點了點，那張老僕便吩咐壯僕快到房裡取個火燭來，壯僕姓王，忙到外面房中，去點了一支蠟燭來，把燭臺交給金哥手中。張老僕向西南一個角門指去，說道：「就是那角門裡，尊駕請自去吧，恕我等不能奉院。」金哥一手撐了燭臺，直奔向角門行去，那兩個猿猴隨在身後，走進那角門、看小小一個院落，院中布著十數本花木，香氣撲鼻。北面有三間房宇，來到近前，門兒卻在浮掩著，推門走入，借了蠟燭光亮，見這三間房，都是一通明的，房中桌椅好好安排在那裡，不過所有陳設卻都收拾起來。架上尚放著些書籍，以外尚有筆硯文房四寶等類，一望即知是這家的書房模樣。靠著牆壁，放有一張床榻，上面卻沒有被褥等物，但有積塵，卻也很少，好在天尚溫暖，可以和衣而臥。金哥便把燭臺放在桌上，過去把房門掩好，身上覺得有些疲乏，忙將身背後的刀解下，便倒在那床上。那兩個猿猴也跳上床去，湊在一處。

金哥見那張老僕說這宅院有鬼魅作祟，說了個活靈活現，鬼魅怪異的事，卻也不敢斷其沒有，所以不敢公然入睡，閉目養神，倒臥那床榻上面。心神剛一昏的當兒，耳畔沙沙一響，驀地就覺一陣冷氣透骨，金哥身旁那兩個猿猴也不由得啼叫了兩聲。金哥一驚醒來，就覺得好似陰森森鬼氣侵襲。忽地房門呀的一聲開了，見陡地現出一個面貌猙獰的巨鬼，身量和平常人高矮差不多，可是那鬼的頭竟和栲栳般大小，青面獠牙，兩隻怪眼，就像銅鈴也似，閃閃發光，不住地朝著金哥張望。金哥此時也不由得一驚，頭上毛髮覺得根根倒豎。

第十章　宿荒宅小俠遇怪

金哥心中害怕，神志未昏，霍地立起身來，伸手把身旁放的那刀掣出鞘外，一聲喝道：「什麼鬼怪，竟敢打擾你家小爺的清睡！今夜撞上你家小爺眼裡，卻不能饒了你。」再看時房門仍在開著，那鬼影忽已不見。一縱身從房內竄到庭心，四下看去寂靜靜哪有半個影子，仰首見明月已將西下，涼風襲膚。

金哥不覺肚內暗暗說道：「這我卻明明地當真看見鬼了，這倒有些蹊蹺！」便呆呆立在那庭心裡，忽瞥見角門外黑影一晃，金哥忙跑出這角門，看那條黑影似是奔向後面去了。金哥不顧許多，心說：「不論你是什麼鬼怪，今晚我也要看個底細。」直跟向這宅院後面追去。接著聽有一聲鬼叫，聲音十分淒厲刺耳，金哥頭髮又是一豎，心膽俱寒，一咬牙順了聲音聽去，像在這院後東面那空房裡發出來的。金哥帶二猴，壯一壯膽氣，便大踏步直向這東面這空房裡走去。將要闖進那房內，猛地一聲響亮，那房門忽然開了，鬼聲啾啾，方才見的那個鬼物，突從這房裡跳了出來，向了金哥不住口怪叫。金哥心膽漸穩，大喝道：「你是什麼怪物，你家小爺也要把你結果在這裡。」舉刀便要向這鬼物砍去，忽見這個大廠大鬼翻身便走，足音踏踏，是有形聲的東西。金哥揚手打出暗器，這鬼哎喲一聲，栽倒地上，被二猴擒住。

金哥趕上去，俯腰提刀，仔細定睛看去，哪裡是什麼鬼魅，卻是一個漢子戴著個鬼臉。又細細向他辨去，不是別個，正是方才在盜舍叩門叫二嫂子，被金哥追跑的那個瘦長漢子。

金哥不由大怒，過去一伸手，把他腰間繫的帶子抓住，就和捉小雞般，把他捆好提起，一直大踏步，向前面走去，那兩個猿猴緊緊隨金哥身後。

金哥提了那瘦長漢子，一邊向前走著，一邊喊道：「你們這宅院的鬼已被我捉住了，快拿了繩索來。」那張老僕同姓王的壯僕從睡夢中驚醒，聽金哥這樣喊叫，他二人嚇毛了，忙披衣下地，點了燈籠，尋了根繩索，壯著膽子，開了房門，先探著頭向外張望，不敢冒昧走了出去。望金哥提著一個人走來，看並不是什麼鬼怪，心下方才安定。舉了燈籠走過去，便把一條巨繩索交給了金哥。金哥下狠勁把那個瘦長漢子向地下一擲，四腳八叉地倒在那裡，就把他捆豬也似的捆上一道，又加上一道繩。那瘦長漢子到了此時，垂頭喪氣地任憑擺布，一聲不響。金哥手揚單刀，一聲喝問道：「你這漢子是什麼人，為何無故在此裝妖做鬼的，擾亂人家？快從實地說來，如有半句謊語，你家小爺便一刀叫你這廝真去做鬼。」

那瘦長漢子此刻面色一變，不似先前跪地乞饒模樣了，看他那神色，卻是已把存亡齊丟到脖後，他聽金哥這樣喝問，冷笑了聲道：「不想我走南闖北十餘年，各省府縣多少有名的捕快踩緝，莫用說拿住我，就是連我那屁的氣味他們都未嗅見，今兒夜間不想跌翻在你手裡，總算合該我倒運。實對你說了吧，我叫邢士文，因我腳下既快，所以認識的人們，都把我叫做火流星，我並非此處人氏，從來在北方各府州縣，專幹竊盜的勾當，直幹了十幾年，那裡各處竊緝甚緊，只因立腳不住，所以信馬游韁，才到此地。在初到時，看這宅院十分富麗，原想裝作了鬼怪，把這裡主人嚇走，盡量竊取些珍貴細軟財物等，即離開這裡，再走向別地。不想在這裡姘上了那吳二的女人，因此便被她把我羈絆住了，若不然絕不能被你把我拿住，也算是我吃了女人的虧了。我話已同你說完，要殺便殺，要剮便剮，任憑你了。」他說罷這片話，緊閉二目，一聲氣息都不出，金哥立時大怒，一刀便要把他了帳。

那張老僕看了，忙不迭道地：「小人家主這宅院剛蓋造沒有好久。小爺萬不要把他毀這院裡，以免汙了這座宅院。這賊人請交與了小人吧，等候天明，小人去稟知我家主，再由我家主把他送到官衙去發落。」金哥一聽，當把手中刀停住，便向了張老僕把首點了點，那張老僕同了王姓僕人忙扔下手中燈籠，一彎身把那假鬼邢士文抬起，放到前院一間空房裡，唯恐他掙扎開了繩索逃去，又尋了幾根比較稍粗的繩子，上三下四地又重疊地把賊捆成一個肉球樣，捆了後這才走出空房，忙又把這房門從外鎖上。那張老僕同王姓僕人看金哥這時已踅回那旁院書房中，便忙拿起地下扔的燈籠，奔向旁院來尋金哥。他倆都另換了一種面孔，把金哥看成神人一般，不像金哥初來借宿時那冷酷顏色了。

他倆來到那旁院書房裡面，見了金哥，連連向金哥請下安去，那張老僕現出十二分的殷勤來，忙吩咐王僕去給金哥燒水泡茶。金哥看他這畢恭畢敬的模樣，肚內暗覺好笑，當時便忙問他們家主的姓名，張老僕答道：「小人的家主姓柴名郁文，年已五十餘，從前很做過幾任府尹道缺，早已回林下。家主原本世居城中，因家主素好佛喜道，為避城中塵囂故此特地在這裡起造了這座宅宇，從城內移到此地。不想被這名假鬼，把家主人嚇得又遷回城中去了。」那張老僕說到這裡，又嘆了口氣，接著說道：「小人家主為了這假鬼，曾破了許多銀兩，各處請了些有名法師來，不但不曾覷出他的破綻，那些法師卻也被他給嚇得屁滾尿流。說來話又長了，有一次家主從峨眉山，請了一位很有名望的法師來，什麼硃砂衣表香燭等物，均已備齊，那法師將到了壇桌前，尚未站穩，不曉從哪兒擲來一小竹筐糞液，不偏不斜正正擲中那法師的道髻上，立時順了那法師的頭頂，淋淋漓漓的糞液滴了下去，弄得臭氣熏天。那法師也不顧裝模裝樣地作法了，唬得他一溜煙跑出門去，奔到門外那道小溪中，算是把頭臉和周身的糞液洗滌了一陣，也無顏見我們家主，他悄悄地不辭而別地去了。」

金哥聽這張老僕的滔滔不斷的講論，此時王姓僕已把茶水泡來。張老僕忙斟上了一碗，送給金哥面前，便又和金哥無話尋話，談說閒篇。沒有多時，東方已然發曉，金哥帶了那兩個猿猴，便要起程趕路，張老僕哪裡肯放，定留金哥用罷了早餐，又要去示知主人，當面申謝。金哥怎肯打擾他，便從懷裡掏出兩三塊散碎銀子，賞與了他倆。那張老僕見了，那顆頭搖得和撥浪鼓也似，連連擺著手道：「小爺快把銀子收了起來，這個小人卻萬不敢領的。」金哥笑道：「我昨夜來此借宿時，話已說出，怎能叫我改口。」張老僕面色一紅，不好再說什麼，便同那王姓僕人忙一彎身請下安去，伸手把銀兩接過。他倆直送出大門外，看金哥帶了兩個猿猴，隱沒山嘴轉角之處，他倆才回宅商議如何進城去報主人，及怎樣把那假鬼送官發落。

金哥帶了兩個猿猴，循路按站向前行去，夜宿曉行。一天從旅店走出，但見沿途俱是山道，行在山中，足音迴響，抬眼望去，遍山積葉都已封滿，看景觀山地走了三四十里，連一個山村都沒有。又走了一時，看曲流繞徑，眼前現出一座大院落，望竹籬石堵，雜植果樹，結著紅橘黃柑。金哥身後那兩個猿猴一雙紅眼，早看見這山戶竹籬裡樹上結的果實，兩片嘴皮上下動了動，一聲啼叫，連跳帶竄，要到籬內攀登樹上，去摘取人家果實。金哥忙把它兩個喝住，便在這裡尋了個野店，想吃些食物，再行趕路。到了這家野店裡，吩咐小二：「有什麼食物，自管拿來，一撥算錢給你。」那小二答應著，忙去知會廚下，不多時飯菜端下。金哥正感飢腸雷鳴，端起飯碗，狼吞虎嚥，卻忘了餵猴。

正在這時，聽野店門外一陣大亂，緊跟著小二慌張從外跑進。見了金哥，忙問道：「有兩個猿猴可是客官帶來的？」金哥一聽，忙回首望去，不見了那兩個猿猴，卻不曉何時牠倆跑出去了，自家倒不曾留意。聽小二這麼問著，便忙答道：「正是我帶了來的！」那小二聽罷，大驚失色道地：「客官你帶的那兩個猿猴，給你闖下禍了！」金哥聽了，立時徵住，便忙問：「那兩個猿猴闖出什麼禍事？」小二答道：「客官那兩個猿猴，攀登人家的果樹，偷剝十餘個紅橘，被人家發現，尋到我們店門外來了。」金哥聽小二說到這裡，不由笑道：「我以為什麼大不得的事呢，既是偷剝他十幾個紅橘，賠償他幾串錢也就是了，還有什麼話說。」那小二把頭搖了兩搖，且不回答金哥這話，先回首向外張了一眼，這才轉過頭來，放低了聲音說道：「客官的話固然是不錯的，若偷平常人戶的紅橘，莫說是賠他幾串錢，就是不賠償他，說幾句好言，自然也是沒有話說。怎奈客官那兩個猿猴偷剝這裡有名于二辣子家的紅橘，這于二辣子原是個無事還要下蛆的主，恐不是幾串錢暫能完事的。」將說到此處，猛然就聽房外有人怒向金哥道：「這不是那于二辣子已尋進店裡來了。」金哥提步走出房去，一看來的那于二辣子，橫眉豎目地站在那裡。年紀不過三十五六模樣，鼠目蛇腰，一望便知不是個良善之輩，一身短衣窄袖，頭上包著一方月白色帕子。他見金哥走出，劈面問道：「偷取我家紅橘的那兩個猿猴，可是你帶了此地來的！」金哥把頭一點道：「正是我帶了來的。」于二辣子聽罷一聲不語，過去扯了金哥，向店外便走。

金哥哪裡把他放在眼裡，便同他走出店外。走沒幾步，看路北有個籬門兒，于二辣子扯著金哥，直走進籬門裡。金哥見門內樹下，狼藉的殘橘，弄了滿地，自家那兩個猿猴卻不見蹤跡，其實那兩個猿猴早奔向近處山裡跑去。

金哥哪裡知曉，他想必是被這于二辣子纏住，此時于二辣子已把扯著金哥的那隻手鬆開，指了樹下那些狼藉的殘橘，嘴裡哼了一聲說道：「我這幾株橘樹，都被你那兩個猴孫給糟蹋了，你是怎樣的說法？」于二辣子說罷，兩手交叉地在胸前一抱，圓睜著鼠目，不轉睛地望著金哥，急待金哥的答覆。金哥見自家猿猴把他樹上的紅橘弄這模樣，雖聽小二說這于二辣子是個無事下蛆的角色，總怪自家失神，被那兩個猿猴跑出，也難怨他發作，便忙強賠笑臉道地：「別無話說，我賠償你些財錢就是。」于二辣子聽金哥說出賠錢兩個字來，臉上微微露出一些笑紋，說道：「你既說出錢的兩個字來，這卻好辦的了，我也是別無話說的。」說到這裡，他伸出三個手指，又接著說道：

「不多不少，我絕不會訛詐你這異鄉的人，乾乾脆脆你就拿出三個整數來。」金哥心想他說出這三個整數，必是叫他賠償他三串錢，毫不遲疑的，便忙說道：「三串錢哪裡算作你訛詐我，並不多的，我賠償你三串錢就是。」于二辣子霍地把面色一放，順鼻孔裡哼了聲，冷笑道：「三串錢能濟甚事，你太把我于二辣子看小了，說句明話，你賠償我三百銀兩，萬事皆休，若不然，你還把地下的紅橘老實給我安到樹上去。」金哥一聽，顯系他是存心訛詐，一腔怒火不由衝上頭頂，勉強按捺著說道：

「摘取你這幾個紅橘，又值幾文，就是連這些樹木算在了一處，也不值這三百銀子，我簡直看你有些敲詐！」于二辣子大怒，手一拍胸脯道：「三百銀子你這廝嫌多嗎？好，好，就算我于二辣子敲詐你，今天你沒有三百銀子，叫你這廝嘗試嘗試我于二太爺的手段！」說著，一抬手便去扯金哥衣領。

金哥哪裡容他扯住自家衣領，早把他那隻手腕握住，一側身，借了他的來勁，順勢向懷裡一領，隨後把手一鬆，于二太爺一溜歪斜跑出四五步遠近，一個狗吃屎，爬倒地下，那張豬也似的嘴，甜蜜地和石地上接了個吻。于二辣子利令智昏，尚不覺得他遇著硬手了，一軲轆爬起，弄得渾身塵土，成了剛從土地廟出來的小鬼了。于二辣子斜著眼，望了金哥道：「你這廝可是自尋苦吃，你也不探問探問我是怎個人物？」說著，舉起拳頭，二次又撲向金哥摟頭地打了下去。金哥頭一偏，一矮身軀，一個旋子腳，向于二辣子腿下掃了去。于二辣子立腳不穩，咕咚一聲，一個筋斗，又跌倒平地。這次金哥卻不容他翻身爬起，一邁腿把他跨上，一手扯了他的後脖領，提起拳頭，雨點般打將下去。于二辣子爬在地上，哪裡掙扎得起來，金哥的拳頭沒打了幾下，他早殺豬般喊叫起來，也不再叫金哥問他于二辣子是怎個人物了。

這時籬門外，聚滿了看熱鬧的閒人，于二辣子爬在地上，頭上那月白色帕子已松落下去，露出一腦皮的禿辣頭，一根頭髮都沒有。金哥看了，不覺有些作嘔，哪肯把他饒過，跨在他的身上，一拳一拳地就和擂鼓般也似的。于二辣子忙改口央求道：「小朋友，我錯看你了，咱爺們交交吧。」金哥不聽，打得更狠，實在受不了苦打，竟出了聲，哀叫道：「小爺，饒了你這小孫吧，怪小子有眼無珠，冒犯了你老人家，爺爺高抬一抬手，小子就過去了，再也不敢訛詐你老人家了！」金哥停住了拳頭，哈哈大笑道：「你這廝今日敲詐我的身上，好便當容容易易就這樣地饒了你嗎？要我饒了你，快去把我那兩猿猴放了出來。」于二辣子忙道地：「爺爺那兩個猿猴已跑向近處山裡，小子卻不曾捉住它兩個。」金哥哪裡肯信，舉拳便又向他打去，于二辣子沒口子道地：「小子說的確是實言，怎敢在你老人家面前扯謊。」金哥哪肯住手，裝作不曾聽見，還是狠打，打得他鬼嚎，旁人圍了一圈，沒人過來勸，似乎打他給眾人解恨。

最後還是籬門外有一個看熱鬧的閒人，向金哥說：「那兩個猿猴實是奔向近處山裡跑去，我確親眼看見的。」金哥聽這人說罷，這才把手停住，那籬門外看熱鬧的閒人，見金哥停了手，便七嘴八舌的，齊向了方才多說話的那人，悄聲埋怨道：

「都是你多話，若不然叫這位小俠士著實地教訓他一大頓，也可以殺他的威風。那才大快人心呢。」又一個道：「真不料這于二辣子，今天可是雞蛋撞到石頭上了。」眾人悄悄談論，金哥從于二辣子身上站起，于二辣子咬牙忍痛的，從地下爬起來，不笑強笑道地：「爺爺到山裡尋那兩個猿猴去嗎？小子情願陪同前往。」眾人見了他這種口吻，一口一個爺爺地稱呼金哥，都暗覺好笑，心說于二辣子你平素的威風都哪裡去了。就看金哥並不向他作答，轉身走出他那籬門，用手分開群眾，走向那家野店行去。金哥料他那兩個猿猴絕不遠去，遲一時必要轉回那家野店的，所以並不往尋。這裡眾人看金哥走去，一場風浪已告平息，便哄地散去。

那金哥原想回了那家野店，等候那兩個猿猴轉來，算清店帳，即行上路。剛回到店內，尚未坐穩，一眼瞥見于二辣子拿了滿滿一瓶百花露酒，匆忙忙地走了來，見了金哥忙滿面含笑道地：「前幾日恰巧有人送了小子一瓶百花露酒，特拿出孝敬你老人家，小子已吩附小二預備酒餚去了。遲一時小子陪你老人家要痛飲幾杯。」金哥心地縱然聰明，究是個未歷世途的孩子，所有人世一切險詐虛偽，他哪裡曉得。他看于二辣子知過立改，又極口稱恭自己的武功，心下反倒有些不忍起來。暗忖他這人倒還能改過自新，自家痛打他這一頓不但不心存仇視，反特跑來贈送百花露酒，由此看來，他絕不是那不可救藥的壞人。肚內這樣想著，便扯了笑臉向他說道：「難得你這片誠意，我就擾你幾杯。」于二辣子笑道：「我是你老人家的乾孫孫，有什麼不像的。」

說話之間小二已把酒菜端上，擺好杯箸，于二辣子便讓金哥坐在上面，他便在下首相陪，拿起他那瓶百花露酒，滿滿斟了一杯，給金哥敬了過去。金哥看酒味濃香撲鼻，接了過來，一口氣喝了下去，于二辣子隨又給斟上。金哥連飲二杯，這第三杯酒尚未人肚，猛覺一陣頭沉，明白上圈套了，將要出口說聲不好，尚未說出，已栽倒桌下。模糊糊聽于二辣子拍掌笑道：「倒了，倒了！」不曉多時才醒轉過來，看自己四腳緊緊被捆，綁吊在一間空破房裡，房門卻浮掩著。原來金哥是受了于二辣子的蒙汗酒了。金哥昏倒後，于二辣子把金哥捆綁著，移到他家籬門內空房中。所有金哥器刃行囊，通通都被他拿了去。

金哥醒來時，見已被人家縛住，看黑影已然籠罩下來，方知自家從暈倒到此時，已有大半日模樣，心中不由大怒，有心把繩索扣賺開，怎奈身子是被人家憑空吊起，無法趁勁，一陣急躁，咬牙切齒，肚內暗暗說道：「不想我中了這個小輩的暗算，也怪我一時大意，把他誤認作改過的善輩，眼看自己便要喪在于二辣子這手下。」索性兩目一閉，把存亡付之度外。猛然聽到腳步聲音，從遠漸近，呀一聲，推門進入一人。金哥睜眼辨去，來的這人不是別個，正是于二辣子，忽地大怒道：

「你家小爺既受你這小輩的詭計，殺剮任憑你這小輩了！」于二辣子翻著一雙鼠目，哈哈冷笑道：「小爺爺？今天完了把戲了！

我于二辣子給人家充爺爺，還沒充夠呢，遲一時便送你回閻王爺那兒去，充爺爺吧。」于二辣子一臉的侮弄神色，十分得意，金哥險些把肺氣炸，怒喝道：「何必遲一時，小爺已說在頭前，殺剮由你這小輩，現在就可以動手！」于二辣子哼道：「把你這廝殺剮了，恐汙了我這間房子。少時天曉，老爺爺我一定把小輩你好好送終，這近處山澗下，便是你的葬身之地。我于二辣子闖光棍這些年，豈懼你這廝！」說著，掉頭走去。

金哥怒不可遏，氣得頭腦發昏，但已到此地步，只有把心一橫，任他發落。待了足有一兩個時辰，月色飄空，天已不早，外面寂靜靜一些聲息也沒有。忽地聽房外那幾株果樹的枝葉，唰唰作響，先以為是風兒吹的聲音，卻未在意，哪知那枝葉越來越響，仔細凝神聽辨去，絕不似風吹之聲，心中不覺微詫，緊跟著聽吧嗒的一聲，像是一個果實從樹上落下。金哥心內微覺一動，心說莫非我那兩個猿猴又跑來攀到樹上偷紅橘，肚內這樣思著，低聲向外打了兩聲呼哨。房外果樹枝葉又是一陣微響，聲停處，房門一啟，金哥借了外面的月光望去，這一喜非同小可，正是他那兩個猿猴。那兩個猿猴看金哥被人家捆綁著吊在那裡，二猴急得亂抓亂搔，硬往下揪金哥，揪不動，這才過去前爪爬在金哥身上，齊張了嘴，去咬捆綁著的繩索。

不消多時，居然把繩索咬斷，金哥撲登地掉下來，定醒良久，稍稍活動活動了手腳，心中又喜又怒，悄對二猴說：「都是你貪嘴，給我惹禍。」二猴不懂，只扯著金哥，催他走。金哥恨不得一時抓住了于二辣子，一拳把他擊斃，方能消下心裡那腔怒火。

歇過氣來，這才提步走出這間空房，照直進裡，去尋于二辣子。走進第二重籬門，看只是一連三間房子，房子裡燈光閃灼，聽房中有一個婦人聲音道：「你不要在這裡擺弄銀兩了，你看你這神氣，這一二百銀兩就把你弄成這模樣。顯然地看出你自出娘胎，就沒有見過這些銀兩，天已然是時候了，你還不趕快把捆來的那隻羊送到山澗下去。」那個男的道：「我這便去，還愁他賺開捆繩不成！」聽這男的話聲，正是于二辣子。

這時那婦人又嗤嗤笑著說道：「人家直若掙扎開了繩索，恐怕你立時又要矮下兩輩，管人家沒口子地呼爺爺了。」就聽于二辣子似乎羞憤，說道：「你就聽我把那廝喊叫爺爺了，那廝將才喊我作爺時，你卻不曾聽見。我們光棍鬥力鬥智不鬥口，輸了口不算什麼！」金哥在房外聽到這裡，越發大怒，一抬腳踹開房門，闖進了去。

金哥率二猴，闖到房裡，看于二辣子同了一個三旬左右的婦人對坐那裡，那婦人不問可知，定是那二辣子之妻。金哥見自己的行囊兵刃，同那包銀兩，都放在二辣子身旁桌上。那于二辣子和他那妻子，驟得二百金，正十分趁願，一眼瞥見金哥，霍地闖來，那于二辣子險把真魂嚇掉，忙一順手，把金哥的那單刀掣出。他這卻有了主心骨兒了，見金哥是赤手空拳，揮手中刀，向金哥頭頂劈下，滿心想著這一刀下去，準把金哥劈成兩片。哪知金哥怒氣沖天，見敵人來勢甚疾，並不閃躲，一抬左手，恰把他持刀這隻手的命門握住。隨著出了右手，兩勢一扭，已由于二辣子手中，把自己那刀攫奪了過來。伸手把于二辣子當胸衣襟抓住，于二辣子面色嚇得如土，不住地連連道：「爺爺，我還是你老人家的乾孫孫，真個的爺爺還能同小孫孫一般見識嗎？爺爺是真金不怕火煉，小孫孫的小見識，到底抵不過爺爺！」金哥並不答言，就在他那房裡尋了根繩子，把他踢倒地下，按著把他手腳擁上。于二辣子不住口地央求，金哥置若罔聞，理都不理，把銀兩抓起，收到懷內，行囊和刀鞘都斜繫在身上。

這時于二辣子的婆娘，嚇得癱軟在那裡，上下牙直捉對兒，金哥並不去理她，一手反握刀，一手捉起了于二辣子，向外便走，于二辣子的婆娘看金哥把她丈夫捉出，料定是萬無生理，不顧許多，壯著膽子，扯起喉嚨乞饒道：「爺爺恕過他這一遭吧，下次再也不敢衝撞爺爺了！」金哥怒狠狠故作不聞，提了于二辣子，帶了那兩個猿猴，走出籬門外。于二辣子破了喉嚨喊救，這般傍晚近居戶都入了夢鄉，靜悄悄連一些聲息也沒有。莫說鄰戶是都已入了夢鄉，就是人家不曾睡熟，若聽是他的呼救聲氣，也絕沒有半個人出來的。金哥卻不容他鬼嚎，把他的嘴堵上，提了就走，轉了沒有兩轉，已走進荒僻山裡，狠狠把于二辣子扔到山石地上，未等他開口央求，一刀下去，已了帳了。

金哥忙回手把刀收入鞘，離開這裡，不便在這裡停身，連夜要向前趕路。忽想起日間在那野店中吃的人家飯帳，尚未付給，哪有白白地用人家飯菜的道理，金哥肚內這樣想著，便由懷裡，掏出約有一二兩輕重一錠銀子，帶了那兩個猿猴折向那家野店。此時正當夜深，店門緊閉，好在牆並不甚高，來到牆近，一挺身縱了上去。見十分闃靜，各房燈火都無，店中人都早已入睡。不便驚動，鹿行鶴伏，走進櫃房內，把手中那錠銀子，悄悄給放到這櫃房桌兒上面，人不知鬼不覺，返身走出。

仍從店牆竄到外面，離了這座大村落，帶了那兩個猿猴，連夜上路。行走這荒僻空山之中，月色皎然，時聞山間松聲。帶有兩個猿猴相伴，旅途倒慰寂寞。穿行山徑，一口氣走出一二十里，路轉山腰，隱約地望前面三峰鼎崎，峻極雲漢，至此一見眼前山徑有些交叉，便不向對否，望著那三峰行了去。

走沒有半里許，忽見又是一大村落，看去籬落扶疏，四下一片廣衍，隨風送來一陣陣雞犬之聲。這時斜月西偏，東方已將要發曉，猛然看松柏叢裡有三四條黑影來回閃動，不曉是幹甚把戲。走到臨近，潛身側目，細細看去，是三四個漢子在那裡掘坑，一旁地上放了一個人，全身捆綁在一面門板之上。那人似乎身動鼻噓，不像亡去的模樣。相隔稍遠，那人面貌卻看不甚清楚。那三四個漢子一邊持著鐵鍬在那裡掘坑，一邊不住地向左右張望，看神色著實令人起疑。金哥倒要看個究竟，便隱避在路旁一株二人合抱不交的樹下。

這時聽那三四個漢子中有一個開口說道：「我們莊主可算是消去了這幾年心頭之恨了。這麼個了得人物，居然叫莊主用計捉住。」又一個道：「你不要小覷了這個滿面病容的枯乾老頭，聽說他不但本領了得，而且當年還做過什麼武漢總鎮呢。」

金哥聽到這裡，心內怦地一動，暗忖：「聽這漢子的語氣，門板上捆的那人，莫非是我那外祖嗎？」又一轉想：「絕不能的，我那外祖一身驚人武功，怎樣被他等拿住，必不是的。」心下這麼一想，又聽那三四個漢子說道：「坑掘好了，我們快把他抛到坑下活埋了，不要再耽誤著了，天光眼看就要明上來。」

金哥聽到此處，也不管綁的那人是他外祖不是，掣出刀來，抖丹田一聲喊，縱了過去。那幾個漢子正要抬起門板上那人向坑下擲去，驀地聽有人聲喊，齊慌了手腳，拿起鐵鍬轉身撒腿便跑。金哥且不去追趕他等，直奔捆綁那人身旁走去。到了近前一看，誰說不是他外祖駝叟呢。金哥這一驚非同小可，慌忙解開繩扣，伸手向駝叟前胸摸了摸，尚覺微溫。恰好這松柏叢外有一道溪水，金哥忙跑去溪邊，兩手捧了些溪水來，想他外祖駝叟定和他一樣的也是受人家的蒙汗藥了。便手蘸了捧來的溪水，在駝叟頂上拍了兩下，果然被他猜著，那駝叟正是受了人家的蒙汗藥。

沒一時駝叟一聲噴嚏，已醒轉過來，睜開二目，一見面前站的金哥，同了兩個猿猴，當時不由怔住。駝叟不見金哥，已有幾個年頭。此時的金哥力大身強，自不似先前瘦弱形象，人老形貌變化小，幼年身形日進月異，變化最大，況且又在這黑暗間，當然辨別不出金哥的面貌來。金哥見駝叟醒轉，忙不怠慢地口稱外祖，叩頭行下禮去。駝叟這才認出是他外孫金哥來，忙叫金哥站起。祖孫兩個彼此一說情形，方知他外祖駝叟被人暗算的情由，大怒道：「這樣萬惡滔天的惡霸，待外孫去把他結果來。」駝叟怎的叫人拿住，黴夜被人抬到松柏叢下活埋呢？

原來玉娥因懷念愛子，這年又從家中來到黃堡，轉請爹爹駝叟到玉清觀去尋金哥，駝叟怎能拂女兒的心意，況且前到觀時，那浮羅子曾說再遲年餘，定命金哥返家，如今已過了兩個多年頭，想此時金哥武功，必已稍有根底，便單人獨行向玉清觀出發。不想路遇中途，無意中撞上了那牛家莊的牛頭精牛大有，那牛大有見了駝叟，滿面春風，定要留駝叟到他家盤桓一日，駝叟一者是看他一片誠意，二者也是藝高膽大，所以也不推辭。哪知牛大有還不忘前次駝叟代陸道才索還山田果樹的仇恨，駝叟到了他家，不料他把蒙汗藥暗下在了茶杯裡。駝叟並沒覷出他心懷歹意，端起茶杯飲了沒兩口，便昏倒那裡。那牛大有恐他一時醒轉，撬開駝叟牙關，又給灌了兩口，估量一時卻難醒來，為避免外人耳目，故此直到夜半，才命幾個壯漢把駝叟抬到村外僻處活埋了。

那牛大有自以為這事辦得十分嚴密，哪知駝叟命不該絕，偏偏正被他所要尋的外孫金哥撞著。原來金哥先望見那鼎峙的三峰，正是牛家莊近處那座筆架峰，眼面前這座大村落，即是牛家莊了。金哥聽他外祖駝叟說知緣由，心中大怒，便提刀要到牛家莊去尋那惡霸牛大有，駝叟忙攔他道：「那牛大有聽知消息，恐他早已逃避，你卻哪裡尋他。就是真尋見了他，那牛大有不但武功出色，而且他暗器毒藥梅花神針，從不虛發，很是厲害，怕你難是他的對手。」金哥自從在流青谷受了那馬敦年毒弩後，絕不似從前那類初生犢子不怕虎的性格了。聽駝叟這樣說著，便忙停住腳步，問外祖：「此事該當如何報仇除害？」正在這當兒上，見牛家莊裡一陣人聲吶喊。火把通明，隨著從莊裡撞出一夥人來。一時來至漸近，看為首一個大漢相貌獰惡，雙手舉著一對鐵斧，就和旋風也似的轉眼來到。

這大漢身背後，緊隨著有一二十個莊漢，齊執了刀槍火炬。這為首大漢，正是那牛頭精牛大有。那牛大有怎的居然尋了來呢？只因他想灌了駝叟那些蒙汗藥，料著此時絕不能醒轉，故此才敢尋來。又聽莊客說。只遇上一個少年孤身客，他罵莊客膽小遺患，故此趕來滅口。若知道駝叟已甦醒過來，他早隱避了，怎敢還尋了來。及至來得近前，忽聽樹叢一聲斷喝，牛大有和眾莊漢望去，見是駝叟同了一個青年，那些莊漢是曉得駝叟的厲害，看駝叟卻已醒轉，嚇得扔下火炬，轉身便跑，自恨爺娘給他少生了幾條腿。那牛大有看了也大驚，哪敢交手，也要抽身，走為上策。駝叟哪裡容他走脫，說了一聲：

「好你這個人面獸心的惡徒，哪裡走！」未待他舉起雙斧，縱過去飛起一腳，那牛大有已倒在地下。駝叟一彎身，把他兩條腿的腿腕握住，兩手向兩旁一分，突口喝了句開。再看那牛大有，已裂成了兩片，把屍身擲出了好遠，駝叟方和金哥帶了那兩個猿猴上路，逝向黃堡。

這時天光已然微明，駝叟這次出行尋金哥，除了己身之外別無他物，自家連個兵刃都未帶，所以行走途中，很是便當。

不消幾日，已到黃堡，金哥的母親玉娥，正在黃堡四姑那裡，眼巴巴盼著爹爹此去同金哥轉來，使母子團聚，正同四姑在那裡計算日程。忽看爹爹同了愛子走來，真不啻天上落下一宗活寶來。玉娥見自己兒子金哥離別膝前，轉眼已幾個年頭，看他不但身材高大，而且膀寬腰圓，和從前顯然判若兩人，雖然是親母子，若不仔細辨去，真是不相識了。玉娥心中萬分歡喜，兩眼卻不由落下兩滴淚水來，可稱是悲喜交集。玉娥所悲的是他王氏門中只他這一脈獨存，自他離去了這幾年，自家無一日不在懸繫。光陰流水，自己已是四十許人，在這幾年來因懸繫愛子，鬢角微微地漸有些許蒼白，喜的當然是愛子無恙歸來。玉娥當時便忙命金哥見過四姑，這時張玉英也正在這裡，又命金哥見過了玉英。金哥一一行下禮去，玉娥這才問起爹爹，怎的這麼幾日便把金哥尋來，莫非在路上逢見的嗎？駝叟便把怎樣逢見金哥，詳細說了一遍。玉娥等人聽駝叟說到被那牛大有暗算，掘坑活埋，才撞上了金哥。四姑忙插口說道：「那惡霸還不如當初就把他結果了呢。」那玉娥聽爹爹為尋自己兒子，險喪掉性命，陡地一陣心酸，暗想爹爹偌大年紀，真若出了舛錯，自家豈不要抱恨終身，如何對得起爹爹，止不住下淚，房中立時沉靜了許多。正這當兒上，就看簾兒一起，玉英抬首望去，忍不住喊嚷起來，玉娥四姑定睛一看，見跳進兩個猿猴。

這兩個猿猴跳進房內，伸了前爪，緊緊把金哥兩腿抱住，玉娥哪裡曉得這兩個猿猴是她自家兒子帶了來的呢。這時又聽房外一些男女僕役也都大驚小怪，齊聲吵喊著說，跳進兩個猴子。玉娥唯恐這猴抓傷了兒子，提拳便向兩個猿猴打去。金哥忙道：「這是孩兒從山上帶了來的。」玉娥聽了，方才住手。金哥便又把這猿猴如何靈性，以及自己如何被于二辣子縛住，還多虧牠倆咬斷繩索，若不然孩兒焉有命在。四姑在旁聽金哥把這兩個猴來歷說罷，又看這兩猴偎近金哥身前，一雙紅眼望了金哥，神色十分親暱，四姑順手從桌上拿起兩個黃柑，去引逗牠倆。這兩猴倒也很是乖巧，並不去抓四姑手中黃柑，先呆望金哥顏色，金哥手一揮，牠倆才抓起黃柑，剝裂外皮，嘴兒上下動了動，早吞吃腹內。招惹得房裡的人都笑了起來。四姑喜得伸手便去撫摸牠倆的頭，牠倆卻一動都不動，四姑越發地喜悅。

金哥看出四姑的心意，恍然把這兩個猿猴割愛贈給了四姑。四姑大喜，便忙吩咐僕婦把它兩個帶到後面院中，好好飼養。玉娥見金哥返來，便要帶了兒子回轉家中，四姑哪裡肯放。從此金哥隨他母玉娥，即留在黃堡四姑這裡，有時跟隨了母親，及四姑、玉英，到附近山裡去，獵些野畜飛禽，有時到八仙觀他外祖那裡，去尋維揚、王鐵肩閒談，倒也頗不寂寞。

這天，金哥正隨他母玉娥及四姑等到山裡行獵，來到山中，見前面是兩崖山峰，兩峰相連之處，中間現出有兩三箭路的一道斜坡，坡上有草蒙茸，雖是秋日，還很豐茂。玉娥等人正對這兩峰展望，金哥忽一眼瞥見坡上豐草中，雪白白的一宗東西，在那裡閃動。金哥也並不向他母及四姑等人打招呼，便放輕了腳步，直奔那白東西近處行去。相距沒有好遠，仔細辨去。卻是一隻野兔。

那野兔正在那裡嚼吃青草，金哥離它不過只有兩三步遠，方悟手裡不曾拿著弓弩，有心返身向他母去索弓弩，唯恐再把野兔驚走。心下盤算，好在只隔這般遠，本可手到擒來，真個的還怕它逃脫了嗎。這樣想著，一時性急，身子向前一撲，兩手向那野兔捉去。那野兔不提防見有生人撲來，吃了一驚，霍地向起一竄，跳出足有丈餘遠近，順了這道旋坡，朝那邊逃去。金哥見捉了個空，哪裡肯捨。提步跟蹤追趕了去。玉娥見了，連喊金哥不要追趕，恐他追至險處，失足跌傷。哪知金哥一心惦記著眼前那野兔。玉娥喊破了喉嚨，他都未曾聽見，仍尾隨直向前飛趕。玉娥、四姑、玉英三個忙如飛地緊緊跟定了金哥後面，那野兔跑起來就和箭一般的迅快，連跳帶竄，金哥哪裡追趕得上。一口氣跑過了一座山峰，跑得嘴裡喘籲個不歇，滿頭大汗。再看那隻野兔，早跑得沒有一些影子。

金哥看身前有塊平削的山石，便坐了上去，想歇息一忽兒。這時玉娥等人也已趕到，齊在金哥坐的這面石上坐歇下去，抬眼四下看了看，望這山石近處，是一股往來的山路，夾道松林叢，從樹杪盡處。遠望庵觀殿閣，綴附峰巖，儼然一幅畫圖。所望的這殿閣，正是黃堡村附近山裡那座火神廟。想起當年三姑、七姑殺凶僧，救難之事，如今三姑已亡，七姑已嫁，殿閣依舊，人事卻已變遷，不由默默有些出神。四姑呆呆望了山神廟，回首往事，恍如一場春夢。

忽地一陣驢兒串鈴聲響，衝入耳鼓，四姑聽了，心中怦地一動，心說這不是我七妹驢兒的鈴聲嗎？身旁的玉娥、玉英也都已聽見，就看玉英霍地從石上跳起，側著耳又聽了一聽，便忙說道：「你們聽這聲音好似我這七妹的驢兒串鈴音響，大約定是她歸寧來了吧。」四姑方接口說道：「我也早聽出是很像她驢兒的鈴響，不過在夏間，從陝西來人說，她已懷身孕，屈指計算著，正是此時的娩期，她哪能歸寧來呢，絕不是她的。」

玉娥插口笑道：「驢兒上的一樣鈴聲可多著哩，哪能聞聲就斷定是她呢。」姊妹三人正談論間，串鈴聲浪越來越近，玉英兩手一拍道：「沒有錯誤的，決是七妹返來了。待我順了鈴聲，尋去看來。」轉身邁動蓮步，就要循石下那股山路尋了去。

在這時，一抬眼瞥見從那旁山垮轉角處，果轉出一頭驢兒來，上面騎著個四十上下家人模樣的漢子。那漢子騎在驢兒上，滿頭的汗流如注，驢兒翻動四蹄，跑得飛快，他還不住地回手揚鞭，狠勁去打那驢兒，看那神氣，像有什麼緊急事兒。

一瞬間，已到玉娥等人近前。四姑留心望去，這漢子所乘正是七姑的那頭驢兒，不覺一怔。玉英也早看清，自忖：「七妹的驢兒怎麼這漢子乘著呢？」不由得也有些詫異，便突喊喝了一聲，原想把他喝住，問個究竟。哪知這漢子跑得滿腔心火，猛然聽這喊喝，他以為遇著歹人斷徑了，嚇得他手腳失措，從驢背上跌落下來，那空驢如飛頭前跑去。這漢子爬倒地上，頭都不敢抬，連稱好漢爺爺饒命。玉娥、四姑等人到了他面前，見他這驚慌的形色，知道他誤會了，弄得忍俊不禁地咯咯笑了出來。這漢子一聽是婦女的笑聲，膽量才微覺一壯，抬起頭來，向了玉娥等人打量了一匝，連忙站起，略略把身上塵土掃去，向了四姑臉上又看了看，忽開口向四姑道：「小奶可是黃堡村伍家的那四小姐嗎？」四姑把頭點了點，便忙問道：「你是什麼人，怎的曉得我的姓名！」這漢子不敢怠慢，忙朝四姑請下安去，口中說道：「四小姐，當然是不識小人的，小人是舒太守那兒的家僕舒壽。」

四姑聽他是七妹那裡來的，心中大喜，忙問舒壽，她可曾分娩？舒壽聽四姑這麼問著，頓時面色一戚，兩眼就要落下淚來。四姑看他這模樣，不曉出何事故，立時把花容嚇得變了顏色，便忙問舒壽：「來此何事？七姑究是分娩不曾？」看舒壽抬起手臂，用衣袖把眼中的淚痕拭了拭，轉著首向左右看了看，忙道地：「四小姐請在此稍候一時，待小人去把剛才驚逃了的那頭驢兒尋來，不能走失，那頭驢兒系是我家小夫人的，若走失了，如何了得。」說罷，轉轉身去，就要往尋。四姑哪裡等得，忙道：「那驢兒定跑回黃堡去了，決走失不了的。」舒壽聽了，方把腳步停住，這才向四姑作答道：「我家少夫人在陜州縣途中產生一子，她母子倒都很平安……」四姑未待說完，忙問道：「怎麼在陜州途中產的呢？」舒壽哽咽著聲音道：「四小姐哪裡曉得，說起話卻長了。我家老爺總算是福無雙至，禍不單行。」四姑聽他這幾句話，越發是丈二和尚不摸頭腦，就連一旁的玉娥、玉英和金哥聽了舒壽劈頭這幾句話，也都驚詫狐疑起來。

四姑迫不及待，忙問緣由，舒壽接續前言道地：「我家公子初秋間，在陜忽染時疫夭逝了……」剛說了這一句，四姑驟然聽了，猶似一盆冷水，從頭頂澆下，肚內暗道：「不料我七妹命兒卻這般孤苦，過門不到幾個年頭，竟自成了寡婦！」頭腦一昏，險些不曾栽倒地上，眼中的淚水，早和斷了線的珍珠般，撲撲的淚滿衣襟。玉娥在旁不由勾引起她的心事來，心想自家也是過門不到幾載，便把丈夫故世。所幸七姑尚有翁姑疼惜，自家的丈夫故後時，又有什麼人疼惜呢？當時這樣思索著，也不覺地淚如雨下，再看玉英眼圈一紅，也灑下淚來，其中卻把個金哥弄得呆立那裡，不住望著他母玉娥及四姑等人，立時就覺四下景物俱呈悲哀之色。

這時舒壽又拭了拭臉上淚痕，接著又道：「我家老爺和夫人均年逾六十，只這麼一位公子，一旦逝去，悲傷到了萬分，少夫人若不是身懷有孕，也就決意以身相殉了。我家老爺自公子故後，已看破世途，便也無心再求仕進，當把官職辭去。把公子送回原籍祖塋安葬，原想把夫人姑媳送到襄陽，自己便要尋覓個深山人煙不至之處，青燈黃卷，了此殘生。哪知從陝起程的時節，即被匪徒覬覦上了。那匪徒想我家老爺宦囊定然豐裕，便跟蹤下來，我們卻一些也不覺得。這一天行到河南陝州路中，俱是荒山，哪曉得這裡正是那匪徒們的巢穴。」四姑聽舒壽說到這裡，忙望了他，向下問道：「後來怎樣了呢？匪徒們可曾得手？」舒壽道：「說來也算是不幸之幸，那日我家老爺坐著小轎，在前頭行著，距了夫人等的轎約有半里多路，若不然恐連夫人等也齊擄去。我家老爺坐在轎上，看左右皆山，地勢險僻，忽然就聽一聲呼哨，撞出十幾個匪徒，不問皂白，便連人和轎，一齊擄了去。我家老爺轎後，還跟隨了一名轎役，一看這陣勢，把他嚇得掉轉頭去，撒腿向回便跑，到了夫人等轎前，忙把夫人等小轎攔住，稟報了夫人。少夫人在後面那乘轎中，驀地聽前面老爺出了變故，立時從轎裡縱出，掣劍就要去追救老爺。怎奈少夫人那種身子，距產期已近，算來還不到月餘，從轎上剛剛縱到地上，猛覺肚內一陣作疼，立腳不穩，昏倒那裡。夫人一看，險些急煞，忙在方近尋了家村店，權且停下。僕婦們七手八腳的，把少夫人救醒轉來。沒有多時，便在那村店中臨產了。夫人看老爺被匪徒擄去，吉凶不卜，少夫人又已臨產，急得不得一些主意，所以才命小人乘了少夫人這頭驢，日夜趕程來黃堡求救，不想恰在此遇見四小姐。」

舒壽把話說罷，四姑尚未開言，金哥二眉一豎，扯了舒壽道：「那匪徒們有幾個頭顱，竟敢如此，待我去救你家老爺，你快給我在前引路。」玉娥見他這浮躁神色，仍是一團稚氣，忙把他喝住。那舒壽向金哥望了望，忙道：「小爺休小覷陝州山中那夥匪徒，小人聽那村店裡的人談論，那夥匪徒，平素卻不常幹這劫擄的勾當。他們那為首的是個道士，叫做什麼火雲真人，這夥都是白蓮餘孽，當初係盤踞在河南，因為官兵追剿甚緊，所以才暫隱在這陝州荒山之中。」金哥聽罷，忽憶起當年用迷藥拐他那單臂怪人來，心中暗想：「獨臂妖賊定也隨火雲妖道在此，我此番定去先把他結果了。」這樣想著，就聽四姑向了他母玉娥及玉英說道：「我們趕快歸去，請劉老伯來計議，如何去搭救舒親翁。」玉娥忙答道：「事不宜遲，計議要定，今夜便行趕往。」說到這裡，便忙命金哥頭前到八仙觀去，請他外祖駝叟，金哥如飛地去了。玉娥姊妹三人這才帶了舒壽回返黃堡。

將到莊內，瞥見門前男女僕役都站在門外，像是迎接貴客，他們頭人看玉娥姊妹三個走近，見後面還跟定一個家人似的漢子，不由得都怔在那裡。這些男女僕役呆望了一時，忙說道：「我們在這裡等候迎接七姑奶奶，怎麼不見七姑奶奶呢？」

四姑一聽，當時矇住，忙疑問道：「什麼人給你們送來的信兒，說七姑奶奶來了？」這些男女僕役笑道：「還用什麼人來送信，七姑奶奶那頭驢兒方才跑回來了，現尚在槽上吃料。四小姐如不相信，可去看來。」四姑方才悟，他們是見了那頭驢兒，怪不得他們都在門外等候迎接。四姑當時忙吩咐那幾個男僕，把舒壽帶到他們房中歇息一時，趕緊叫廚下給他預備飯食。四姑交代完畢，便同玉娥、玉英姊妹三人，回到後面房中。沒有多時金哥已把外祖駝叟請來。

駝叟聽知舒公子夭逝的消息，不覺得痛揮老淚，又聽知舒太守途中被火雲妖道的羽黨擄去，知道他們都是硬手，而且又曉那火雲惡道很是毒辣，很替舒太守有些擔心。爺兒幾個一計議，哪能耽延，便定當日連夜趕往陝州。駝叟料自家等人此去，恐未必是那惡道的對手，況且那惡道手下黨羽眾多，自家一行才這六七個人，如何能進得他們巢穴去救舒鑑青？說不得只有破了性命，盡人力聽天命吧。這不過是肚裡的話，卻未說出口來，恐徒惹四姑愁思。從黃堡到陝州沿途大多是棧道，除了玉娥姊妹三個和金哥以外，駝叟又把維揚帶了去。那舒壽牽了那頭驢兒，也跟隨在一起，日夜不停地按驛站向前行去。

一路上風霜勞碌，走了足有十餘日，才來到河南陝州地界。一看所行的山勢，果然荒僻異常，在這深秋，遍山積葉，人行山中，足音四響。金哥聽舒壽說已到陝州地界，摩拳擦掌，不住地去問舒壽距惡徒巢穴尚有多遠。他童心未退，恨不得一時直搗惡徒巢穴，廝殺個盡興，把舒鑑青救出，方覺心快。但是他卻哪裡曉得那火雲惡道的厲害。正走間，看天光已過午牌時分，一行人都覺有些飢餓，一看眼前有座山村，坐落在山坳中間，便直奔山村走去，尋了一家店房，走了進去。店小二走過來張羅，忽聽正面房中一聲咳嗽，隨著走出一人，開口說道：「不要另尋房間了，快請到這個房裡來吧。」駝叟和四姑向說話這人望去，不由驚喜異常，哎呀了一聲，駝叟和四姑向說話的這人看去，你道是哪個，正是他們來要搭救的那舒鑑青，立時喜出望外，忙走進正房內。那玉英等系初次會晤舒鑑青，由駝叟、四姑給他們引見了，一一向前見過。那家人舒壽見主人安然出險，心中自是甚喜。這裡舒鑑青聽知駝叟等人是特趕來搭救自己，忙向駝叟等人作謝。駝叟問起，舒知府卻也是方到這村店的。舒夫人姑媳尚在後面，馬上便可到來。將說到這裡，忽聽店外一陣嘈雜人聲，舒知府忙道：「大約賤內、姑娘她們到了。」四姑忙站起朝房外看去，果是自家七妹同舒夫人姑媳乘轎到來，便同玉娥、玉英走出這正房，迎了上去。

看七姑花容色淡，瘦削許多，姊妹想見之下，都傷心落下淚來。七姑那嬰孩方面大耳，很是強壯，雖是將及滿月，望去卻似一兩歲模樣。便在這店內，另尋了間房歇下。玉娥、玉英由七姑引著見過了舒夫人。

那正房中的駝叟，這時便忙去問舒鑑青是怎樣出的險，舒鑑青一說情由，駝叟咋舌道地：「翁卻也飽受虛驚了。」原來自被那火雲惡道黨羽擄去，自分是定難活命，但是青自愛子夭折，因悲痛極點，所以早把人生存亡視成無礙，故此倒也毫不畏懼。哪知那匪窩中有一名小頭目，當日曾給青做過親隨，他看同夥們把他舊日的老飯東擄來，他深曉青宦遊半生，向以清廉自持，如今辭職，不問可知，定是清風兩袖。所幸他雖投身為匪，心目中尚未忘掉故主，和同夥們一說，那同夥們看白費了心機，實指著弄個幾萬銀兩，一聽見沒有什麼油水可撈，落得送了個人情，便把青連人和轎都釋放了。卻使舒夫人姑媳娘兒兩個在那野店中，把心提起了多高，連茶都未曾用下。及至青尋到店裡，他姑媳安然返來，才把懸的那顆心放下。青看兒媳臨產，得了個孫兒，想起他的愛子，不由又落下了傷心之淚。便在這野店，直待兒媳度過滿月，才起行上路。剛走出一站，即逢著了駝叟等人和家人舒壽。

駝叟和青等在那村店中，吃了些食物，便又隨了青等人上路。先到黃堡，便下榻在八仙觀中。第二日青便要把他夫人姑媳送到襄陽，怎奈四姑苦苦留他們多盤桓幾日，青只可任憑她姑媳暫停這裡。這一天清晨，舒夫人姑媳和玉娥、四姑、玉英正談話間，王鐵肩忽由八仙觀前來，向玉娥、四姑等說道：「我師父在昨晚間曾說，一兩日同太守到玉清觀訪浮羅子道人，順便去看望那流青谷的黃老英雄。師父他老人家並向維揚師兄和我囑咐了一陣，我們師兄弟兩個因師父還有一兩日才起行前往，所以卻也不曾介意。哪知今晨起床，一看師父和舒太守，不曉何時已去了，並在桌上留了一張柬兒。」四姑忙問那字兒你可曾帶來，王鐵肩答道：「帶來了，帶來了。」說著，從懷內把那柬兒掏出，遞給了四姑手中，玉娥忙湊在四姑身旁，看那柬兒上卻是兩行留別詞，以外並無其他言詞。玉娥忙道：「他們兩位老人家絕不會是去羅浮山，一定是覓深山修道參禪去了。」舒夫人和七姑忙問怎麼見得，玉娥道：「那浮羅山此時已然封山，哪裡能往？並且這詩的語氣，也未言明是往羅浮山。」舒夫人和七姑一聽，忙從四姑手裡，把柬兒接過一看，見是青的筆跡，上面寫的是：「生死皆虛空，名利在鏡中，山中延日月，笑傲看東風。」舒夫人婆媳等立時都面面相覷。依了王鐵肩，金哥便要分道追尋。玉娥忙攔道：「他兩位老人家定然已是心意堅決，就是追趕上了，他兩位老人家恐也不能返來。」舒夫人等聽玉娥所說卻也甚是，但是心下終覺難以釋懷，怎奈都是一籌莫展。那駝叟和舒鑑青從此相伴偕隱了。

整理後記

《俠隱傳技》是白羽1940年代末的作品。原名《金弓女俠》，為滿洲國康德十年（1943年）10、12月由（長春）新京文藝圖書公司印刷發行，上、下冊各五章。1947年9月，上海勵力出版社將上、下冊合訂為一冊，改名《俠隱傳技》出版。這部作品屬白羽創作晚期的作品，文筆風格與早年有異，對比早、中、晚三個時期的作品進行研究，有一定參考價值。本次出版，沿用1943年新京文藝圖書公司版本整理。

俠隱傳技：

生死皆虛空，名利在鏡中

作　　者：白羽
發 行 人：黃振庭
出 版 者：崧燁文化事業有限公司
發 行 者：崧燁文化事業有限公司
E-mail：sonbookservice@gmail.com
粉 絲 頁：https://www.facebook.com/sonbookss/
網　　址：https://sonbook.net/
地　　址：台北市中正區重慶南路一段六十一號八樓 815 室
Rm. 815, 8F., No.61, Sec. 1, Chongqing S. Rd., Zhongzheng Dist., Taipei City 100, Taiwan
電　　話：(02)2370-3310
傳　　真：(02)2388-1990
印　　刷：京峯數位服務有限公司
律師顧問：廣華律師事務所 張珮琦律師

定　　價：330 元
發行日期：2024 年 04 月第一版
◎本書以 POD 印製
Design Assets from Freepik.com

國家圖書館出版品預行編目資料

俠隱傳技：生死皆虛空，名利在鏡中 / 白羽 著 . -- 第一版 . -- 臺北市：崧燁文化事業有限公司 , 2024.04
面；　公分
POD 版
ISBN 978-626-394-160-1(平裝)
857.9　　113003602

電子書購買

臉書

爽讀 APP